09

Hyougetsu 효게츠 지음
W. Nishi(王)da 니시다 일러스트
한수진 옮김

인랑 전생, 마왕의 부관

— 마왕 신부 —

카이트
원로원 직원이었다가
우여곡절 끝에
바이트의 부관이 된
탐지술사.

고모비로아
프리덴리히터의
뒤를 이어 마왕이 된 마술사.
바이트의 마술 스승.

후미노
다문원에 소속된
화국의 사자.
아손의 보물을
관리하기 위해
륜하이트에 머무는 중.

도키타카
화국의 다문원 직속
'관성중'의 수장.
후미노의 상사.

뤼니에
워로이의 죽은 형의 외아들.
미랄디아로 건너와서 견문을
넓히려고 여러 나라를 여행 중.

워로이
드니에스크 가문의 차남.
좀 강압적이지만
대범하고 솔직한 성격.
'드니에스크의 난' 이후
미랄디아로 건너옴.

등장인물
Character

바이트

이세계에서 인랑으로
환생한 일본인. 마왕군에
소속된 마왕의 부관이자
미랄디아 연방의 평의원.

아일리아

교역도시 륜하이트를
다스리는 여자 태수 겸
미랄디아 연방의 평의원.
남장미인.

〈북벽 산맥〉

산악도시
드라우라이트 ■

성새도시
슈베름 ■

농업도시
바헨 ■

종교도시
이올로 랑게 ■

농업도시
알료그 ■

■ 고도 베스트

〈마족의 수해〉

〈불화의 황야〉

◎ 고도
베르네하이넨

◎ 공업도시
투반

◎ 그룬슈타트 성

교역도시
룬하이트 ◎

해적도시
베르자 ◎

〈남정해〉

채굴도시
크라우헨
농업도시
빌하임
성새도시
번강
〈풍문 사막〉
화국
미궁도시
자리아
공예도시
비에라
교역도시
샤르딜
(동방 교역로→)
어업도시
로초

지난 줄거리

The story so far

북부 제국 롤문드와의 협상을 마치고 돌아온 지 얼마쯤 지났을 때
'화국'에서 온 사자 후미노가 바이트 앞에 나타났다.
이전 세계의 일본풍 무녀 옷을 입은 그녀의 모습에 깜짝 놀라는 바이트.
한편 후미노는 화국과 미랄디아와의 외교뿐만 아니라
'신세인(전생자나 그 비슷한 존재)'을 찾아내는 임무를 맡고 있어서
바이트라는 한 개인에게 주목하고 있었다.
그러나 바이트도 그 사실을 눈치챘으므로
그들은 서로 속내를 감춘 채 화국으로 건너가게 된다.

화국에서 시찰하는 도중에
바이트는 후미노의 상사 도키타카 덕분에
가장 중요한 기밀구역에 있는, 망가진 '신세의 거대한 기둥문'으로 안내된다.
'신세의 거대한 기둥문'이란 것은 이세계의 인간을 이동시키는 장치.
그리고 그 장치에 의해 소환된 마지막 일본인이 바이트였다.

장치가 망가지기 직전에 우연히 소환됐을 뿐이다.
오직 나에게만 주어진 특별한 사명 따위는 없었다.
자신의 전생에는 별다른 의미가 없었다는 뜻밖의 사실을 알게 된 바이트.
그러나 전세와 현세를 생각하다가 문득 깨닫게 된다.
자신이 의외로 전생 이후의 지금의 삶을 좋아한다는 것을.

사명도 의미도 없다면
지금까지 그랬듯이 나답게 내 마음대로 살아가면 된다.
속이 후련해진 바이트는
그 후 화국과의 동맹을 성립시키고
계속해서 미랄디아의 더 큰 발전에 공헌한다.

Contents

제9장

<흑랑 경의 부재, 마인공의 우울>

"아일리아 님, 아일리아 님?"

"아, 네. 괜찮아요, 듣고 있어요."

나는 허둥지둥 다시 시선을 돌리고 카이트 님의 보고에 귀를 기울였다.

"볼츠 광산. 베테랑 광부들이 지난번 전쟁으로 전멸하는 바람에, 갱도를 자세히 아는 사람이 없어졌다는 이야기였죠? 보고를 계속해 주세요."

또 딴생각을 하고 있었다.

조사단과 동행했던 카이트 님이 설명하는 동안에 나는 또다시 생각에 잠겼다.

북쪽 롤문드와의 싸움이 끝나고, 동쪽 화국과도 동맹을 맺었고. 미랄디아는 완전히 평화로워졌다.

그리고 그 모든 것을 주도했던 그분은 여름에 륜하이트를 떠나 서쪽의 대수해로 갔다. 그 후 세월이 흘러, 이 도시에도 슬슬 가을이 찾아오고 있었다.

마도는 오늘도 활기 넘치고 평화로웠다.

국내외의 커다란 문제는 전부 다 해결됐으므로 사람들도 불안해할 요소가 없었다.

과거에는 교역로를 위협하던 마족들도 이제는 교역로를 순회하면서 경비해주고 있었다. 그래서 짐승도 마물도 접근하지 못했다.

물론 종족간의 갈등은 피할 수 없었지만, 그것도 마족 지도자들이 잘 중재해줘서 큰 문제로 발전하지는 않았다. 그들은 인간의 법을 존중해줬다.

이것도 저것도 전부 다 그분이 잘 조정해주신 덕분이다.

여기까지 생각했을 때, 나는 또다시 카이트 님을 쳐다봤다. 그가 난처한 얼굴로 보고를 중단했기 때문이다.

"왜 그러세요?"

"저, 아일리아 님. 바이트 씨가 떠난 다음부터는 마음이 딴 데 가 있으신 것 같은데…….″

날카로운 지적. 찔끔했다.

당황한 나는 얼른 명령서를 작성하고 사인을 했다.

"볼츠 광산의 갱도 중에서, 채굴용 이외의 부자연스러운 것이 몇 개 발견됐다는 거죠? 그럼 제2차 조사를 준비해주세요. 이것이 그 명령서입니다."

"아, 네. 다 듣고 계셨군요……. 마음이 딴 데 가 있으시다니, 제가 너무 무례한 말을 했습니다! 정말 죄송합니다!"

"아뇨, 당신이 말씀하신 대로 마음은 딴 데 가 있었어요. 앞으로 주의하겠습니다."

지금 나는 중책을 맡고 있다. 이러면 안 된다.

하지만 실은 그렇게 심한 중압감을 느낀 적은 없었다. 그저 나에게 들어오는 보고를 확인하고 처리하기만 하면 되니까. 중대한 결단을 해야 하거나, 힘든 상황을 견뎌내야 할 필요도 없었다.

모든 것이 순조로웠고 만사가 이상적인 방향으로 진행됐다. 조용히 흐르는 강물을 보는 듯한 기분이었다.

그 후 나는 잡념을 떨쳐내고 서류를 처리했다.

모든 일이 끝났을 때 무심코 창밖을 바라봤다. 태양의 높이를 보니까 아직 정오도 안 된 것 같았다.

오후에는 산책이나 할 겸 신시가를 시찰하러 나가볼까.

"하지만 그분이 안 계시잖아요……."

재미가 없었다. 그리고 쓸쓸했다.

이럴 줄 알았으면, 그때 륜하이트에 계속 있어 달라고 부탁하는 게 나았을지도 모른다.

예전에 그분과 약속을 했었다.

내 소원을 뭐든지 하나 들어주겠다고 하셨다.

그분은 성실하시니까. 내가 원하면, 절대로 여행을 떠나지 않았을 것이다.

하지만 나는 그분을 속박하는 것을 두려워했다.

그분은 워낙 착하시니까. 내 소원을 무제한으로 들어줄 것이다.

하지만 그러면 그분이 곤란해질 것이다. 그분은 가능한 한 자유롭게, 자기 마음대로 살았으면 좋겠다.

그런데 나는 지금 그때의 결단을 후회하고 있었다.

실은 속박하고 싶었다. 독점도 하고 싶었다.

그분은 누구에게나 친절해서 좋아.

그분은 누구에게나 친절해서 싫어.

나는 어쩜 이렇게 어리석고 한심한 인간일까.

그분 덕분에 롤문드나 화국과의 관계도 완전히 안정되었다.

롤문드에서는 새로운 황제 엘레오라가 친서를 보냈다. 정세가 슬슬 안정되었으므로 겨울이 되기 전에 아슈레이 선황을 특사로서 미랄디아에 부임시키겠다는 내용이었다.

이 선황님은 우선 워로이 님이 건설 중인 도시에 가서 농업 지도를 해준다고 한다.

아슈레이파나 워로이파 귀족들이 미랄디아로 이주하고 싶어 하므로 그들도 데려올 거라고 했다.

화국은 변함없이 그분에게 이상하리만치 친절하게 굴었다. 평의회가 아니라 바이트 님 개인을 공경하는 것 같았다.

그분이 아마도 다문원한테 큰 은혜를 베풀고 오셨나 보다. 그게 무엇인지는 몰라도.

그 덕분에 외교 협상이나 무역은 아주 원활하게 진행되었다. 화국에 대한 나의 개인적인 인상은 결코 나쁘지 않았다.

그리고 국내도 평온하기 그지없었다.

너무 평온하다 보니, 그분이 지루해하시는 것도 이해가 갔다.

그분은 평온을 사랑하지만, 자신이 만들어낸 평온에는 안주하지 못하는 성격이었다. 다음에 해야 할 일을 생각하고 즉시 실행에 옮기기 때문이다.

나도 좀 그런 성격이어서 은근히 친근감을 느꼈다.

……그러니까. 앞으로도 쭉 함께 일하면 정말 좋겠다고 생각했다.

"지금쯤 그분은 또 무언가와 싸우고 계실 테지……."

최근에는 혼잣말이 부쩍 늘었다.

누가 듣기라도 하면 곤란한데. 그런 생각을 했지만, 입술에서 저절로 말이 흘러나왔다.

나는 한숨을 쉬고 일어났다.

열심히 일해야지. 그분이 돌아오셨을 때 칭찬받기 위해서라도.

시내로 나왔더니 새롭게 꾸며진 극장 간판이 눈에 띄었다. '흑랑 경의 동방견문록'이라는 글자 밑에는 새벽을 바라보는 흑랑 경의 오른쪽 옆얼굴이 그려져 있었다.

흑랑 경의 등 뒤는 여전히 밤이었다. 그쪽에는 늑대의 왼쪽 옆얼굴이 그려져 있었다.

소녀들이 멈춰 서서 그 간판을 쳐다보는 중이었다.

"바이트 님, 멋있어!"

"이거 진짜 바이트 님의 얼굴이지? 좋다……. 다정하면서도 단호한 느낌이야."

"그런데 화났을 때는 엄청나게 무섭대. 바이트 님의 화난 얼굴. 보고 싶다."

"진짜 멋있을 거야."

나도 몇 년 전에는 저랬을 것이다. 아버지가 돌아가시기 전까지는 영웅 서사시나 연애 이야기를 동경하는 평범한 소녀였다. 그래서 저 소녀들의 심정은 이해가 갔다.

그런데 딱 하나 정정해줄 것이 있었다. 그분이 진심으로 화내는 모습은, 나나 주변 인물들은 한 번도 본 적이 없었다.

그러니까 그 소문은 진위가 불분명한 뜬소문이다.

소녀들은 즐거워하면서 여전히 대화를 계속했다.

"저기, 있잖아. 또 월급 받으면 보러 가자!"

"응, 좋아. 흑랑 경 연극은 희한하게 가격도 싸고⋯⋯ 물론 좋은 자리는 비싸지만."

포르네 님의 전략으로, 그 연극에는 공예도시 비에라의 풍부한 자금이 투입되고 있었다.

포르네 님은 늘 이렇게 말했다. "이런 돈은 억지로 뜯어내면 안 돼. 고객이 돈을 내고 싶어 하게끔 만들어야 해"라고.

"난 흑랑 경의 술잔을 살 거야! 그거 연극에 나오는 소품이랑 완전히 똑같은 거래!"

"진짜?! 그럼 백호 공과 술잔을 나눴을 때 사용된 그거야?! 그걸 살 수 있다고?!"

"응! 별로 비싸지도 않으니까. 나도 그걸로 바이트 님과 술잔을 나눌 거야⋯⋯."

"그, 그렇구나. 백호 공과 나눴던 술잔⋯⋯. 좋아, 나도 살래."

소녀들은 무척 즐거워 보였다.

그렇군. 실제로 자진해서 돈을 내고 싶어 하고 있었다. 그 후의 대화를 들어보니, 돈을 쓰는 것 자체가 즐거운 일인 것 같았다.

아마도 포르네 님의 책략이 성공한 모양이다.

모든 것이 순조로웠고, 오히려 불안해질 정도로 평화로웠다.

언제나 나를 경호해주는 판 님이 오늘도 옆에서 쓴웃음을 짓고 있었다.

"바이트 군은 완전히 인간들의 마음을 사로잡았구나. 무슨 마법을 쓴 걸까?"

나는 쓸쓸하게 웃으며 그 키 큰 여성을 쳐다봤다.

"마법이 아니에요. 판 님. 인간을 대할 때 가장 중요하고 가장 기본적인 것을, 그분은 충실하게 쭉 지켜왔거든요. 이것은 그 결과입니다."

"그게 좀 어려워서……. 인간의 사고방식은 복잡하다고나 할까? 이론적으로는 그럭저럭 알 것 같은데 실천하기가 쉽지 않아……."

판 님은 난처하게 웃었다. 그러더니 갑자기 씩 웃으며 내 얼굴을 들여다봤다.

"저기, 마음을 사로잡은 거. 실은 아일리아 씨도 그렇지 않아?"

"네?"

들켰구나.

"그야 물론, 저는 바이트 님을 좋은 동료이자, 같은 길을 걷는 전우로서 진심으로 신뢰하고 있어요."

순간적으로 튀어나온 말이었는데, 이런 모범답안은 나에게는 익숙한 것이었다.

태수 지위를 계승하고 나서 륜하이트가 마왕군에 점령되기 전까지는, 나는 항상 모범답안만 내놓아야 하는 생활을 계속해왔으므로.

그런데 판 님은 쓴웃음을 짓더니 손을 가볍게 옆으로 흔들었다.

"아, 미안. 그게 아니라. '아일리아 씨가 바이트 군의 마음을 사로잡았다'라는 뜻이었어."

예상도 못 한 이야기라 깜짝 놀랐다. 그, 그런 뜻이었어요?

"설마, 그럴 리가……."

간신히 그 말만 했다.

그러자 판 님은 히죽 웃으면서 이렇게 받아쳤다.

"아니~ 바이트 군은 당신에게 미움받는 것을 제일 무서워하는 것 같던데? 원정 도중에도 내~내 '아일리아 님한테 혼날 거야' '아일리아 님에게 더 이상 폐를 끼칠 수는 없어'라는 말을 입에 달고 살았는걸."

"네? 정말로요?"

"응, 정말이지. 좀 질투가 났어."

토라진 판 님의 얼굴은 마치 어린 여자아이 같았다.

우리는 나란히 걸으면서 한동안 즐겁게 그분의 이야기를 했다.

그러다가 자연스럽게 멈춰 서서 서로의 얼굴을 쳐다봤다.

"어디서 뭘 하고 있는 걸까. 바이트 군은."

"어디서 뭘 하고 계시는 걸까요……."

륜하이트의 대로는 활기가 넘쳤지만, 우리는 서로 마주 본 채 한숨을 내쉬었다.

"판 님, 달콤한 디저트 같은 거라도 먹고 갈까요?"

"어, 진짜? 아일리아 씨, 시찰은 어쩌고?"

"이렇게 우울한 얼굴로 시민들과 이야기를 나눌 수는 없으니까요. 시찰하기 전에 에너지 보충을 해야죠."

"좋아, 그럼 우리 인랑 부대 여자들이 좋아하는 가게를 가르쳐줄게! 작은 가게라서 실은 비밀로 하고 싶었는데. 자, 이리 와."

"앗, 판 님, 너무 빠른데요?!"

나는 판 님에게 손을 잡힌 채 걸어가면서 조금이나마 기운이 나는 것을 느꼈다.

내가 기운이 있는 동안에 돌아와 주세요. 바이트 님.

＊　　　＊

〈카이트의 조사 임무〉

"자, 이제 휴식은 끝이다."

조사단을 호위해주는 특무 기사들이 서로 말을 걸면서 일어났다.

바위에 걸터앉아 쉬고 있던 나는 동년배 광부의 도움을 받아 일어났다.

"벌써 출발하는 거야?"

그러자 특무 기사 중 한 명이 램프를 손에 들고 쓴웃음을 지었다.

"당신 속도에 맞췄다가는 기한까지 조사가 안 끝날 거야."

우리 아버지와 나이가 비슷한 기사한테 그런 말을 들으니까 왠지 좀 머쓱해졌다.

기사들은 모두 아저씨들인데, 무거운 갑옷과 방패로 무장하고 있었다. 도보용 갑주라서 이것도 비교적 가벼운 무장이라고 하지만. 나라면 도저히 감당 못 할 것이다.

지금 나는 볼츠 광산 조사 임무를 수행하고 있었다.

동행자는 나를 호위해주는 특무 기사 세 명과 길 안내를 해주는 젊은 광부 두 명.

특무 기사라는 직위는 기사단 재편성으로 인해 기사단장 지위를 잃어버린 기사들에게 주어진 것이었다. 평의회…… 특히 바이트 씨가 그들을 안타깝게 여겨서, 단장 대우를 해주는 '특무 기사'란 지위를 창설해준 것이다.

바이트 씨는 항상 귀에 딱지가 앉도록 말했다. "남의 자존심을 존중해줘라, 안 그러면 원한을 살 거야"라고.

인랑은 본디 자존심이나 명예에는 신경도 안 쓸 텐데. 바이트 씨는 이상하게 그런 것을 잘 안다니까.

나 참, 도대체 어디서 어떤 수행을 쌓은 걸까?

한편 광부들은 둘 다 신참이었다.

볼츠 광산은 과거에 마왕군 제2사단 수귀(獸鬼)들에 의해 완전히 파괴됐으니까. 그때 광부도 다들 살해돼서, 지금 일하는 광부는 최근에 고용된 녀석들이다.

그들은 오래된 갱도에 관해서는 아무것도 모르지만 어쨌든 이 갱도에서 날마다 일하고 있었다. 그나마 제일 괜찮은 안내인일 것이다.

실은 마술사 조수도 좀 데려오고 싶었는데, 마술사는 수가 적어서 어쩔 수 없었다.

그래서 이 무지막지하게 커다란 산 전체에 뚫린 갱도를 모조리 나 혼자 조사하게 되었다. 어휴, 너무 막 부려먹는 거 아냐……?

그래도 원로원에서 일하던 시절에 비하면 아무것도 아니지만.

이곳을 왜 조사해야 하느냐 하면, 그것도 원로원의 빌어먹을 영감탱이들 때문이었다.

그 무서운 엘레오라 황녀님이 미랄디아 북부를 장악했던 시절. 북부가 거점이었던 원로원은 엘레오라에게 항복했다. 그러나 용서받지 못하고 '추방'을 당했다. 롤문드식 추방은 사실상 처형이었다. 결국 얼어 죽게 되니까.

그때 추방된 원로들이 도망치려고 했던 곳이 이 볼츠 광산으로 추정되었다.

왜 하필 이곳으로 도망치려고 했을까?

다들 의아해했는데, 살아 있는 사람 중에서 그 해답을 아는 사람은 없었다.

정말이지 그 빌어먹을 원로들은 죽고 나서도 폐를 끼친다니까. 그냥 확 죽어라, 응? 아니, 이미 죽었구나.

아, 안 돼. 이런 생각을 하면 바이트 씨한테 혼날 거야. 바이트 씨는 죽은 자를 욕하는 것을 엄청나게 싫어하니까…….

사령술사한테 교육을 받으면 저절로 죽은 자에 대한 경의를 느끼게 되는 걸지도 모른다.

나는 갱도 바닥에 탐지마법을 사용해서 사라진 흔적을 모으기 시작했다.

"이쪽 갈림길은 이미 100년 이상 사용되지 않았어……. 광상*도 감지되지 않고. 폐갱일 거야."

"그럼 잘못 온 건가?"

특무 기사 아저씨들이 서로 얼굴을 마주 보고 한숨을 쉬었다.

그래도 맨 끝까지 들어가진 않아도 되니까. 나한테 감사하세요.

---

*유용한 광물이 많이 묻혀 있는 장소.

애초에 바이트 씨가 이곳을 점령했으면 이렇게 일이 귀찮아지지도 않았을 텐데.

나는 예전에 원로원의 명령으로 이곳을 조사했던 때를 회상했다.

수귀들이 날뛰는 바람에 산기슭의 건물도 다 파괴됐었다.

부서진 석재를 과거시(過去視) 마술로 조사해봤더니 그 수귀들의 끔찍한 파괴행위가 생생하게 떠올랐다.

그때 나는 수귀의 괴력과 전투본능 때문에 공포에 질렸었는데. 그 수귀들보다도 바이트 씨가 더 강하니까. 어휴, 진짜 어처구니가 없다.

수귀보다 강하다면 인간으로선 도저히 상대할 방법이 없잖아. 진짜로 그분이 온건한 마족이어서 다행이다.

뭐, 이제 나는 그 어처구니없는 바이트 씨의 부관이 되었지만. 인생은 참 재미있다.

그런 생각을 하면서 나는 용도 불명의 갱도를 따라 걸었다.

몇 개나 되는 갱도 중 대부분은 평범한 폐갱이었다. 침수됐거나 붕괴했거나. 광상을 다 파헤쳐서 그런 것이리라.

그런데 딱 하나 이상한 갱도가 있었다.

"각도가 이상한데…… 이건 왜 위로 뚫려 있지?"

보통 인간은 모를 테지만, 나는 탐지마법으로 자신의 위치 정보를 알 수 있다.

좀 걷다 보니 어느새 고도가 아주 약간 상승한 것이 느껴졌다.

"이봐, 갱도는 위로 뚫는 경우도 있어?"

"글쎄, 있지 않을까? 하지만 이 광산의 갱도는 전부 내리막이야.

그래서 돌아올 때는 힘들어."

광부들이 그렇게 대답했으므로 나는 좀 더 조사해봤다.

나를 속일 수 있다고 생각하지 마라. 원로원의 망령들아.

갱도는 상당히 오래됐지만 잘 관리된 것처럼 보였다. 그리고 정기적으로 사람이 드나든 것 같았다.

"갱도라서 시간 경과는 정확히 알기 어렵지만, 아마도 1~2년 전에 누군가가 혼자서 이곳을 통과한 것 같아."

"누구인데?"

"불도 안 가지고 들어왔나 봐. 과거시로도 알 수가 없어."

원로 중 누군가가 도망쳐 들어왔다면 시기 등이 일치한다.

특무 기사들은 서로 얼굴을 마주 봤다.

"나랑 하우만이 전방을 경계한다. 글래드는 퇴로를 확보해줘."

"알았어."

세 명의 베테랑 기사 중 두 명이 앞장서서 이동했다. 나머지 한 명은 나와 광부들을 뒤따라왔다. 노련하군.

특무 기사 아저씨들은 엘레오라한테서 "단장 자질은 없다"라는 말을 듣고 지위를 박탈당한 사람들이지만, 그래도 기사는 기사였다. 이런 때에는 역시 믿음직스러웠다.

나는 아저씨들의 갑옷 등짝을 바라보면서 조심조심 갱도 안쪽으로 걸어갔다.

갱도 안쪽에는 낡은 문이 있었는데, 그 문은 열려 있었다. 그 너머에는 방처럼 보이는 공간이 있었고, 시체 하나가 굴러다니고 있었다. 이곳이 갱도의 종점이었다.

서늘하고 습한 방 안에서 시체는 바싹 말라버린 상태였다.

"꽤 오래된 시체군. 속옷만 입고 있는 건가?"

"아마 추방된 원로 중 하나일 거야. 용케 여기까지 왔네."

기사들이 시체를 빙 둘러싸고 내려다봤다.

시체의 신원은 조사해보면 당장 알아낼 수 있다. 그러나 나는 건드리지 않았다.

시체의 상태가 너무 이상했기 때문이다.

습한 방 안에서 시체가 바싹 말라버리다니. 어떻게 된 거야?

"수상한 시체다. 조심해."

"뭐? 그럴 리가……."

내 경고를 들은 기사들은 반신반의하면서도 프로 전투원답게 칼을 뽑았다.

그때 나는 눈치챘다. 시체가 뭔가를 붙잡고 있다는 것을. 금속으로 된 잔이었다.

암흑 속에서 절반 이상이 진흙 속에 묻혀 있었지만, 나는 그 형태를 본 적이 있었다.

화국에서 봤던 아손의 보물과 똑같았다. 그런데 시체에 정신이 팔려서 금방 눈치채지 못했던 것이다.

큰일 났다.

"위험해! 다들 물러서!"

내가 그렇게 외친 순간, 기사들이 일제히 방패를 들고 나를 지키면서 후퇴했다. 뒤늦게 광부들이 허둥지둥 내 등 뒤에 숨었다.

"뭐야? 왜, 뭔데?"

"저놈이 들고 있는 잔은 마법 도구일 거야!"

나는 그렇게 외치면서 그 시체가 쥐고 있는 잔에다가 탐지마법을 걸려고 했다.

하지만 그보다 먼저 주위에서 마력이 소용돌이치기 시작했다. 좀 전까지는 전혀 느껴지지 않았는데. 그 마력의 질과 양은 엄청났다.

그와 동시에 말라비틀어졌던 시체가 펄떡펄떡 몸부림치기 시작했다.

"너너너너는…… 마마마술마술구구마술국의…… 조조조사사사관……?"

쥐어짜낸 듯한 목소리가 기묘하게 메아리쳤는데, 이 방의 문제는 아닐 것이다.

뭐야? 이놈은.

기사 중 한 명이 나를 쳐다봤다.

"어쩌지?!"

"이, 일단 도망치자! 이놈과 싸우면 위험할 것 같아!"

미랄디아 최고의 탐지술사가 이렇게 불확실한 정보를 대충 이야기하다니. 한심하다.

하지만 지금은 자세히 살펴볼 시간이 없었다. 나는 전투능력이 없고, 기사들은 마력의 흐름을 볼 줄 모른다.

이 상황에서는 도망칠 수밖에 없었다.

그런데 시체는 미친 듯이 몸부림치고 뼈가 뚝뚝 부러지는데도 계속해서 신음했다.

"보보보보복수를…… 해해해해야 해애애…… 롤로로롤문드드드

으……."

"아, 몰라, 이 멍청아! 얌전히 죽기나 해!"

나는 뒤돌아서 도망치려고 했다.

그때 갑자기 방의 벽이 부슬부슬 무너지더니 해골들이 우글우글 튀어나왔다.

전부 무장한 놈들. 그것도 상당한 마력을 지닌 존재였다. 사령술로 생성된 망자의 병사, 해골병이었다.

그 순간 주도권은 특무 기사들에게 넘어갔다.

"퇴로를 사수한다!"

"카이트 님과 광부들은 당장 퇴각해!"

세 명의 기사들은 출구를 지키는 형태로 우리를 보호했다.

나는 고개를 끄덕이고 광부들의 등을 떠밀었다.

"빨리 도망치자! 우리가 도망치지 않으면 아저씨들은 도망칠 수 없어!"

"아, 알았어요!"

해골병들은 칼이나 창을 휘두르면서 세 명의 기사들을 향해 쇄도했다. 안 돼, 수가 너무 많아.

"아저씨들도 빨리 도망쳐!"

나는 못 참고 소리를 질렀다. 그러나 기사들은 방패로 해골들을 밀어내면서 외쳤다.

"웃기지 마! 이게 우리가 할 일이다!"

"빨리 가, 애송이야!"

옆으로 나란히 서서 서로의 방패로 몸을 보호하면서, 칼로 반격하는 기사들.

실력은 막상막하처럼 보였다.

그렇다면 승산은 없을 것이다. 적이 너무 많으니까.

하지만 여기서 계속 입씨름을 해봤자 기사들이 점점 더 위험해질 뿐이다.

"아, 몰라. 알아서 해!"

"어, 그래! 우리가 도망치면 너를 지켜줄 사람이 없어지잖아?!"

기사들은 검을 휘두르면서 웃었다. 그중 한 명이 이렇게 소리를 질렀다.

"아 참, 무사히 돌아가거든 우리 셋이서 용감하게 싸웠다고 보고해줘!"

"이 상황에서 무슨 말을 하는 거야?!"

나는 뛰면서 고개를 돌려 등 뒤의 어둠을 향해 외쳤다.

그러자 어둠 속에서 유쾌한 목소리가 들려왔다.

"무슨 말이긴, 제일 중요한 거지! 우리가 명예롭게 싸우면 우리 자식들이 그만큼 덕을 보니까!"

"젠장, 이 바보들아!"

나는 소리를 지르면서 뛰었다.

뭐라고 대꾸해 줬으면 좋겠다. 그러나 더 이상 목소리는 들려오지 않았다.

나는 광부들의 안내를 받아 갱도에서 밖으로 뛰쳐나왔다. 밖에서는 이미 땅거미가 지고 있었다.

우리는 거의 구르다시피 산기슭을 뛰어 내려가서, 광산 관계자

전원에게 피난 명령을 내렸다. 광부도 기술자도 경비병도 다 포함해서.

"도망쳐! 해골병 대군이 몰려온다! 다들 흩어져서 주변의 각 도시로 도망쳐서 이 사실을 태수들에게 알려! 경비대는 성새도시 번강에 가서 구조 요청! 나는 마도에 보고하러 간다!"

나는 말에 올라탔다. 그리고 뒤에 있는 광산을 돌아봤다.

재빨리 수인을 맺어 원거리 투시 기술로 확인해봤더니, 갱도 출구에서 대량의 해골병들이 튀어나와 산을 내려오는 모습이 보였다.

그 대열의 선두에는 해골병 이외의 존재도 있었다.

창에 꿰뚫린 세 명의 기사들. 마지막 순간까지 저항했는지 만신창이가 되어 있었다.

물론 이제는 좀비로 변해버렸다.

지금 내가 할 수 있는 일은 도망치는 것밖에 없었다.

그러나 내가 무사히 도망쳐서 정보를 전달하지 않으면, 더 많은 이들이 죽을 것이다.

"……제기랄."

나는 마도 륜하이트를 향해 말을 달리면서 서쪽 하늘을 쳐다봤다. 석양빛을 받으며 나도 모르게 중얼거렸다.

"왜 하필 이런 때에 그분이 없는 거야……."

미랄디아의 해가 지고 있었다.

* *

〈원한의 탁류〉

이것은 말도 안 된다.

나는 정통적인 혈통의 원로이다. 미랄디아 동맹을 수호하는 지도자이다.

그런데. 그 이국의 불여우가.

감히 나를 추방해서 이 꼴이 되게 만들다니.

용서 못 해.

절대로 용서 못 해.

멸망시켜주마.

배신자들도 모조리 죽여주마.

병사도 백성도 다 멸망시킬 테다.

도시도 전부.

그리고 올바른 나라를 다시 만들 것이다.

충량한 자들, 배신도 안 하고 생각도 안 하고 쉬지도 않는 자들만이 살아가는 올바른 나라를.

카이트의 급보는 즉시 아일리아에게 전해졌다.

"카이트 님, 무사하셔서 다행이에요……. 당신이 알려주신 덕분에 기습은 면했습니다."

아일리아는 위병대와 마왕군, 또 이곳에 주둔하는 베르자 해병대에게 소집 명령을 내리고 나서 카이트를 돌아봤다.

카이트는 필사적으로 얼굴을 가리고 있었지만 눈물이 줄줄 흐르고 있었다.

"젠장…… 기사 아저씨들이…… 우리를 지켜주고…… 좀비로……."

아일리아는 동정심을 느꼈지만, 그녀에게는 해야 할 일이 있었다.

적들이 전사자를 좀비로 만들어 자기편으로 끌어들이는 능력을 갖고 있다면, 야전 같은 것은 결코 허가할 수 없다. 농성전 이외에는 선택의 여지가 없었다.

아일리아는 방어전 준비와 교역로 경계, 또 여행자의 피난 유도를 지시한 다음에 카이트에게 말을 걸었다.

"특무 기사 여러분은 책임을 다하셨습니다. 그들은 미랄디아의 자랑이자, 가장 명예로운 기사들입니다."

그들은 지휘관으로서는 통솔력이나 전술력이 부족했지만, 진정한 기사로서의 긍지를 가지고 있었다.

아일리아는 신중한 말로 카이트를 위로했다.

"그들은 자기 목숨과 맞바꿔 우리에게 살아남을 기회를 주었습니다. 그것을 헛수고로 만들면 안 돼요."

카이트는 얼굴을 북북 문지르더니 힘차게 고개를 끄덕였다.

"아일리아 님의 말씀이 맞습니다. 네, 그럼 다음엔, 다음엔 뭘 하면 될까요?"

그때 아일리아는 불화의 황야에서 도시를 건설하고 있는 워로이를 떠올렸다.

"워로이 님을 도우러 가주세요. 그 도시는 아직 주변에 성채도 없어서, 적의 습격을 알아낼 만한 수단이 없습니다. 당신의 탐지

마법이 필요할 거예요."

"알겠습니다. 저에게 맡겨주세요."

카이트는 벌떡 일어나더니 아일리아에게 고개 숙여 인사했다.

아일리아는 왠지 걱정돼서 그에게 충고했다.

"절대로 무리하시면 안 돼요. 도망쳐야 할 때는 도망치세요. 해골병을 피해서 도망치는 것 자체는 어려운 일은 아니잖아요?"

"네. 목숨을 헛되이 버리지는 않을 겁니다."

카이트는 고개를 끄덕이더니 이런 말을 덧붙였다.

"죽으면 더 이상 바이트 씨의 부관으로 일하지도 못하잖아요."

"……그, 그건 그렇죠. 맞습니다."

이 사람은 바이트 님을 좀 지나치게 좋아하는 게 아닐까.

아일리아는 그런 생각을 해봤다.

해골병이 최초의 도시에 도달했을 무렵에는 미랄디아의 열일곱 개 도시 전체에 급보가 전해진 상태였다.

모든 도시가 임전태세를 갖추고 성문을 굳게 걸어 잠갔다. 그리고 위병대와 자경단이 24시간 체제로 도시 주변을 경계했다.

맨 처음으로 해골병 대군의 공격을 당한 것은 성새도시 변강이었다.

과거에 엘레오라는 여기서 원로들을 심판하여 추방했었다.

"그래, 역시 왔구나."

변강의 태수 드네버는 살짝 한숨을 쉬었다.

"이곳은 본디 전쟁을 담당하는 도시이지만, 그래도 이렇게 자꾸 습격을 당하니 좀 화가 나는군…….”

그가 투덜거리자 기사들과 측근들이 쓴웃음을 지었다.

“드네버 경, 그리 한탄하지 마십시오. 저희가 있지 않습니까. 부디 안심하십시오.”

“게다가 성문을 재건한 보람이 있지 않습니까. 전보다 더 튼튼하게 만들길 잘했어요.”

이 상황에서도 웃을 수 있는 그들이 얼마나 믿음직한지. 드네버도 조금 기운이 났다.

“네, 그건 그렇죠. 또 여기서 우리가 잘 버티면 그만큼 다른 도시에 도움이 될 테니까요. 번강의 용맹함을 널리 알리고, 더 나아가…….”

“더 나아가?”

측근이 고개를 갸웃거리자, 드네버는 호쾌하게 웃었다.

“다음 흑랑 경 연극의 무대로 해 달라고 합시다.”

“그것 참 좋은 생각입니다!”

일동이 폭소를 터뜨렸다. 그리고 아래쪽을 내려다봤다.

성벽 바로 밑에까지 해골병들이 빽빽하게 몰려와 있었다. 검과 창을 휘두르면서 무의미하게 성벽을 두드리고 있었다.

“어디 사는 누구인지는 몰라도, 고작 그런 것으로 이 도시를 공략할 수 있다고 생각하지 마라. 그 황녀의 습격에 비하면 별것도 아닌 주제에.”

기사단장 한 명이 그렇게 중얼거리더니 부하에게 명령했다.

“펄펄 끓는 기름을 있는 대로 가져와라. 또 불화살도. 하우만과

친구들의 원수에게 뜨거운 맛을 보여주자."

"네!"

성새도시 번강은 최초의 밤을 철벽 수비로 무사히 넘겼다.

해골병 대군은 번강 이외의 도시에도 출현했다.

고도(古都) 베스트에도 해골병 군대가 접근하고 있다는 척후대의 보고가 들어왔다.

"위험하군."

베스트의 위병대장이 중얼거리자, 젊은 부관이 고개를 갸우뚱했다.

"왜 그러십니까? 적은 모두 다 보병이고 공성병기는 없는 것 같던데요. 아무리 베스트의 성벽이 오래됐어도, 보병의 진입을 못 막아낼 정도는 아닙니다."

그러자 위병대장은 고개를 옆으로 흔들었다.

"막아내는 것 자체는 가능하지. 하지만 상대는 지치지 않는 망자의 군대야. 포위당하면 우리는 어떻게 될 것 같나?"

"그건…… 음, 아마도 열흘 안에 식량이 바닥날 테지요……."

농성전 준비가 되어 있는 성새도시 번강과는 달리, 정치의 무대인 고도 베스트는 비상식량의 비축분이 적었다. 게다가 도시의 자체적인 식량 생산력도 낮았다.

주변 도시에서 고립되어버리면 오래 버티지 못할 것이다.

그때 파수병이 뛰어왔다.

"큰일 났습니다! 남쪽에서 접근하는 군대가 있습니다! 기병

500기!"

"남쪽에서? 기병이라고?"

볼츠 광산은 베스트의 동쪽에 있다. 확인된 해골병은 전부 다 보병이고. 아마 해골병은 아닐 것이다.

일동은 황급히 뛰쳐나갔다. 그러자 저 멀리서 휘날리는 군기가 보였다.

"마왕군이다."

"원군…… 맞지?"

북부 동맹에 속해 있었던 베스트 위병대의 입장에서는, 마왕군은 아무래도 아군으로 인식하기 힘들었다.

현재 접근하는 것은 인마병처럼 보였다. 파수병이 기병으로 착각한 것도 이해가 갔다.

그 인마병 중에서도 유난히 발이 빠른 인마병 한 명이 베스트의 성문 앞에 도착했다.

"문 열어라, 문 열어! 공업도시 투반에서 농성전용 보급 물자를 가져왔어! 빨리 열어줘, 안 그러면 해골이 올 거야!"

그것은 인마족 소녀였다.

"인마족은 저렇게 작은 소녀까지 군대에 집어넣는 건가?"

"야만적이야…… 역시 마족은 마족이군."

위병들은 그런 말을 주고받았다. 그런데 그 소녀의 다음 말을 듣고 화들짝 놀랐다.

"아, 맞다! 나는 마왕군의 '열주' 필니르야! 투반의 태수이고, 평의원이기도 해! 문 열어, 열라니까~?!"

"뭐라고?!"

"진짜?!"

"투반 태수가 인마족의 무녀라는 소문은 들었는데…….'

"그런데 태수님이 직접 오셨다고?! 우리를 구하러?!"

마족이든 뭐든 태수는 태수이다. 위병들이 태수의 권위에 도전하는 것은 결코 허용될 수 없는 일이다.

"이봐, 성문을 열어! 서둘러! 무례한 짓은 하면 안 돼!"

"종족과 상관없이 정중하게 맞이해라! 고도 베스트의 명예가 걸린 일이야!"

위병들은 허둥지둥 바쁘게 뛰어다니면서, 놀라움을 감추지 못하고 서로 이야기했다.

"투반도 방어전을 준비해야 할 텐데, 태수가 직접 베스트를 위해 달려오다니…….'

"게다가 저놈들은 마족이잖아? 믿어지지 않아…….'

"하지만 이게 사실인걸. 저 마왕군이란 녀석들은 우리가 생각했던 것과는 좀 다른가 봐."

베스트의 남문이 열리고, 투반에서 온 구호물자가 안으로 운반됐다. 뒤따라온 짐수레 부대가 대량으로 도착했을 무렵에는 동쪽에서 해골병 대군이 이쪽으로 다가오고 있었다.

필니르는 창을 높이 들고 부하들에게 명령했다.

"교전은 엄금한다! 저런 녀석들과 싸워봤자 무훈을 세울 수도 없고, 지면 좀비로 변한다고 했어! 자, 돌아가서 우리도 방어전 준비를 하자!"

"네!"

씩씩한 남자 인마병들이 우렁차게 외치더니, 요란한 말발굽 소리를 내면서 노도와 같이 떠나갔다.

베스트 병사들은 그 뒷모습을 그저 멍하니 바라보고 있었다.

"……갔네."

"응. 별로 생색을 내지도 않고, 어, 뭐랄까…… 으음, 뭐였을까?"

북부 주민으로선 자유분방한 필니르의 성격을 잘 이해할 수 없었다.

하지만 이로써 해골병한테 포위당해도 그다지 걱정할 필요가 없어진 것은 사실이었다.

"마족한테…… 또 남부 녀석들한테 빚을 지게 되었군."

"그러게."

멍하니 있는 위병들에게 대장이 호령을 했다.

"자, 온다! 다들 자기 위치로 가! 한 놈도 통과시키지 마라! 이 상황에서 베스트가 함락되면, 우리 위병대는 대대손손 웃음거리가 될 거다!"

"아, 알겠습니다!"

성벽으로 올라간 위병들. 그 눈앞에는 비정상적인 광경이 펼쳐져 있었다.

해골병 대군이 서로 밀치락달치락하면서 탁류처럼 광야에 퍼져나가는 것이었다.

"대체 몇만…… 아니, 몇십만이나 되는 거야……?"

"적에게 공성병기가 있었으면 진짜로 한순간도 못 버텼을 거야……."

고도 베스트를 포위한 망자의 무리. 그중 일부는 또 다른 곳으로 이동을 개시했다.

성벽 위에서 그 장면을 내려다보면서 누군가가 중얼거렸다.

"탁류 같아……."

시체의 탁류는 멈추지 않고 점점 더 불어났다.

*　　*

〈워로이의 궁지〉

'불화의 황야'라고 명명된 비옥한 토지. 롤문드 제국에서 추방된 과거의 황자 워로이는 그 땅에서 소리 높여 외쳤다.

"여기도 금방 망자들이 들이닥칠 거다! 대피할 수 있는 자는 남쪽으로 달아나라!"

북서쪽에 있는 볼츠 광산에서 대량의 해골병이 쳐들어오고 있다는 소식은 이미 그들도 알고 있었다.

그러나 건설 공사를 하러 온 수백 명의 남자들은 아무도 달아나려고 하지 않았다.

뺨에 흉터가 있는 남자가 앞으로 나서서 이렇게 말했다.

"전하, 우리는 안 도망쳐요. 우리는 원래 도시에서 추방된 죄인들이니까."

"걱정하지 마. 피난민이라면 받아주겠다고 아일리아 님도, 샤티나 님도 이미 약속해줬으니까. 괜찮으니까 도망쳐."

워로이는 그렇게 말했지만, 그 남자들은 고개를 가로저었다.

그들은 산적이나 추방자 또는 용병이었다. 뺨에 흉터가 있는 남자도 산적 두목이었다.

그들은 워로이에게 혼쭐이 나기도 하고 도움을 받기도 해서 결국 그에게 충성을 맹세한 남자들이었다.

"우리는 지금 새로운 도시를 건설한다는 큰일을 하고 있습니다. 그러면 이 도시에서 살 수 있고, 더 이상 도적질은 안 해도 되니까. 오히려 도시의 공로자로서 평생 자랑하면서 살 수 있어요. 그러니까 도망치라고 하지 말아주세요."

"아니, 진정해. 잠깐만 피난 가라는 거야. 언젠가 다시 돌아오면 되잖아."

워로이는 그들을 설득했다. 하지만 평소에는 온순한 그들이 오늘은 고집스럽게 말을 듣지 않았다.

"듣자하니 이번 습격은 그 빌어먹을 원로원이 하는 짓이라면서요? 여기서 도망치면 너무 열 받잖아요? 전하."

"맞아요. 간신히 올바른 길로 돌아왔는데, 원로원을 피해 달아나는 것은 사나이의 자존심이 용납 못 해요."

무법자 같은 그 주장을 듣고 워로이는 한숨을 쉬었다. 그들의 심정도 다소나마 이해할 수 있었기 때문이다.

그때 카이트가 뛰어왔다.

"전하, 큰일 났어요! 해골병의 진군 속도가 예상보다 더 빨라서, 새벽이 되기 전에 여기까지 올 것 같습니다!"

"그래. 지치지 않는 병사라면, 장거리 행군 능력이 인간보다 뛰어난 것은 당연하지."

현재 시각은 밤. 카이트가 해골병에게 습격당한 것은 엊그제 저녁이었다.

주변 도시와의 교역로가 정비되지 않았으므로 이곳은 연락을 늦게 받았다.

검성으로 이름난 바르나크가 생각에 잠긴 채 중얼거렸다.

"다들 낮에 중노동을 해서 완전히 지쳤습니다. 이제 와서 어디론가 도망쳐도, 중간에 야영을 해야 할 겁니다."

"그렇군. 무사히 대피할 수 있다는 보장도 없어."

장거리 행군을 하면 반드시 낙오자가 발생한다. 직접 경험해봐서 잘 알고 있었다.

그리고 이번 행군의 낙오자는 십중팔구 죽는다.

백성들을 대피시킬 것인가, 아니면 여기서 방어에 전념할 것인가.

워로이는 결단을 내렸다.

"다행히 이곳에는 대량의 건축 자재가 있다. 자재를 이용해 진지를 구축하자. 자, 즉시 작업을 개시해."

"네, 전하!"

거친 남자들이 힘차게 고개를 끄덕였지만, 카이트는 당황했다.

"저, 전하, 위험합니다! 상대는 몇만인지도 모를 대군인데요?!"

그러나 워로이는 땀에 젖은 셔츠를 확 벗어 던지고 웃었다.

"지금부터 도망쳐봤자 무사히 도망치지 못하는 사람도 많을 거야. 나는 여기 남아서 모두를 지킬 거다. 당신은 도망쳐."

"제가 어떻게 도망쳐요?! 당신을 여기서 죽게 놔두면, 바이트 씨에게 대체 뭐라고 보고하란 말이에요?!"

카이트는 워로이의 갑옷을 집어 들어 그에게 건네주면서 말했다.

"제가 그놈들의 움직임을 탐지해서 전하에게 보고하겠습니다. 전하는 롤문드 최고의 명장이시니까, 어떻게든 잘해주실 거죠?"

"롤문드 최고인지 아닌지는 모르겠지만, 아무튼 나한테 맡겨. 나는 더 이상 과거의 내가 아니야. 부하를 죽게 놔두진 않을 테다."

워로이는 갑옷을 재빨리 걸치고 화국의 십자창을 들었다.

"결투 경과 싸웠을 때와 비하면 망자의 군단 따위는 무섭지도 않아. 1년이든 2년이든 여기서 농성해주마."

워로이는 카이트와 다른 이들을 데리고 건축 자재 저장소로 향했다.

"아, 여긴……?"

카이트가 뭔가 눈치챈 것 같았다. 워로이는 히죽 웃었다.

"눈치챘어? 이 자재 저장소는 그대로 임시 요새로 이용할 수 있게 되어 있어."

석재를 쌓아 올려 간편한 방벽으로 삼고, 목재는 얽어서 방책으로 만든다. 그렇게 적의 습격에 대비한 진지를 구축하는 것이다.

세력권 바깥에서 성채를 만들면 적에게 공격당할 위험성이 높으므로, 롤문드에서는 자재와 인원을 지키기 위해 이런 수법을 사용하는 것이다.

"단, 이것은 그냥 자재 더미일 뿐이야. 제대로 쌓아 올린 것도 아니고, 망루도 탑도 없어. 평지에서 적과 싸우는 것보다는 그나

마 나은 수준이지."

워로이는 그렇게 말하더니 카이트와 일꾼들을 그 석재로 둘러싸인 진지에 들여보냈다. 대량의 자재들 덕분에 적을 막아내는 것은 가능했지만, 거주성 따위는 전혀 고려되지 않은 장소였다.

하지만 지금은 이보다 더 안전한 장소는 없었다.

실은 워로이도 방어전이 가능할 거라고 자신하지는 못했다. 그러나 지휘관이 불안해하면 모두가 동요할 것이다.

그는 일부러 큰 소리를 내면서 당당한 태도로 모두에게 명령했다.

"입구는 통나무로 완전히 막아버리고, 방벽 위에는 문짝을 가로로 덧대라! 적의 침입을 막아내면, 굳이 안 싸워도 그놈들을 물리칠 수 있다!"

상대는 지치지 않는 해골병이다. 정식으로 맞붙으면 인간 측은 피로가 누적돼서 틀림없이 질 것이다.

횃불과 달빛에 의지해서 거친 사나이들이 작업을 개시했다.

"젠장, 누가 도망칠까 보냐?"

"맞아, 원로원의 잔당 따위는 얼마든지 쫓아내주마."

남자들의 사기는 높았지만, 남은 시간은 별로 없었다. 자재 저장소를 완벽한 진지로 만들기에는 시간이 부족했다.

카이트가 소리를 질렀다.

"전하, 왔어요! 서북서, 거리는 24궁리(弓里)! 수는 불명이지만, 수만 명 규모입니다!"

워로이는 고개를 끄덕이더니 일동에게 명령했다.

"현재 작업이 종료되면 즉시 그곳을 떠나라! 전원 농성한다!"

워로이는 십자창을 치켜들고 일동의 사기를 북돋웠다.

"우리는 운이 좋다! 길이길이 남을 무용담이 또 하나 생길 테니까! 무사히 살아남아서 '나는 수만 마리나 되는 해골 군대와 싸워서 이 도시와 진정한 사나이들을 지켜냈다'고 자랑해라! 미랄디아의 아름다운 여자들 앞에서!"

"우워어!"

쇠망치와 도끼를 치켜들고 포효하는 남자들.

바르나크는 칼집에서 칼을 뽑으면서 살짝 쓴웃음을 지었다.

"전하는 거친 놈들을 다루는 솜씨가 천하일품이십니다."

"일부러 배운 것은 아니지만. 유랑자이다 보니 그렇게 된 거지."

그러면서 워로이도 쓴웃음을 지었다.

이윽고 해골 군대가 녹슨 갑옷을 덜그럭거리면서 조용히 다가왔다.

"현재 적의 움직임은 이렇습니다."

카이트가 요새의 지도 주위에 돌멩이를 놓으면서 해골병의 움직임을 설명했다.

그걸 본 워로이는 미소를 지었다.

"용병의 기초조차 모르는군. 지휘관이 없는 것 같아."

"해골병은 마술사가 명령하지 않는 한, 단순한 동작밖에 못 하니까요."

"그렇군."

워로이는 십자창을 번쩍 들고 사나이들에게 명령을 내렸다.

"횃불을 들고 진지 내부를 경계해라! 적군은 칼을 든 탁류이다.

어딘가 빈틈이 있으면 즉시 파고들 거야!"

그의 말은 금방 현실이 되었다.

"두목! 해골병이 벽을 기어오르려고 합니다!"

"판자로 막아놨으니까 그리 쉽게 올라오진 못해. 적이 올라오면, 한 놈을 셋이서 한꺼번에 쳐서 떨어뜨려!"

그 무렵에는 모든 벽에서 금속과 돌이 부딪치는 소리가 울려 퍼지고 있었다.

바르나크가 검을 들고 중얼거렸다.

"저놈들이 벽을 때리고 있군요."

"혹시 약한 부분이 없나 찾아보는 거겠지. 애써 준비한 양질의 석재가 흠집투성이가 되어버리겠군."

워로이는 가벼운 농담을 해봤지만, 이 무수한 소리가 상상 이상의 위압감을 주면서 병사들의 휴식을 방해하리란 것은 쉽게 예상할 수 있었다.

그리고 이 급조된 진지에, 잇따라 열세를 알리는 보고가 들어왔다.

"전하, 큰일 났습니다! 적이 입구의 통나무를 넘어 들어왔습니다! 그놈들이 자기 동료를 밟고 들어왔어요!"

"걱정하지 마, 입구는 기껏해야 두 마리밖에 통과 못 해. 창으로 그놈들을 갑옷까지 통째로 뚫어버리고, 쇠망치나 도끼로 두개골을 박살 내버려!"

"워로이 님! 벽 위에 얹어둔 문짝을 적들이 끌어 내렸습니다! 놈들이 작업장의 사다리를 주워 와서 올라오고 있어요!"

"방패로 포위해서 떨어뜨려! 정식으로 싸우면 우리가 힘들어진다."

카이트가 이마에서 땀을 흘리면서 워로이를 쳐다봤다.

"전하, 해골병이 의외로 만만치 않네요……."

"사다리를 쓸 줄 안다는 것은 예상외였어. 무기를 다루는 재주밖에 없다고 들었는데."

"저도 단언할 수는 없지만, 마술사가 직접 명령하고 있는 것 같습니다. 해골병의 움직임이 자꾸 바뀌는 것을 보면."

"그러면 여기서 버티는 것이 다른 도시를 도와주는 길이군. 적장을 꼼짝 못 하게 붙들어놓으면, 그만큼 미랄디아 세력이 유리해질 테니까."

그때 새로운 보고가 들어왔다.

"큰일 났어요! 적이 화살을 쏩니다!"

"뭐라고?!"

해골병은 보통 창이나 방패를 들고 '전진하는 벽'이 되는데, 그중에는 활을 쓸 수 있도록 조정된 해골병도 있다.

카이트는 그걸 설명해준 다음에 이렇게 덧붙였다.

"해골병에게 활을 들려줘도 비거리나 정확도가 부족해서 명중률은 별로 높지 않다고 하던데요. 다만, 저희는 움직이지 못하니까……."

이 자재 저장소에는 지붕이 거의 없었다. 곡사(曲射)에 의해 상공에서 쏟아지는 화살에 대해서는 완전히 무방비한 상태였다.

워로이는 즉시 고함을 질렀다.

"자신과 동료의 머리 위로 방패를 들어 올려! 적의 화살이 바닥 날 때까지 버텨라!"

"으어억!"

"크윽!"

여기저기서 비명이 들렸다. 이어서 결정적인 보고가 들어왔다.

"전하! 저 녀석들이! 죽은 녀석들이 움직여요! 좀비가 돼버렸어!"

끊임없이 화살 비가 쏟아지는 가운데, 화살을 맞아 죽은 남자들이 차례차례 일어나고 있었다. 새로운 시체는 무기와 방패를 들고 어둠 속에서 과거의 동료들을 공격했다.

"악, 젠장, 그만해! 우리는 동료잖아! 그만……."

"아악, 하지 마! 난 아군이라고! 살아 있어!"

"야, 뒤에! 누, 누가……."

곳곳에서 싸우는 소리가 울려 퍼지면서 남자들이 소리를 질렀다.

번잡스러운 요새의 구조와 밤의 어둠이 문제라서, 도저히 전황을 파악할 수 없었다.

워로이는 목이 터지라고 외쳤다.

"전원 후퇴해라! 요새의 맨 안쪽으로 후퇴해! 내부의 좀비를 격멸하고 안전을 확보한다!"

요새 내부에는 석재와 목재로 된 구부러진 통로가 있었다. 그 좁은 통로에는 비스듬히 날아온 화살이 들어오지 못했다.

워로이는 생존자를 지휘하면서 통로 안쪽으로 후퇴하기 시작했는데, 그러는 사이에 좀비가 꽤 많이 늘어났다.

통로 안쪽에 숨으면서 카이트가 보고했다.

"전하, 바깥쪽 방벽이 해골병한테 점거됐습니다. 게다가 해골 궁병이 있어요."

"그럼 탈환하기는 어렵겠군."

통로에서는 바르나크가 검을 휘둘러 좀비들을 연달아 베어버리고 있었다. 나이가 들었어도 그의 검은 날카롭고 깊게 파고들었다. 좀비들은 더 이상 움직이지 않았다.

그러나 좀비를 전부 해치워봤자 바깥에는 아직도 무수한 해골병이 득실거리고 있었다.

이 상태로 농성을 계속하는 것은 불가능에 가까웠다.

"전하, 더 이상은……."

바르나크가 그를 돌아봤지만, 워로이는 십자창으로 좀비를 쓰러뜨리면서 고개를 옆으로 흔들었다.

"아직 안 끝났어. 자재로 통로를 막아라. 모든 것이 실패하고 나서 포기해도 늦지 않아. 그 남자라면 그렇게 할 거다."

"결투 경 말씀이십니까?"

"그래. 그리고 겨우 이런 일에 굴복한다면, 저세상에 계신 아버님과 형님이 꾸짖으실 거다. 또 뤼니에를 볼 면목도 없고."

"네, 그렇죠."

조카 뤼니에는 평의회의 지원을 받아서 미랄디아 각 도시를 다니며 유학하는 중이었다. 지금은 공예도시 비에라에 있을 것이다.

워로이는 좀 전까지는 부하였던 좀비를 십자창으로 해치우고, 다음 적이 다가오기 전에 재빨리 나무 상자를 처박아서 바리케이

드를 만들었다. 그러자 거친 사나이들도 즉시 그것을 보강했다.

바리케이드를 넘어오려고 하는 좀비의 머리를 뚫어버리면서 워로이는 저 불길하게 빛나는 달을 향해 포효했다.

"진짜 싸움은 지금부터 시작이다!"

해골병은 요새 안으로 계속해서 침입했다. 그 밀도는 점차 증가했다.

"무리하다가 죽지는 마. 지금 누가 좀비로 변하면 끝장이야!"

"방패를 높이 들어! 이봐, 이 녀석 상처 좀 치료해줘!"

여기저기서 노호가 울려 퍼지는 가운데 카이트는 죽음을 각오했다. 그는 탐지마법을 써서 오감을 초월한 정보를 수집할 수 있으므로, 지금 이 상황이 얼마나 절망적인지 잘 알고 있었다.

아군은 벌써 수십 명이나 사망했다. 좀비로 변한 아군의 기습 공격에 의해 살해된 사람이 대부분이었다.

몇 안 되는 사망자가 그보다 몇 배나 되는 피해를 낳는다.

그리고 카이트 일행이 틀어박혀 있는 이 복잡한 통로는 후퇴나 백병전을 할 만한 공간이 없었다. 시야가 좋지 않았다.

지금 신음하고 있는 중상자 중 한 명이라도 사망하면 대참사가 일어날 게 뻔했다.

"바깥은 이미 적들로 가득 차버렸나……."

"고개 내밀지 마! 화살 날아온다!"

워로이가 카이트의 머리를 꽉 누른 순간, 카이트의 바로 옆에 녹슨 화살촉이 푹 꽂혔다.

"전하, 더는 못 버텨요! 전하만이라도 도망치세요! 바르나크 씨가 있으면 무사히 도망칠 수 있을 겁니다!"

카이트가 소리를 질렀지만 워로이는 거들떠보지도 않았다.

"나는 태어나서 지금까지 쭉 아버지와 형님의 뒤에서 보호를 받아왔어. 그리고 지금은 그 녀석의 보호를 받고 있지."

워로이는 바이트 이야기를 하는 것이었다. 카이트는 금방 눈치 챘다.

워로이는 웃음기를 띤 목소리로 창을 휘두르면서 이렇게 말을 이었다.

"그러니까 적어도 당신들은 내가 보호하고 싶어. 허락해줘."

"전하……."

카이트는 눈가를 힘껏 문지르고 하늘을 우러러봤다.

이 사람을 죽게 놔둘 수는 없다.

카이트는 애용하는 마술서를 꺼냈다. 이 상황을 타개할 방법이 없을까 하고, 다시 한번 살펴보기 시작했다.

그런데 그때.

"어?"

주위의 마력이 크게 약동하는 것을 느끼고 카이트는 손을 멈췄다.

위였다. 상공에서 마력의 뒤틀림이 느껴졌다.

위를 쳐다본 카이트의 눈에 확 들어온 것은 차갑게 빛나는 보름달. 그 달을 배경으로, 무언가가 공간을 갈랐다.

카이트는 여전히 위를 쳐다보면서 경악하여 소리를 질렀다.

"바이트 씨?!"

그 직후, 인랑의 포효가 울려 퍼졌다.

＊　　　＊

착지했을 때의 충격이 대단했다.

수십 미터나 낙하했으니 당연하지만. 죽는 줄 알았네.

"다행히 안 늦었…… 아니구나."

쌓아 올린 석재 위에 착지한 나는 무거운 마음으로 주위를 둘러봤다.

동료가 위험해졌을 때 멋지게 등장하는 영웅을 옛날부터 동경했었는데, 실제로는 그렇게 타이밍을 잘 맞추기는 어렵구나. 결국 좀 늦어버렸다.

조금만 더 일찍 도착했으면 아무도 안 죽었을지도 모르는데.

하지만 지금은 그것을 아쉬워하기보다는, 살아남은 자를 아무도 죽지 않게 하는 것이 더 중요했다.

"바이트 씨!"

카이트가 손을 흔들었다. 다행이야. 무사했구나.

그 옆에서 워로이가 창을 휘두르면서 깜짝 놀랐다.

"바이트?! 뭐야, 왜 여기 있어?!"

나는 날아오는 적의 화살을 튕겨내면서 짧게 대답했다.

"구하러 왔어."

스승님의 전이마법을 통해 날아왔는데, 오자마자 험한 꼴을 당했다.

스승님도 이 장소의 고도는 잘 모르셨는지, 마치 "땅속에 묻히는 것보다는 낫겠지!"라는 것처럼 나를 상공에 던져버리신 것이다.

그러나 고도 이외의 위치 좌표는 완벽했다. 과연 스승님은 굉장하셔.

나는 스승님이 주신 마력을 몸속에서 소비하면서 힘을 모았다.

지난 3개월 동안 오랜만에 스승님한테서 일대일 지도를 받았다. 그 덕분에 새로운 마술을 배웠다.

놀랍게도 사령술이었다.

나는 주먹을 내 발아래에 꽂았다. 그리고 대지에서 힘을 끌어올리는 이미지를 형성했다. 이 마술은 아직 배운 지 얼마 안 돼서, 동작과 주문 영창이 꼭 필요했다.

"생명이 없고, 소리가 없고, 힘이 없는 자여!"

나는 주먹을 치켜들고 소리쳤다.

"이곳은 생명이 있고, 소리가 있고, 힘이 있는 자의 세계이다! 내 힘이 있는 생명의 소리를 들어라!"

그리고 나는 온 힘을 다해 포효했다.

필살기 '소울 셰이커'가 작렬했다.

연습도 없이 다짜고짜 시도해본 기술. 그러나 효과는 극적이었다.

소울 셰이커에 의해 주위의 마력이 변질되더니 그것이 언데드들의 마력에 간섭했다.

이놈들은 오직 마력을 동력으로 삼아 움직이는 드론 같은 존재이므로, 마력 간섭을 당하면 인간보다도 약해진다.

스승님이 고안하신 '언데드용 소울 셰이커'는 성공한 것 같았다.

그런데 딱 하나 오산이 있었다.

원형으로 파문을 그리며 퍼지는 소울 셰이커에 의해서 해골병들이 산산이 부서져 나갔다. 그냥 정지시키려고 했는데 철저히 파괴하고 말았다.

스승님이 나에게 주신 마력이 지나치게 거대해서 그런가? 위력이 너무 강했나 보다.

인랑의 눈에는 저 암흑 속에서 폭발하여 가루가 되는 해골병의 모습이 보였다. 자재 저장소 주변에 있는 언데드는 전멸한 듯했다.

일격에 이렇게 되다니. 위력이 장난 아니네.

역시 스승님은 대단하시다.

"의외로 쉽게 끝났군."

내가 고개를 끄덕이며 말하자, 무기를 들고 있던 남자들이 얼빠진 것처럼 주위를 둘러보더니 나를 쳐다봤다.

"바, 방금 그건, 뭐야……?"

"적이 모조리 사라졌는데……?"

"야, 잠깐만. 저거 흑랑 경 아니야?"

"몰라. 난 도시에서 안 살아본 지 오래돼서."

그때 워로이가 창을 높이 들고 외쳤다.

"지금이다! 적의 침입을 저지해라! 전원 출격!"

"네, 네!"

"그래, 이 기회에 전부 막아버리자!"

"적을 격퇴해!"

사나이들이 도끼나 쇠망치를 휘두르면서 자재 저장소 여기저기로 흩어졌다.

자재 저장소 주변의 적은 전멸했고, 소울 셰이커의 영향으로 한동안 이곳에 언데드는 접근할 수 없을 테니까 시간은 충분히 있었다.

소울 셰이커의 파장을 조절한다는 것은 좋은 아이디어였다.

스승님이 말씀하신 것만큼 쉽지는 않았지만, 아무튼 힘내서 앞으로도 다양한 응용 버전을 만들어보고 싶었다.

나한테는 이것 말고는 화려한 마법이 하나도 없으니까…….

"바이트!"

어느새 워로이가 나를 쳐다보고 있었다. 나는 얍 하고 석재의 산에서 뛰어내렸다.

"워로이, 무사해서 다행이야."

"미안, 또 너의 도움을 받아버렸군."

그토록 심한 궁지에 몰렸으면서도 워로이는 침착해 보였다.

워로이의 지휘를 받는 거친 일꾼들은 묵직한 망치와 커다란 문짝 방패를 들고 돌진했다. 그리고 돌파된 부분을 통나무 등으로 막았다.

이런 위기 상황인데도 이만한 사기와 질서가 유지되고 있는 것은 워로이의 인망과 통솔력 덕분일 것이다.

나는 부상자들을 마법으로 치료하면서 워로이를 칭찬했다.

"역시 굉장한데? 워로이. 전멸을 피했을 뿐만 아니라 피해를 최소한으로 억제하다니."

그러나 워로이는 한숨을 쉬었다.

"아냐, 나는 또 많은 사람을 죽게 했어. 이럴 줄 알았으면 억지로라도 도망치라고 명령할 걸 그랬어."

"그건 아니야."

나는 고개를 저었다.

"스승님…… 마왕 폐하의 말씀으로는, 해골병은 이미 주변 도시를 포위하고 있는 것 같아. 도망쳐도 도시에 들어가진 못했을 수도 있어."

"그래……? 그럼 여기 머물 수밖에 없었던 건가."

적은 아마도 언데드로 변해버린 원로원 잔당 중 누군가일 것이다.

원로는 엘레오라가 지배하던 시절의 미랄디아밖에 모르니까. 이곳에 새로운 도시가 건설되고 있다는 사실을 금방 눈치채진 못했다.

그러니까 이미 다른 도시들은 모두 포위된 상태였다.

"게다가 벌써 미랄디아 중앙부 대부분이 적의 '영적 지배하'에 들어갔다고 해."

"그게 뭐야?"

"음, 요컨대 죽은 자를 자유롭게 조종할 수 있는 상태라는 거야."

실은 나도 잘 모르는데, 사령술사에게는 일종의 제공권 같은 거라고 한다.

"사령술사들의 싸움은 땅따먹기 게임 같은 측면이 있는데, 이 주변은 적이 지배하는 땅이야. 사망자가 발생하면 위험해."

다행히 내가 치료한 중상자들은 목숨을 건진 것 같았다.

나는 워로이를 향해 몸을 돌렸다.

"미안하다. 대수해의 깊숙한 안쪽에 있어서 이번 사태를 너무 늦게 눈치챘어. 어디 다치진 않았나?"

"당연히 안 다쳤지. 난 너랑 싸워서 생환한 남자라고. 아무튼 우리를 구해주고 치료해줘서 고맙다. 이거 참, 부끄럽군."

워로이는 이제야 겨우 웃는 얼굴을 보여줬다.

그때 카이트가 마법으로 주위를 경계하면서 나에게 질문했다.

"저, 바이트 씨. 마왕 폐하는 지금 어디 계십니까?"

"스승님은 북부 도시를 구하러 가셨어. 그쪽은 사령술사가 적으니까."

"그럼 북부는 괜찮겠네요. 남부는 어쩌죠?"

"뭐야, 설마 초일류 사령술사가 두 명 있다는 사실을 잊어버린 거야?"

그렇다. 남부에는 멜레네 선배와 파커가 있었다.

나는 카이트의 뺨에 생긴 생채기도 본 김에 치료해주면서, 늦게 온 것을 무마하려고 일부러 미소 지었다.

"자, 반격 개시다. 다 함께 그놈을 때려눕히자."

"네, 좋아요!"

옳지, 잘 넘어갔다.

도와주러 올 예정인 파커와 합류하면, 나도 볼츠 광산으로 가

봐야겠다.

＊　　＊

〈열일곱 도시의 반격〉

　미랄디아 북부 상공에서는 마왕 고모비로아가 둥실둥실 떠다니면서 가만히 하계를 내려다보고 있었다.

　"뿌리를 뻗듯이 자신의 지배 영역을 확장하고 있구나."

　사령술사인 그녀에게는 보였다. 볼츠 광상 방면에서 뻗어 나온 무수한 '뿌리'가.

　마력의 네트워크를 구축해서 그 토지를 영적으로 지배하기 위한 것이었다.

　지배된 토지에서 발생한 사망자는 '뿌리'의 주인의 충성스러운 부하가 된다.

　이런 규모로 네트워크를 구축하려면 막대한 마력이 필요하기에 보통은 불가능하다.

　평범한 사령술사라면 졸도할 만한 광경이었지만, 고모비로아는 고개를 설레설레 저으며 한숨을 쉬었다.

　"이건 못쓰겠구나……. 아주 초보적인 부분부터 잘못됐어."

　고모비로아는 지팡이를 살살 흔들어, 저 아래에서 확장되고 있는 '뿌리'에 간섭했다.

　"힘을 얻은 것은 좋은데, 사용법을 모르니 아까운 일이야. 좀 더 연찬을 해야지, 응?"

싸운다기보다는 마치 답안 첨삭 지도라도 해주는 듯한 말투로 중얼거리면서, 고모비로아는 아래쪽에 있는 '뿌리'를 하나하나 제거하기 시작했다.

"낭비되는 마력, 불필요한 기술. 영적 지배 수순은 엉망진창이고, 덤으로 영혼을 다루는 방식도 서툴러. 잘된 것이 하나도 없어."

고모비로아가 '뿌리'의 요소요소를 절단하자, 그 토막 난 '뿌리'는 저절로 소멸했다.

고모비로아는 반대로 북부 전역에 거대한 방벽을 펼쳐서 '뿌리'의 침입을 완전히 차단해버렸다.

"마력의 양이 어마어마해서 다소 긴장했다만, 이 정도면 나의 자랑스러운 제자들이 훨씬 더 강할 것이야."

의기양양하게 훗! 하고 가슴을 쫙 펴면서 미소를 짓는 고모비로아.

그러나 갑자기 걱정스러운 표정을 지으며 남쪽을 바라봤다.

"제대로 잘해야 한다. 기본만 잘 지키면, 결코 그대들이 못 이길 상대는 아니야."

같은 시각, 남서부의 고도 베르네하이넨에서는 흡혈귀 미녀 태수 멜레네가 큰 소리로 외치고 있었다.

"다들 잘 들어!"

멜레네 앞에 있는 것은 친위대인 흡혈 기사들과, 고모비로아 문하에서 공부한 흡혈 사령술사들이었다.

"베르네하이넨은 현재 해골병에 포위되어 있어. 하지만 그것은 표면적인 현상. 마술사라면 현혹되어선 안 돼. 해골병은 기사들에게 맡기도록 해."

사령술사 고모비로아의 첫째 제자인 멜레네는 현재 상황을 정확히 알고 있었다.

"적은 미랄디아 전역을 영적으로 지배해서 인간들을 멸망시킬 작정이야. 하지만 그렇게 되면, 우리 흡혈귀들도 멸망하게 될 거야."

전원이 고개를 끄덕였다.

인간이 멸망해버리면 흡혈귀는 더 이상 살아가지 못한다.

"다행히 이곳에는 선생님 밑에서 배운 사령술사들이 많이 있어. 그러니 총력을 기울여 베르네하이넨의 영적 우세를 회복하고, 적의 침공을 막아낸다. 알았나?"

"네, 멜레네 님!"

부하 흡혈귀들은 모두 다 멜레네에게 피를 빨려서 탄생한 '자식들'이었다.

질병이나 부상으로 목숨을 잃을 뻔한 사람이나, 사회적으로 인간으로서 살아갈 수 없게 된 사람.

모두 멜레네에게 구원받아 흡혈귀의 삶을 얻었다.

전원이 멜레네를 사모하고, 기꺼이 목숨까지 바치려고 하는 용맹한 자들이었다.

멜레네는 흡혈 기사들에게도 명령했다.

"해골병을 막아내는 것은 당신들의 역할이야. 흡혈귀의 육체는 그리 쉽게 죽지 않아. 자신감과 긍지를 가지도록 해."

"네! 저희에게 맡기십시오!"

섬뜩한 갑옷을 입은 기사들이 검을 받쳐 들었다.

그들의 괴력과 불사신에 가까운 생명력은 그 자체가 엄청난 전력이었다.

멜레네는 부하들의 사기를 확인하고 온화한 미소를 지었다.

"우리는 더 이상 하늘을 날지도 못하고 변신을 하지도 못해. 참으로 약한 흡혈귀야. 하지만 약해진 덕분에 이런 대낮에도 싸울 수 있게 되었어."

장점을 잃음으로써 단점을 극복한 그들은 인간들의 흡혈귀 사냥을 피해서 살아남을 수 있었다.

멜레네는 이야기를 계속했다.

"그리고 조상님들이 물려주신 괴력과 생명력, 또 사령술의 소질은 건재해. 당신들의 연구 성과를 나에게 보여줘."

"네!"

각자의 위치로 달려가는 부하들. 멜레네는 웃는 얼굴로 그 모습을 지켜본 뒤, 탑 위에서 해골병 군대를 내려다봤다.

"어디 사는 누구인지는 몰라도, 힘에 도취해 있다는 것은 확실히 알겠어. 아니, 힘에 푹 빠진 상태인가."

실제로는 어떤지 멜레네로선 알 수 없었지만, 그녀는 그런 식으로 혼잣말을 했다.

"그러나 이 정도 힘으로는 나를 놀라게 하지 못해. 나는 이보다 더 굉장한 녀석들과 함께, 훨씬 더 굉장하신 스승님 밑에서 공부

해왔으니까."

멜레네의 뇌리에 파커와 바이트의 얼굴이 떠올랐다.

멜레네는 드레스를 휘날리며 움직였다. 옷자락이 뒤집힌 것도 신경 쓰지 않고, 꼿꼿하게 서서 수인을 맺었다.

"나는 사령술사로서는 선생님의 발끝에도 미치지 못하고, 또 파커에게도…… 뭐, 근소한 차이로 못 이기는 수준일까?"

실은 파커의 실력이 스승님과 비견할 만하다는 사실은 알고 있었지만, 그의 실력을 인정하는 것은 왠지 마음에 안 들었다.

멜레네는 복잡한 수인을 맺고 마력을 끌어올리면서 이렇게 소리를 질렀다.

"하지만, 그래도 여태까지 해온 노력으로는 절대 아무한테도 안 져!"

대현자 고모비로아의 제자가 된 지 수십 년. 인생의 전부를 사령술 연구에 바쳐온 흡혈 미녀는 마치 춤추는 듯한 동작으로 마력을 해방했다.

"도대체 뭐 하는 놈인지는 몰라도, 난 네놈과는 전혀 다른 것을 짊어진 몸이야! 흡혈귀의 미래를 파괴하는 자는 용서할 수 없어!"

멜레네가 수인을 맺을 때마다, 시내에 있는 적의 주술이 하나씩 풀리기 시작했다. 멜레네가 영적 결계를 만들어서 적의 마력을 쫓아내고 있는 것이었다.

이에 호응하듯이 시내 각지에서 조그만 결계가 생겨났다. 다른 흡혈 사령술사들이 각자의 위치에서 결계를 만드는 것 같았다.

그것들은 멜레네의 결계에 비하면 훨씬 작았지만, 그래도 서서히 베르네하이넨 전체를 뒤덮어 갔다.

"자, 이대로 도시 밖으로 나간다! 파커보다 먼저 볼츠 광산으로 향하는 길을 개척하는 거야!"

마치 그 말을 들은 것처럼 흡혈귀들이 생성하는 결계가 점점 더 넓게 퍼져나갔다.

그 무렵, 마도 륜하이트의 어느 곳에서는 파커가 고개를 갸웃거리고 있었다.

"왠지 누가 나를 욕하는 것 같은데…… 바이트인가?"

파커는 다시 시선을 돌렸다. 그리고 꽃다발을 묘비에 바쳤다.

눈앞에 있는 그 묘비는 과거에 이 도시를 공격했다가 전멸해버린 투반 병사 400명을 위한 묘비였다.

륜하이트의 영적 지배권은 이미 파커가 탈환했다. 마도 전체를 영적으로 지배하는 것쯤은, 그에게는 별로 어려운 일도 아니었다.

"음, 어디까지 이야기했더라? 아, 그래. 투반의 현재 상황."

파커는 마치 그곳에 누가 있는 것처럼 친근한 말투로 이야기했다.

"그래서 말인데, 투반은 지금 필니르가 성실하게 다스리고 있어. 물론 평화로운 방식으로. 그 아이는 지도자의 자질이 있고, 또 뭐든지 열심히 하는 타입이거든."

파커는 묘비를 어루만지면서 부드럽게 이야기를 계속했다.

"자, 그러니까 어때? 너희들도 좀 더 싸우고 싶지 않아? 마지막 전투가 정의롭지 못한 패전이라면, 전사로서 불만이 있을 것

같은데."

주위에 영혼의 기운이 가득 차올랐다.

그걸 느끼면서 파커가 조용히 말했다.

"실은 나도 너희들과 같은 남부 사람이야. 이래 봬도 정식 신분은 있어."

그리고 파커는 주위에 살아 있는 자가 아무도 없음을 확인하고, 품속에서 은반지를 꺼냈다. 이제는 사용되지 않는 문장(紋章)이 희미하게 빛났다.

파커는 반지를 살며시 쓰다듬더니 자기 이름을 밝혔다.

"내 이름은 파커. 파커 파스티에. 이제는 멸망해버린 도시의 태수 가문 출신이야. 가독의 지위는 내 동생이 이어받았기에 태수의 상징인 미들네임은 없지만."

소리 없이 술렁거리는 영혼들.

그 이름을 아는 자는 그다지 많지 않을 테지만, 그렇기에 파커의 말이 거짓말이 아니란 것을 영혼들도 눈치챈 모양이다.

파커는 즐겁게 이야기를 계속했다.

"어때, 이제야 겨우 평화로워진 이 미랄디아를 나와 함께 수호해보지 않을래? 그럴 마음이 있다면, 내가 너희들에게 힘을 나눠줄게. 다시 한번 싸울 힘을."

상대는 즉시 대답했다.

공간이 일그러지더니, 무장한 해골들이 천천히 등장했다. 투반시의 문장을 달고 있는 병사들이었다.

약 400명. 이곳에 안치된 거의 모든 사자가 파커에게 충성을 맹세한 것이다.

20%만 지배해도 성공했다는 소리를 듣는 사령술의 상식에 의하면, 거의 불가능에 가까운 성공률이었다.

그걸 본 파커는 머리를 긁적거렸다.

"아, 그렇군. 이렇게 영혼을 대하는 진지한 태도가 고모비로아류(流)의 진수인가. 나도 생전에 선생님을 만났으면…… 음, 어쨌든 뭐든지 도전해보는 게 중요하구나."

파커는 혼잣말을 중얼거리며 일어나더니, 앞에 정렬해 있는 해골병들에게 인사했다.

"자, 그럼 당장 미랄디아를 수호하는 전쟁을 하러 가자. 다른 사자들도 불러서 떠들썩하게 한번 해볼까?"

해골병이 빛바랜 투반 위병대의 군기를 들어 올렸다. 계절의 변화를 알려주는 바람에 그 깃발이 나부꼈다.

롤문드 병사, 륜하이트 위병, 또 륜하이트 시민의 영혼도 거느린 파커는 성문 앞에 섰다.

그는 후배들에게는 들려준 적 없는 위엄 있는 목소리로 이렇게 명령했다.

"지금부터 마도 방어 및 미랄디아 전역의 영적 질서 회복을 위한 전투를 개시한다. 문을 열어라! 출격이다!"

*   *

<먼 옛날의 형>

"형, 또 식사도 거르고 책만 읽는 거야?"

그가 방의 커튼을 확 열어젖혔다. 나는 그를 보면서 창백한 손을 들었다.

"음식물은 내 몸을 유지해줄 뿐이지, 내 병을 고쳐주지는 않으니까."

"그렇다고 아무것도 안 먹으면 병이 더 악화하잖아. 환자답게 몸조리를 잘해야지, 응?"

서늘하고 눅눅한 이 방 안에 부담스러울 정도로 활기찬 목소리가 울려 퍼졌다.

침대 위에서 나는 눈살을 찌푸렸다.

"그래, 다 좋은데 그 책상에 있는 책은 건드리지 마. 순서가 중요하거든. 게다가 메모지도 끼워져 있고."

"응, 알았으니까 밥 먹어. 형. 형은 파스티에 태수 가문의 적자잖아."

"가독의 지위는 너에게 양보할 거라고 했잖아. 아버님과 다른 분들도 찬성해주셨고."

"그래도 이 가문의 장남은 형이야. 형답게 행동해줘."

형답게……?

나는 속으로 한숨을 쉬었다. 병마에 시달리면서 아무것도 못 하고 사령술 연구에만 푹 빠져 있는 내가 과연 형이라고 할 수 있을까.

"아, 이거 봐. 또 자기혐오를 하고 있네. 형은 내가 동경하는 사람이니까. 좀 더 행복하게 웃었으면 좋겠어."

동경한다고? 나를? 농담이지?

문득 자조적인 웃음이 흘러나왔다.

하지만 그는 그런 웃음을 보고도 기뻐했다.

"좋아, 완성도는 40%밖에 안 되지만, 당장은 그 정도 웃음으로도 괜찮아."

"넌 나를 동경한다는 것치고는 너무 거만하게 구는 거 아냐?"

나는 가운을 걸치고 침대에서 일어났다.

억지로 몸을 확 일으키면 발작이 일어나니까, 몸을 비스듬히 기울여서 뒤척거리듯이 일어난다. 요령이 좀 필요했다.

이어서 나는 신중하게 숨을 고르고 그를 향해 돌아섰다.

"그래, 나한테 무슨 볼일이야? 네가 오늘 아침의 승마술 연습보다 더 중요하다고 생각한 용건이잖아? 그게 뭔지 상상이 잘 안 가네."

그러자 그의 목소리가 갑자기 변했다. 낮고 차분한 목소리가 되었다.

"자리아의 밀사가 왔어. 북부 녀석들과 전쟁을 하게 될 거야."

"원로원? 이 도시에도 쳐들어온대?"

"응, 아마도. 시간이 별로 없어. 형은 피난을 가줘. 비에라나 로초로 가면 돼."

"파스티에 가문의 남자가 이런 때 도시를 지키지 않는다는 것이 말이 돼……?"

나는 기가 막혔지만, 그의 말도 이해는 갔다.

중환자인 나는 전쟁에는 도움이 안 된다. 병사나 시민을 지휘하는 것도, 협상이나 조사를 하러 가는 것도 불가능하므로. 말도 못 탈 정도로 쇠약해진 상태였다. 차라리 없는 게 나을 것이다.

"있잖아, 형. 나는 형이 걱정돼서 하는 말이거든?"

상대가 그렇게 말하니 나도 반대할 수 없었다.

"알았어, 알았어."

결국 나는 항복하고 고개를 숙였다.

하지만 이 말 하나는 꼭 해야겠다. 중요한 것이다.

"후계자인 너의 지시에 따를게. 그래도 이것 하나만은 기억해줘. 너는……."

그 순간, 나는 또다시 기나긴 추억에서 깨어났다.

그다음 장면은 도저히 기억나지 않았다.

내가 살아 있는 육체를 잃어버리기 전의 마지막 기억. 그 후 나는 어떻게 그 도시에서 빠져나왔는가. 그리고 어떻게 연구를 완성하여서 불멸의 존재가 되었는가.

당시의 일기에는 기록이 남아 있었지만, 내 머릿속의 기억으로서는 그저 어렴풋하게 남아 있을 뿐이었다.

그리고 나는 동생의 얼굴도 이름도 더 이상 기억하지 못했다. 두개골 안쪽에서 떨어져 나간 것처럼 그 기억이 싹 사라진 것이다.

내가 기억하는 것은 그 활기차고 상냥한 목소리밖에 없었다.

그 목소리의 인상은 왠지 바이트와 비슷했다. 특히 기막혀할 때의 목소리가 똑같았다. 어쩌면 얼굴도 비슷할지도 모른다.

"후후……."

내가 소리 내어 웃자, 주위에서 대열을 이루고 있는 해골병들이 반응했다. 물론 아무것도 모르는 사람은 그 변화를 전혀 눈치채지 못할 테지만. 죽은 자들의 마력의 잔물결이 아주 잠깐 느껴졌을 뿐이다.

나는 가볍게 손을 흔들었다.

"아, 별일 아니야. 가자. '동생들'이 기다리고 있으니까."

나는 딱 한순간 고향이 있는 곳을 돌아봤다. 그리고 다시 걸음을 뗐다.

＊　　　＊

그 무렵, 북부의 각 도시에서도 속속 병사들이 반격을 개시했다.

"마왕 폐하께서 친히 설명해주신 바에 의하면, 더 이상 해골병은 마력 공급을 받지도 못하고 지휘자도 없다고 한다!"

"게다가 전사자를 빼앗길 염려도 없어졌다! 지금이 바로 반격할 기회다!"

"이번에야말로 도시를 지키는 거다! 적을 몰아내자!"

성새도시 변강의 성문이 열리더니, 중장보병들의 대열이 망자의 대군을 가르며 진격했다.

"성당기사단, 지금부터 성지의 안녕을 위해 출진합니다."

성스러운 마크가 새겨진 방패를 든 기사들. 종교도시 이올로랑게의 수장 오베니우스는 그들을 향해 고개를 끄덕였다.

"미랄디아에 사는 모든 이들을 위해서, 횡포한 자들을 물리쳐라."

"네!"

일제히 치켜든 창의 창끝이 구름 사이의 하늘을 찔렀다.

남부의 공예도시 비에라에서도 포르네 태수가 훈시를 하고 있었다.

"잘 들어. 비에라 의장병은 예쁜 장난감 병사가 아니야. 실전에서도 더없이 뛰어나다는 것은, 당신들을 선발한 내가 제일 잘 알고 있어. 그러니까 더 이상 고지식한 놈들이 이곳을 허식의 도시라고 부르지 못 하게 해줘."

"경애하는 포르네 님, 부디 저희에게 맡겨 주십시오."

"비에라 의장대의 포학함을 후세 사람들의 이야깃거리로 만들겠습니다."

찬란한 갑옷을 입은 강인한 젊은이들이 웃었다.

그리고 북부의 농업도시 바헨. 그곳은 과거에 마왕군 제2사단에 점령되어 큰 피해를 입은 도시였다. 성벽도 여기저기 무너져 있었다.

그 바헨의 부실한 성벽 주위에는 흙 포대를 쌓아서 만든 진지가 구축되어 있었다.

흙 포대를 사이에 두고 해골병들과 대치하고 있는 것은 용인 병사들이었다.

"빈사 상태가 된 병사는 즉시 목을 베세요! 아직 살아 있어도! 죽으면 적이 되니까!"

진홍색 비늘을 지닌 용인 미녀 기사 슐레는 사벨을 높이 들고 병사에게 명령했다.

"이대로 바헨을 지키는 겁니다! 이제 그들은 우리의 아군이니까,

마왕군의 명예를 걸고 이곳을 사수합시다!"

바헨의 응원군은 없었다.

과거에 거인족과 도깨비족의 습격을 당한 바헨 사람들은 모든 마족에 대해 강한 경계심을 품고 있었다.

슐레는 그것을 알았다. 그래서 부하인 용인병들만 데리고 이 간이 진지를 지키고 있는 것이었다.

철저한 방어전을 펼침으로써 피해를 최소한으로 억제했지만, 역시 전사자는 나왔다.

쓰러진 자는 금방 좀비로 변한다. 그래서 뒤에서 대기하던 용인병들이 미리 도끼 같은 것으로 그의 목을 잘라 처치했다.

용인들은 항상 냉정하기에 그래도 잘 통제되고 있었지만, 인간이 보기에는 참혹한 지옥의 풍경일 것이다.

그런데 좀 전부터 아군 전사자가 좀비로 변하지 않게 되었다.

해골병들의 침공도 눈에 띄게 둔화됐다. 해골병이 전투를 잊은 것처럼 우두커니 서 있는 광경이 확인됐다. 저절로 무너져서 더 이상 움직이지 않는 해골도 있었다.

"고모비로아 폐하께서 이 땅을 정화해주셨나 보군요."

슐레는 지금이 좋은 기회라고 판단하여 부하에게 명령했다.

"반격을 개시합니다. 적의 수를 줄이고……."

그때 슐레는 바헨의 성문이 열리는 것을 보았다.

그보다 조금 전, 바헨 위병들은 안절부절못하고 있었다.

"우리의 도시를 마족이 지켜주고 있어. 이래도 되는 거야?"

"마족이 어찌 되든 무슨 상관이야? 저놈들 때문에 이 도시가 얼마나 끔찍하게 파괴됐는지 잊어버렸어?"

"아니, 실은 그게 문제야. 우리는 그때 도시를 지키지 못했고, 지금도 또 방어를 남에게 맡기고 있잖아."

"그건…… 음, 그건 그래."

한 번도 자력으로 도시를 지켜내지 못했다는 사실이 그들을 좌절하게 했다.

그때 바헨의 태수 콕토가 나타났다. 검과 갑옷으로 무장한 모습이었다.

젊지 않은 태수가 실전용 중무장을 하고 나오자, 위병들은 깜짝 놀랐다.

"태수님, 그 차림은……."

그 말에 콕토 태수는 의연한 태도로 이렇게 말했다.

"나는 출격해서 마왕군과 함께 싸울 것이다. 이대로 마왕군에게 이 도시를 지키게 한다면, 도대체 위병과 태수는 무엇을 위해 존재하냐고 시민들이 한탄할 테니까."

위병들은 당황했다.

"위험합니다! 밖에는 해골병들이 우글거리고 있습니다!"

"그럼 그 위험한 장소에서 이 도시를 지키고 있는 것은 누구냐? 영광스러운 바헨 위병대인가?"

"그, 그건……."

"나도 마족은 싫어한다. 그때 용인은 없었지만, 그래도 마왕군이 바헨을 침공한 것은 용서할 수 없어. 그러나."

콕토는 한숨을 쉬었다.

"이대로 있으면 다음 평의회에서는 내가 웃음거리가 될 거다. 용감하고 노련한 위병대를 거느리고 있으면서도, 자기 도시의 방어를 마왕군에게 다 맡겨버린 무능한 인간으로서."

"하지만, 콕토 님……."

콕토는 미소를 지었다.

"아무에게도 강요할 생각은 없어. 나 자신의 명예를 위해서 나 혼자 가겠다. 혹시 전사하더라도, 이 도시를 위해 싸우다가 태수로서 죽는다면 만족할 것이다."

"지, 진정하세요! 태수님이 단기로 출진했다가 전사하신다면, 그건 우행의 극치입니다!"

위병들이 아우성쳤지만 콕토는 칼을 빼 들고 걸음을 뗐다.

그 뒷모습에서는 단호한 결의가 느껴졌다. 위병들은 결국 각오를 다졌다.

"어휴, 가자. 이제는 해볼 수밖에 없어."

"마족을 위해서가 아니야. 태수님을 위해서야."

"그리고 우리의 바헨을 위해서."

아직 마족에 대한 앙금은 남아 있었지만, 그들은 무기를 들고 태수의 뒤를 쫓아갔다.

그 후 바헨 위병대와 마왕군 용인 부대가 함께 싸워서 바헨 주변의 해골병을 일소했다.

이리하여 각지의 위병대와 평의회 직속 기사단, 용병대 등이 움직이기 시작했다.

도시 주변의 적을 일소한 부대는 저마다 볼츠 광산을 향해 진군을 개시했다.

'그'는 초조해하고 있었다.

분명히 이 정도 마력을 투입해서 만든 '뿌리'라면 미랄디아 전역을 뒤덮어야 할 텐데. 심지어 산맥 너머 롤문드의 일부까지도 지배할 수 있을 텐데.

그런데도 현재 각지에서 적대자가 '뿌리' 구축을 방해하고 있었다.

그의 가장 큰 능력은 '뿌리'를 뻗음으로써 무한에 가까운 죽은 자를 지배하에 두고 자기 뜻대로 조종하는 것이었다.

그걸 위해서 막대한 마력을 투입해 '뿌리'를 확산시켜 왔다.

그런데 이대로 '뿌리'가 퇴치돼버리면, 자신이 사용한 마력을 회수하는 것조차 불가능해질 것이다.

현시점에서 그는 네 명의 적대자를 파악했다.

가장 큰 적대자는 미랄디아 북부 전체를 뒤덮을 정도로 강대한 마력을 가진 존재였다.

튼튼한 '뿌리'를 쉽게 잘라내는 힘과 군더더기 없는 행동. 덤으로 무진장에 가까운 마력을 가지고 있었다.

그리고 미랄디아 남부에 있는 두 명의 적대자.

둘 다 마력은 별로 대단하지 않았지만, 남서부의 적대자는 '뿌리'의 파괴 속도가 무섭도록 빨라서 이쪽이 조금씩 밀리고 있었다. 아마도 많은 인원을 동원해 효과적으로 배치한 것 같았다.

한편 남동부의 적대자는 천천히 이동하면서 '뿌리'를 추적해서, 북부의 적대자와 마찬가지로 '뿌리'의 급소를 파괴해 나갔다.

그것을 막기 위해 이쪽에서는 해골병을 보내고 있는데, 이상하게도 그 진군을 저지하지는 못했다.

해골병의 상태를 감시하고 싶어도 해골병의 시각에 접속하지 못하는 상황이었다.

그리고 마지막으로 미랄디아 중앙부에 자리 잡은 적대자가 있었다.

이 녀석은 아마도 사령술사는 아닌 것 같은데, 정체불명의 공격으로 해골병과 '뿌리'를 한꺼번에 날려버렸다.

해골병은 마력을 소비해서 생산하고 있으므로, 해골병의 소모는 '뿌리'에 투자하는 마력에 영향을 미친다.

한 번에 수백, 수천이나 되는 해골병이 파괴되기 때문에 그 전력을 보충하는 데 상당한 시간과 마력을 빼앗기고 있었다.

전부 다 거슬리는 놈들이었다.

현재 이쪽의 마력의 '뿌리'는 열일곱 개 도시 주변에서 완전히 격퇴된 상태였다.

인간이 살지 않는 곳으로 아무리 '뿌리'를 뻗어봤자 영혼을 흡수하지도 못하고, 죽은 자를 소환하지도 못한다.

이대로 있으면 마력이 고갈될 것이다.

게다가 지금 이 순간에도 '뿌리'의 수는 줄어들고 있었다.

이쯤 되니 그도 결단할 수밖에 없었다. 마침내 계획을 변경하기로.

*　　　*

"해골병에도 여러 가지 종류가 있어."

파커가 걸으면서 카이트에게 설명해주고 있었다. 나는 나른한 기분으로 그것을 들었다.

"내가 평소에 소환하는 것은 마술에 의해 강제로 사로잡힌……음, 그러니까 임시로 고용한 해골병이야. 선생님이나 멜레네 양이 만들어내는 것은 장기 고용된 해골병이고."

"시간이 걸리는 거군요."

"응. 영혼 하나하나를 상대로 면접을 보면서 그 사인이나 미련 등을 모조리 알아내고, 영혼을 설득해야 하거든."

파커는 '최후의 문'을 연 진정한 사령술사이므로, 임시 고용의 규모도 어마어마하다. 똑같은 짓을 인간 사령술사가 한다면 아무리 잘해봤자 몇 마리만 불러내는 데 그칠 것이다.

그런데 그 점을 지적하면 이 녀석이 우쭐해질 테니까. 나는 일부러 모르는 척했다.

파커는 신나게 카이트에게 설명을 계속했다.

"내 생각에는 적군의 해골병은 임시 고용 타입이야. 마술로 구속되어 있을 뿐이니까, 거리가 멀거나 어떤 방해 요소 때문에 마술의 영향력이 사라지면 영혼이 도망쳐버리는 거지."

"아, 그래서 파커 씨가 왔을 때 전부 쓰러졌던 건가요?"

카이트는 좋은 청중이다. 이 녀석의 시시한 이야기에도 진지하게 맞장구를 쳐준다.

별로 얽히지 않는 게 좋을 텐데.

우리는 파커가 이끄는 해골병 군대에 구출되어 다 함께 줄지어 볼츠 광산으로 가는 중이었다.

워로이의 부하인 거친 사나이들도 "이 빚은 꼭 받아내야 직성이 풀리겠어!" 하고 흥분하면서 우리를 따라왔다.

우리가 적 해골병을 제거하면서 볼츠 광산에 도착했을 무렵에는, 광산 기슭에 각지의 군대가 모여 있었다.

"이곳은 공예도시 비에라 소속 제3의장대의 진지다! 대열이 흐트러진다, 저쪽으로 가!"

"시끄러워, 겉만 번쩍번쩍한 군대 주제에! 전통 있는 베스트 위병대를 방해하지 마라!"

"저기, 둘 다 거치적거리거든? 투반에서 온 마왕군 소속 인마 부대가 선두에 설 거야."

"아, 아니, 투반의 필니르 태수님?!"

"태수님이 직접 출진하시다니…… 실례했습니다!"

필니르가 태수의 위광을 내세워서 제멋대로 활개 치고 있는 것 같았다. 나중에 설교해야겠다.

열일곱 도시 중에서 볼츠 광산 근처에 있는 도시는 위병대 등을 파견해서 오히려 광산을 침공하고 있었다. 스승님이 각 도시를 돌아다니면서 볼츠 광산 포위 공략을 의뢰한 것이다.

미랄디아는 각 도시가 서로 교역에 의존하고 있으므로, 교역로에서 해골병이 어슬렁거리는 것은 곤란하다.

그래서 진심으로 해골병을 해치우려고 하는 것이다.

또 이유는 몰라도, 워로이가 북부 군대를 통솔하고 있었다.

"장기전은 우리가 불리해지므로 단숨에 제압한다! 산악전에 익숙한 내 부하들이 선두에 서서 이대로 등산로까지 제압한다! 자, 나를 따르라!"

그러자 선두에 설 생각이었던 필니르가 당황했다.

"앗, 저기, 나는?! 나도 선두에……."

"필니르 경의 전문 분야는 평지에서의 전투잖아? 그러니 산기슭에서 대기해줘."

"뭐……?"

좌절하는 필니르.

불쌍하지만 워로이의 의견이 옳기에 나는 못 본 척했다.

한때 산적이나 유목민이었던 사람들을 이끄는 워로이는 파죽지세로 등산로를 따라 진군했다.

물론 나도 그 옆에서 함께 싸웠다.

"나도 싸우게 해줘. 소울 셰이커는 온존해둘게."

"그래, 잘 부탁해!"

웃는 워로이. 이 녀석은 진심으로 싸움터를 좋아하는구나.

뒤쪽에서 필니르가 "선배, 치사해~!"라고 외치는 소리가 들렸지만 나는 못 들은 척했다.

사령술 분야의 문제는 파커 같은 사령술사들이 처리해줬으므로, 나와 워로이는 서로 경쟁하듯이 해골병을 처리해 나갔다.

단순한 전투력만 따진다면 인랑으로 변신한 내가 압도적으로 우세했다.

그러나 여기에 나의 강화마법이 더해지면 워로이도 극적인 능력을 발휘했다.

"좋아, 힘이 솟구친다! 화국에서 누에를 퇴치하던 때가 생각나는구나, 바이트!"

"응, 알았으니까 빨리 가."

워로이가 창을 가로로 휘두르자, 해골병 여러 마리가 뿔뿔이 튕겨 날아가더니 절벽 아래로 추락했다.

창으로 한 번 찌르면 대충 세 마리의 해골병을 방패까지 통째로 꿰뚫어버렸다. 그야말로 무적이었다.

"다들 워로이 님의 힘을 봤느냐?!"

"전투의 신이야!"

"우리도 이럴 때가 아니야, 어서 따라가자!"

거친 사나이들의 사기도 올랐다.

부상병은 틈틈이 내가 치료해줬으므로 이쪽의 기세는 약해질 기미가 안 보였다.

물론 나는 치료도 담당하느라 워로이처럼 마음껏 날뛸 수는 없었지만.

이게 힐러 역할도 하는 딜러의 문제점이란 말이지. 그렇게 잠깐 온라인 게임 같은 생각을 해봤다.

또 우리 뒤에서는 "정규군도 아닌 녀석들한테 질까 보냐!" "롤문드의 황자에게 미랄디아 병사들의 실력을 보여줘라!" 등등, 약간 걱정스러운 소리도 들려왔다.

제발 아군끼리 싸우지 말아줘.

싸우면 내가 혼내줄 거야, 알았지?

나는 등 뒤를 힐끔힐끔 돌아보면서 해골병을 확 걷어차고 때려 부수며 전진했다.

상대가 해골병이면 거리낌 없이 공격할 수 있으니까 이 인랑의 힘을 마음껏 뽐내면서 날뛰어보고 싶었는데, 그러기에는 책임과 제약 같은 것이 너무 많았다.

"어때, 내 동생 강하지?! 바이트는 강화마법을 사용하는 재주가 유독 뛰어나거든?! 몸의 구조를 잘 이해하고 있으니까! 이건 내 생각에는……."

파커가 기분 좋게 떠들어대는 소리도 들렸다.

"됐으니까 나도 보내줘! 아~! 어떡해, 내가 해치울 적이 없어졌잖아! 아아~!"

필니르도 소리를 지르고 있었다.

이 집단은 뭘까.

북부와 남부, 인간과 마족. 모두가 하나로 뒤범벅이 되어 광산을 아래에서 위로 제압해 나갔다.

다들 눈치채지 못했지만, 상공에서는 스승님이 마법으로 적의 본체와 싸우고 계셨다. 그 덕분에 새로운 해골병은 소환되지 않았으므로, 우리는 적을 해치운 만큼 진군할 수 있었다.

기회는 지금이다.

갱도 입구에 도달한 우리는 적당히 갈라져서 광산 내부로 우르르 들어갔다.

여기서부터는 위병대가 나설 차례이다. 그들은 실내 전투에 익숙하고, 제압 전투의 전문가이므로.

"그쪽 모퉁이를 차지해! 불을 가져와!"

"방패로 눌러버려! 술 취한 폭도를 진압하는 것보다는 훨씬 쉬운 일이잖아!"

"우리 베스트 위병대는 갱도 반대쪽에서 협공하겠다! 이봐, 번쩍이 군단, 이쪽은 너희에게 맡긴다!"

"됐으니까 빨리 가, 이 골동품들아! 꾸물거리면 우리 비에라 의장대가 다 해치워버린다?!"

사이가 좋은 건지 나쁜 건지 모르겠다.

자잘한 갱도는 각 부대에 맡기기로 하고, 나는 카이트의 인도를 받아서 비밀의 방으로 돌입했다.

역시 이곳은 적의 본체가 숨어 있는 본부라서 그런지 해골병도 꽤 강력했다. 그러나 진심으로 싸우는 인랑이 그런 것에 질 리가 없었다. 그놈들을 마구 해치웠다.

벽과 천장이 있는 곳에서는 이리저리 점프하면서 입체적으로 싸울 수 있으니까. 애초에 이쪽이 유리하기도 했다.

해골병은 인랑처럼 벽을 타고 달리거나 천장을 박차고 공격하지는 못하니까.

"의외로 별것 아니네."

내가 마지막 해골병의 두개골을 분쇄하자, 뒤에서 카이트가 쭈뼛쭈뼛 고개를 내밀었다.

"바이트 씨는 언제 봐도 참 기막히게 강하시네요."

"스승님 밑에서 해골병과의 대련은 실컷 했었거든…….."

실험할 때 사용하는 인체 모형도 전부 다 해골 아니면 좀비였다. 그래서 이미 익숙해졌다.

"이놈들은 파커와는 달리 관절의 가동 범위가 인간과 똑같아. 카이트, 너도 요령만 터득하면 이놈들의 관절을 파괴해서 쓰러뜨릴 수 있을 거야."

"게나 새우를 잡는 어부 같은 말투로 그렇게 무서운 말씀 하지 마세요."

나는 그런 대화를 하면서, 말라비틀어진 시체가 금속 잔을 손에 들고 있는 모습을 멀리서 확인했다.

언데드의 두목이라도 있나? 하고 경계했는데, 맥이 빠졌다.

카이트가 조용히 이야기했다.

"지금 저 잔을 몇 가지 탐지마법으로 조사해봤는데요. 전부 다 비활성 판정이 나왔습니다. 마력이 고갈된 걸까요?"

"잘 모르겠으니까 경계하자. 스승님이 뤼코를 데리고 돌아오실 거야. 그때 수용을 하자."

보면 볼수록 화국에서 회수한 아손의 보물과 참 비슷했다.

이건 분석이 필요하겠군.

*   *

〈침식〉

그는 가만히 그때를 기다리고 있었다.

이전 숙주는 완전히 쓸모없는 놈이었다. 달리 선택의 여지가 없어서 이용했지만, 아무리 봐도 적격자는 아니었다.

머릿속에는 망집과 분노만 있었다. 지능이나 지식의 수준은 그럭저럭 높았는데, 그것을 제대로 활용하려고 하지도 않았다.

애초에 해골병을 무진장 소환한다는 것이 어리석은 짓이었다. 맨 처음에는 은밀하게 '뿌리'를 뻗쳐야 했다.

다음에는 좀 더 괜찮은 대상을 골라야겠다. 또 이번 실패를 교훈 삼아, 숙주를 완전히 지배하는 방식으로 변경할 것이다.

그리고 이번에야말로 '용사'를 만드는 거다.

그는 필요한 절차와 숙주의 조건을 재설정하고, 다시 주변 상황을 확인했다.

"이게 그 그릇인가요? 저희 용인족에는 마술사가 없으므로, 분석에 참여하지 못하는 것이 아쉽군요."

도마뱀을 닮은 인간 형태의 마물이 이쪽을 들여다보고 있었다.

이놈은 안 된다.

그는 설계상 인간이 아니면 숙주로 삼지 못한다.

"일단 조사할 수 있는 데까지는 조사해봤는데요. '마력을 대량으로 모아서 저장한다'는 점은 아손의 보물과 완전히 똑같았어요."

그렇게 대답한 것은 인간 남자였다.

마력 용량은 중급. 지능 : 상급, 지식 : 상급.

숙주로서 나쁘진 않았지만, 마술사라는 판정이 나왔다.

이것도 안 된다.

예기치 못한 사태를 막기 위해, 그는 마술사를 숙주로 삼지 못하게 설정되어 있었으므로.

"그런데 제작자는 달라. 아손의 보물을 만든 녀석은…… 어, 아마도 파괴술사가 아니었을까? '토지에서 마력을 빨아들이는 소용돌이' 같은 것이었으니까. 그런데 이것은 '죽은 자의 영혼을 빨아들이는 뿌리' 같은 거니까, 아마 사령술사의 작품일 거야."

작은 토끼가 그를 손으로 탁 때렸다. 그는 불쾌감을 느꼈다.

그는 불쾌감을 숨기지 않았지만, 그것을 표명할 수단이 없었다.

이 대상도 불합격이다. 마물이고 또 마술사이다.

여기에는 부적격자밖에 없었다.

더 심각한 부적격자도 있었다.

"크루체 님, 마법 도구는 제작자의 전문성과 사고방식을 명확하게 보여줍니다. 즉, 이론이나 제조법은 다른데도 똑같은 기능을 가진 도구가 두 개 제작된 겁니다."

이 목소리의 주인공은 겉모습은 인간이지만, 진단 결과 마물로 판명됐다. 또 마술사이고.

마력 용량은 무한한 수준. 계측 불가능.

숙주로 삼으면 틀림없이 '용사'를 탄생시킬 수 있을 테지만, 대상으로 삼을 수 없다.

"롤문드산…… 이름이 없으니 일단 '드라우라이트의 보물'이라고 할까요? 드라우라이트의 동료들이 가져온 물건이니까."

그는 낯익은 이름에 반응했지만, 그게 당장 중요한 사항은 아니므로 적격자 탐색을 우선시했다.

"엘레오라가 보내온 편지에 의하면, 드라우라이트의 보물은 롤문드의 고대

유적에서 발견되어 대귀족의 보물창고에 보관되어 있었다고 합니다. 그리고 아손의 보물은 풍문 사막 어딘가에 있었죠."

"아, 제작자도 지역도 다른 거군요. 그렇다면 고왕조 시대에는 이런 도구가 많이 제작됐다고 봐도 되겠네요."

도마뱀 얼굴이 가까이 다가왔다. 그는 더더욱 불쾌해졌다.

무한의 마력을 지닌 마물이 한숨을 쉬었다.

"아손의 보물이 용사를 인위적으로 만들어내는 도구라면, 드라우라이트의 보물도 같은 목적으로 제작된 셈이니까. 인공 용사가 난립하던 시대였을지도 모르겠군요."

그 말에 인간 여자가 반응했다.

"이제 용사라면 지긋지긋해요……. 왜 그렇게 다들 용사를 만들고 싶어 하는 거죠?"

얼빠진 목소리. 하지만 마력 용량 : 거대, 지능 : 중급, 지식 : 상급. 꽤 훌륭한 인재였다.

그러나 역시 마술사이므로 대상이 될 수 없었다.

대체 이 공간은 뭘까. 그는 생각에 잠겼다.

입이 있었으면 한숨을 쉬었을 것이다.

무한의 마물이 웃었다.

"이건 한낱 가설이지만. 만약에 용사를 적의 성이나 도시로 보낸다면, 실력 없는 군대를 보내서 공격하는 것보다도 더 쉽게 결판이 나지 않을까? 그때 그 용사 아세스도 선왕님 말고는 막아낼 자가 없었으니까."

"즉, 이것은 '살아 있는 공성병기'를 만들어내는 것이 목적이란 건가요? 바이트 님."

"가설에 불과합니다만, 그럴 가능성도 있다는 겁니다. 크루체 님."

뭐든지 상관없다.

그의 목적은 '용사'를 만들어내는 것.

그 '용사'가 무엇을 하든지, 어떻게 되든지, 그로선 알 바 아니었다.

"여기 사용된 사령술을 좀 더 자세히 분석해보고 싶은데, 스승님은 이미 대수해로 돌아가셨고……."

"어, 저기, 뭐였죠? 협상 중이라고 하셨나요?"

"응. 버섯인족이라는 아주 희귀한 마족과 접촉했거든. 그들은 대수해의 가장 깊숙한 곳에 관해서 아는 것 같았어."

인간 여자가 질문하자, 무한의 마물이 쓴웃음을 지었다.

"그 녀석들은 폐쇄적이어서. '숲의 시련'이라는 것에 도전해야 했어. 그 문제는 스승님과 둘이서 가까스로 다 처리하긴 했는데, 중요한 협상은 지금부터 해야 해."

"저기요, 바이트 씨. 그 버섯인은 어떻게 생겼어요?"

"진짜 버섯처럼 생겼어. 걸어 다니는 버섯. 생김새는 귀여운데 맛은 그저 그랬어."

"먹었어요?!"

"죽은 자의 양분을 헛되이 하지 않는 것이 그들의 신념이라서, 말려놓은 동료의 시체로 수프를 만들어줬거든. 아, 떠올리고 싶지 않다……."

무한의 마물은 고개를 설레설레 젓더니 또 한숨을 쉬었다.

"파커는 또 워로이를 따라서 지금 건설 도중인 도시로 가버렸고. 한동안 거기서 경비나 담당하라고 해야지."

"그럼 지금은 사령술사가 없는 건가요?"

도마뱀 머리의 질문. 그때 누군가가 허둥지둥 안으로 들어왔다.

"있어! 나! 마왕 폐하의 첫째 제자인 멜레네!"

"선배, 늦으셨네요."

"그거야 어쩔 수 없잖니? 흡혈귀 부대만 데리고 베르네하이넨을 지켰으니까! 볼츠 광산으로 뛰어왔더니 벌써 사건은 다 끝났고!"

언뜻 보면 인간 여자 같았다.

무한의 마물이 계속해서 이야기했다.

"전에 스승님이 해골병 3,000마리를 그쪽에 배치하지 않았어요?"

"그 녀석들은 최초의 습격에 의해 몰살됐어."

잠시 침묵이 흘렀다. 그 후 무한의 마물이 이렇게 말했다.

"멜레네 선배, 용병술의 기초만이라도 배우시지 않을래요?"

"용병? 그냥 적군과 싸우게 하면 되잖아?"

"아니, 적어도 성벽 안으로 들어오게 해서 방어용으로 씁시다, 네……?"

"너 또 그런 표정 짓는다?! 있잖아, 난 마술사거든?!"

"나도 마술사예요."

여기는 마술사들이 우글거린다. 고왕조 시대에 필적할 정도이다.

여자는 풀이 죽었다.

"바이트, 난 너처럼 뭐든지 할 수 있는 인재가 아니야. 군사 방면은 좀 봐줘……."

"네, 그럼 적어도 부하 흡혈 기사에게 지휘권을 맡겨주세요. 전문가를 적절하게 기용하는 것도 태수의 역할이니까요."

"알았어……."

겉모습은 인간 같은데, 이 여자도 마물로 판명됐다. 또 마술사이고. 심지어 사령술사였다. 최악이었다.

　적격자가 나타날 때까지 그는 끈기 있게 기다리기로 했다.

　그날 밤, 그의 앞에 새로운 인물이 등장했다.

　"이것이 그 마법의 잔인가요?"

　인간 여자였다. 마력의 흐름을 보건대 마술사는 아니었다.

　마력 용량 : 크다. 지능 : 상급, 지식 : 상급.

　더할 나위 없는 인재였다. 그는 즉시 침식을 개시하기로 했다.

　시체가 그를 손에 쥐고 있었으므로 저들은 오해한 것 같았는데, 사실 그는 접촉하지 않아도 침식하는 것이 가능했다.

　자아의 문을 통과해서 기억의 방으로 '뿌리'를 뻗었다.

　이름은…… 아일리아 뤼테 아인도르프.

　참 완벽하게도 현역 태수, 즉 '왕'인 것 같았다. 그런데 마술사도 아닌 자가 '왕'이라니? 그는 의문을 품었지만, 지금은 그런 의문은 중요하지 않았다.

　"크으윽?!"

　숙주가 신음하면서 무릎을 꿇었다. 마력 용량은 큰데, 육체는 그다지 강인하진 않은가 보다. 약간 조절이 필요할 것 같았다.

　"아일리아 님, 왜 그러세요?!"

　아까 그 인간 여자 마술사가 허둥지둥 숙주를 부축했다.

　들키면 곤란하다.

　그는 즉시 숙주의 기억을 검색해서, 이 여자 마술사에 관한 기억을 골라냈다.

　이름은 라시. 숙주의 기억에 의하면 '좀 태평하지만 성실하고 믿음직한 인물. 초일류 환술사'라고 한다.

과거에 나눴던 대화 등의 기억도 조사했다. 그리고 숙주의 입과 표정을 조종해서 적당히 위장했다.

"아, 미안해요. 라시 님. 이 잔 때문에 많은 분이 목숨을 잃었다고 생각하니, 갑자기 현기증이 나서……."

숙주의 성격 같은 것도 고려했더니 가장 적합한 대답이 이것이었다.

하지만 불쾌한 해답이었다.

사령술과 그를 모욕하는 것이었다.

하지만 이 대답 덕분에 라시라는 여자 마술사는 쉽게 속아 넘어간 듯했다.

"그렇죠……. 륜하이트는 무사했지만, 순례자나 행상인은 세상을 떠났고, 또 기사님도…… 많은 분이 돌아가셨죠."

"네. 이제 겨우 평화가 찾아왔는데……. 조금 피곤하네요. 오늘은 이만 가서 쉴게요."

"네~! 편히 쉬세요, 아일리아 님."

그는 숙주의 사지를 조종해 침실로 향하게 했다.

마침내 최고의 숙주를 손에 넣었다.

서두를 필요는 없다. 현재 마력 비축량은 적지만, 들키지 않도록 조심해서 '뿌리'를 펼치면 얼마든지 마력은 획득할 수 있다.

언젠가는 이 도시의 주민들을 전원 살해해서 마력을 추출할 것이다.

그는 마침내 자기 일이 완료될 것이라는 예감을 느꼈다.

＊　　　＊

<아일리아의 고뇌>

나는 어젯밤부터 남에게 육체를 완전히 지배당하고 있었다.

원인은 직감적으로 알아냈다. 그 마법의 잔. 비활성 상태라고 들었는데, 아마도 어떤 계기가 있어서 기동된 모양이다.

이번 소동의 원인이 그 잔이라면, 잔을 쥐고 있던 원로는 단순히 이용당한 걸까.

나는 말조차 할 수 없는 상태였다. 그래서 지금은 그저 생각만 하면서 기회를 엿볼 수밖에 없었다.

적은 이쪽의 부름에는 전혀 응답하지 않았지만, 내 기억은 읽는 것 같았다. 평소처럼 취침하고 평소처럼 침대에서 몸을 일으켰다.

그 후 내가 좋아하는 향수를 망설임 없이 선택해서 평소처럼 발목 안쪽에 딱 한 방울만 묻혔다.

바로 그때 시녀 마르마가 들어왔다. 향수 냄새를 눈치챈 걸까. 향수병을 신기하다는 듯이 바라보고 있었다.

마르마는 아직 10대이므로 자기만의 향수를 가지고 있진 않을 것이다.

"아일리아 님은 그 향수를 좋아하시네요."

"네. 좋아해서 나도 모르게 많이 사용하게 될 것 같아요."

"언제나 딱 한 방울만 사용하시죠?"

"네. 향기에 익숙해져서 남용하게 될까 봐 늘 같은 양을 사용하고 있어요."

"네, 좋은 지식을 알려주셔서 감사합니다, 아일리아 님!"

빙의된 나는 시녀와의 대화도 문제없이 해냈다.

어떻게든 시녀에게 이 이변을 알리려고 악전고투해봤지만, 잔이 허가해주지 않는 행동은 할 수 없는 듯했다.

애용하는 검을 자신의 의지로 허리에 차는 것은 가능했지만, 검을 뽑는 것은 불가능했다.

그런데 냉정하게 생각해보면, 시녀가 이변을 눈치챌 경우에는 그녀가 위험해질지도 모른다.

이 잔은 인간의 기억을 읽고 육체를 완전히 지배할 수 있으니까.

그럼 누구에게 이변을 알려야 할까…… 그렇게 생각해보니 상대는 저절로 한정됐다.

다행히 지금부터 조식을 먹을 것이다.

어떻게든 그분에게 이변을 알려야겠다.

그런 생각을 하는 동안에도 조종당하는 나는 시녀에게 친근하게 말을 걸고 있었다.

"마르마, 당신도 슬슬 자기만의 향수를 가지고 싶지 않나요?"

그 순간, 시녀가 쑥스러워하는 표정을 지었다.

"아, 아뇨, 저 같은 사람에게는 어울리지도 않고, 제 월급도…… 앗, 아닙니다!"

마르마의 가정은 별로 유복하진 않았다. 그 월급은 대부분 가족을 부양하는 데 쓰이고 있을 것이다.

나는 마르마에게 향수를 조금 나눠주고 싶었지만 몸이 움직여지지 않았다.

그런 생각을 하고 있는데, 조종당하는 손이 다른 병을 집어 들었다.

"저번에 샀던 향수인데요. 향이 너무 화려해서 나에게는 안 맞았어요. 마르마에게는 잘 어울릴 것 같은데, 괜찮다면 써보지 않을래요?"

"네?! 아뇨, 아일리아 님에게도 너무 화려한 향기가 저 같은 사람에게 어울릴 리 없어요, 정말로!"

최선을 다해 사양하는 마르마. 하지만 그 시선은 조그만 병에 고정되어 있었다.

나는 조종당하는 상태로 병을 내밀면서 미소 지었다.

"당신이니까 어울릴 거라고 생각한 거예요. 남에게 팔아도 되니까, 부담 가질 필요 없어요. 평소에 잘해준 데 대한 답례예요."

"가, 가, 감사합니다!"

마르마는 귀까지 새빨개졌다.

시녀란 것은 힘든 직업이다. 인내와 기지, 또 예의범절과 고운 말투도 필요하다. 창문으로 인랑이 뛰어 들어오는 경우도 있고.

너무 피곤해서 무심코 푸념을 할 수도 있는데, 그중에는 태수의 기밀 정보도 포함되어 있었다.

그 마음을 달래주기 위해서라도 다소 편의는 제공해야 한다.

이제 보니 이 보물은 귀인으로서의 행동도 완전히 모방할 수 있는 것 같았다.

이러면 아무도 나의 이변을 눈치채지 못할 것이다.

나는 어떻게 하면 좋을지 필사적으로 생각하면서도, 상대가 조종하는 대로 저택의 식당으로 향했다.

"아일리아 님, 안녕하세요."

싱긋 웃는 그 남자는 '마왕의 부관' 바이트 님이었다.

아침부터 참 상쾌한 미소구나. 그런데 머리는 까치집이었다. 하지만 그게 신기하게도 잘 어울려서, 나는 빙의당한 채 속으로만 좋아서 끙끙거렸다.

바이트 님이 입고 있는 셔츠도 도대체 어디서 저런 것을 찾아왔나? 싶을 정도로 개성적이었다.

인랑의 패션이란 것은 원래 이런 건가? 하고 생각했는데, 다른 인랑들을 보니 그쪽은 평범했다. 아마도 바이트 님의 개성인가 보다.

하지만 그는 무엇을 입어도 잘 어울리기 때문에 나는 다음에는 그가 어떤 옷을 사 올지 기대하고 있었다.

빙의당한 나는 평소처럼 바이트 님에게 아침 인사를 했다.

"바이트 님, 안녕하세요. 푹 주무셨나요?"

"네. 역시 집에서는 편하게 잘 수 있네요. ……아, 아니, 여기는 당신 집이었지. 미안해요."

"아뇨, 그렇게 생각해주시니 영광입니다. 이곳은 바이트 님의 집이에요."

그렇게 말하고 웃는 나.

세세한 문답이나 표정까지도 완벽한 나 자신이었다.

이 한순간만은 나는 적에게 감사했다.

하지만 이러면 역시 바이트 님이라도 내가 조종당하고 있다는 사실을 눈치채지 못할 것 같았다. 곤란하네.

나는 바이트 님과 마주 앉아서 평소와 같이 식사를 했다.

바이트 님은 오늘도 반숙 달걀프라이의 노른자를 어느 타이밍에 터뜨릴지 고민하면서 입을 열었다.

"오늘 오전에는 마왕군 기관들과 회의를 할 예정인데. 점심 식사 전까지는 끝낼 테니까, 보고는 그때 할게요."

이번에도 내 입에서는 거침없는 말이 튀어나왔다.

"알겠습니다. 저는 오전에는 상공회의 진정서에 대한 답장을 쓸 겁니다. 보석조합이 견인 세공사들을 서로 데려가려고 하는데, 그 고용 규칙을 정해 달라고 해서요."

이것은 사실이었다. 완전히 '아일리아'를 모방한 것이었다.

어떻게든 해야 할 텐데.

나는 보물의 속박을 당하면서도 가능한 한 뭔가를 해보려고 필사적으로 애썼다. 하지만 식사 예절에 어긋나는 행동을 하는 것조차 불가능했다.

그래도 굴하지 않고 어떻게든 이변을 전달하려고 노력했다.

그러자 바이트 님이 싱긋 웃었다.

"오늘도 향기가 좋은 향수를 뿌렸군요."

"네, 이 향기가 제일 마음에 들어요."

"나도 이 향기는 좋아해요. 맡으면 안심이 돼."

바이트 님이 좀처럼 눈치채지 못해서 나는 위기감을 느꼈는데, 그래도 방금 그 한마디를 들었으니 오늘은 운 좋은 날일지도 모른다.

바이트 님은 웃는 얼굴로 고개를 끄덕였다. 그리고 뭔가를 메모하더니 부관인 카이트 님을 불렀다.

"카이트, 이 일을 회의 전에 처리해줘."

"네, 알겠습니다. 어…… 아, 네. 즉시 처리할게요."

메모지를 받은 카이트 님이 재빨리 내용을 훑어보더니 살짝 고개를 끄덕거렸다.

늘 보는 광경이었다.

이어서 바이트 님은 조종당하는 나와 잡담을 나누면서 식사를 계속했다. 오늘은 식사 속도가 평소보다 느렸다.

드디어 식사가 끝났을 때, 바이트 님이 입을 닦으면서 이렇게 말했다.

"그런데."

"네? 말씀하세요. 바이트 님."

조종당하는 내가 미소를 지었다.

그러자 바이트 님은 온화한 표정으로 이렇게 질문했다.

"당신은 누구지?"

그 순간, 조종당하던 나의 움직임이 딱 멈췄다.

그리고 잠시 후. 내 입에서 말이 흘러나왔다.

"무슨 말씀이신지 모르겠네요…… 갑자기 왜 그러세요?"

"그건 내가 할 말이야."

바이트 님의 표정이 사나워졌다.

바이트 님은 손에 포크를 든 채 테이블에 팔꿈치를 대고 턱을 괴었다.

"당신은 아일리아 님이 아니잖아. 한없이 아일리아 님에 가깝지만, 영혼이 딴 사람이야."

네, 맞아요!

바이트 님!

나는 그렇게 외치고 싶었지만, 여전히 입이 움직이지 않았다.

그러나 지금 나는 스스로 놀랄 만큼 안도감에 휩싸였다.

이제 아무것도 걱정할 필요 없다.

바이트 님은 내 접시를 보았다.

"아일리아 님은 인내심이 강해서, 자기 앞에 나온 음식은 아무리 싫어하는 음식이어도 전부 다 드신다. 아일리아 님은 특히 삶은 당근을 싫어해서. 늘 고생하면서 드시지."

최대한 아무렇지 않은 척 먹었다고 생각했는데, 역시 바이트 님을 속이진 못했군요. 저는 그 냄새가 싫어서······.

"그런데 오늘은 태연하게 먹었어. 당근을 먹을 때, '고통을 견디는 냄새'가 나지 않았다."

그런 냄새가 났었나요? 저한테서.

갑자기 얼굴이 화끈거렸다.

바이트 님은 돌연 히죽 웃더니 이런 말을 덧붙였다.

"아일리아 님은 새우도 꼬리까지 다 드시거든. 화국에서 같이 식사했을 때는 깜짝 놀랐어."

그건, 당신이 꼬리까지 맛있게 드셨기 때문에 '꼬리도 먹는 것이 예의인가 보다'라고 생각했던 거예요!

나는 얼굴을 가리고 싶었지만, 손이 움직이지 않았다.

그 대신 내 입에서는 이런 말이 튀어나왔다.

"저도 이제는 어린애가 아니니까요. 이미 익숙해졌습니다."

"그렇군. 훌륭해. 아일리아 님."

속지 마세요, 바이트 님!

그때 바이트 님이 일어나서 천천히 나에게 다가왔다.

내 육체가 긴장했다. 언제든지 움직일 수 있도록 몰래 준비했다.

바이트 님은 나에게 얼굴을 가까이 댔다.

가깝다.

너무 가까워요.

대체 왜 이러세요?!

"아일리아 님은 언제나 아침 식사 전에 향수를 사용하지만, 그것은 아침 식사를 마치고 곧바로 누군가를 만나기 때문이다. 향수 냄새를 은은하게 만들 시간이 필요한 거지."

내가 옛날에 가르쳐준 지식을 바이트 님은 기억하는 것 같았다.

"그러나 누군가와 만날 예정이 없을 때는 향수를 뿌리지 않고 아침 식사를 해. 인랑인 나의 후각을 배려해서, 가능한 한 냄새를 묻히지 않으려고 해주는 거야."

그걸 눈치채셨나요.

"오늘 아일리아 님은 어제와는 달리 오전에는 서류 처리 작업을 하신다. 그런데 어제와 똑같이 아침 식사 전에 향수를 사용했어. 게다가 내가 그 이야기를 꺼냈는데도 그 점을 언급하지 않았다."

바이트 님의 얼굴이 너무 가까워져서 나는 기절할 지경이었다.

이렇게 강압적인 바이트 님은 첫 만남 이후로는 처음 보는 걸지도 모른다.

그때와 지금은 바이트 님에 대한 감정이 다르므로, 괴로워서 죽을 것 같았다.

"이 감정의 움직임. 역시 아일리아 님은 거기 있는 거구나. 그렇지?

너는 아일리아 님의 모습으로 변신한 게 아니라, 진짜 아일리아 님을 조종하고 있다. 용서할 수 없어."

바이트 님은 내 손목을 재빨리 낚아챘다. 그리고 확 끌어당기자, 내 몸은 바이트 님의 품속에 쏙 들어가 버렸다.

전혀 예상치 못한 사태라 기절할 뻔했다. 그런 나에게 바이트 님이 싱긋 웃으며 말했다.

"하지만 걱정 말아요. 아일리아 님. 무슨 수를 써서라도 내가 당신을 구해줄 테니까."

그 직후, 내 움직임이 돌변했다.

"쳇!"

믿을 수 없을 만큼 강력한 힘으로 나는 바이트 님의 손을 뿌리쳤다. 바이트 님은 나를 배려해서인지 금방 손을 뗐다.

나는 허리의 검을 뽑아 사시마엘류 소검술(小劍術)로 바이트 님을 공격했다. 빠르게 손목을 돌리는 2연격이었다.

물론 이런 아마추어 검술이 바이트 님에게 통할 리 없었지만, 적의 목적은 마법을 부릴 시간을 버는 것이었나 보다.

바이트 님이 간격을 유지하면서 그 점을 지적했다.

"저택의 시녀들을 몇 명 죽여서 사령술을 사용할 계획이지? 하지만 그래봤자 소용없어. 카이트에게 명령해서 전원 대피시켰으니까. 주변 주민들도 전부 다."

아까 그 메모는 이 사태에 대비한 것이었나 보다.

그렇다면 좀 전의 잡담도 시간을 끌기 위한 것이었구나.

바이트 님은 인랑으로 변신해서 날카로운 이를 번뜩였다.

"드라우라이트의 보물이여, 마왕의 부관을 얕보지 마라. 너의 얄팍한 계획 따위는 처음부터 다 알고 있었다."

나는 아무 대답도 하지 않았다. 검을 겨누고 바이트 님을 견제하고 있었지만, 싸울 의지는 없는 것 같았다.

바이트 님도 나를 건드리려고 하지 않았다. 정말로 '모든 것을 다 알고 있다'면 상대에게 그걸 가르쳐주지 않는 것이 유리하니까, 실제로는 모르는 것이 있는 게 아닐까? 나로선 판단하기 어려웠다.

인랑 모습으로 변했기 때문에 표정은 알아볼 수 없었지만, 바이트 님이 화났다는 것은 알 수 있었다.

나를 걱정해주시는 건가 보다.

너무 미안해서 가슴이 아팠다.

그 직후, 나는 눈앞의 풍경이 일그러질 정도로 빠르게 바닥을 박차고 창문을 깨뜨리면서 밖으로 뛰쳐나갔다.

"아일리아 님! 너 이 자식, 아일리아 님을 막 다루지 마! 무슨 일 있으면 문화유산이라도 가만두지 않을 테다! 뤼코, 본체의 추적은 아직 못 했어?!"

이렇게 초조해하는 바이트 님의 목소리는 처음 들어봤다.

즉시 인랑의 울음소리가 울려 퍼졌다. 그리고 여기저기서 무수한 울음소리들이 응답했다. 인랑 부대였다. 아마도 도시 전체에 퍼져 있나 보다.

인간의 숙적이라는 인랑의 울음소리가 지금은 이토록 믿음직하게 느껴졌다.

륜하이트 내에서 울려 퍼지는 인랑의 울음소리를 들으면서, 나는 텅 빈 뒷골목을 쏜살같이 달렸다.

＊　　　　＊

나는 아일리아가 뛰쳐나가자마자 인랑 부대 전원에게 그녀를 추적하라고 했다.

아무리 마력으로 강화됐어도 인간은 인간이다. 인간의 냄새를 가진 이상, 인랑의 추적을 피해 달아나진 못한다.

나는 스스로 추적에 나서고 싶은 것을 꾹 참았다.

태수인 아일리아 평의원이 부재중. 고로 지금은 마왕군 대표 평의원인 내가 륜하이트의 책임자이다.

나는 이변을 감지한 직후에, 드라우라이트의 보물이 보관된 방을 조사하게 했다.

그런데 분명히 잠겨 있는 밀실임에도 불구하고 금속 잔은 홀연히 사라져버렸다.

그것도 카이트가 설치해둔 무수한——좀 광기가 느껴지는—— 탐지마법의 함정들을 모조리 뚫고서.

카이트를 속인다는 것은, 은폐와 위장을 주목적으로 한 마법 도구가 아니면 불가능하다.

"죄송합니다. 이런 일이 생기다니……."

좌절한 카이트. 나는 그의 등을 손으로 두드리면서 위로했다.

"평범한 용사 제조기에 이렇게까지 철저한 은폐 기능을 부여할 리 없으니까. 제작자 측에 뭔가 속사정이 있었거나, 적대적인 용도로 사용되는 거겠지."

드라우라이트의 보물을 적의 도시에 던져 넣으면 언젠가 그 도시는 멸망할 것이다. 자기 도시에서 마력을 긁어모을 필요도 없다.

주민들을 제물로 삼아 용사를 만들어내면, 그다음부터는 황폐해진 도시 안에서 생존자와 용사가 서로 혈투를 벌일 것이다. 용사로 만들 재료는 그곳에 잠입시킨 스파이여도 되고, 적국 도시의 죄수여도 된다. 그는 화려하게 날뛰어줄 것이다.

아마도 이 도구는 용사 난립 시대의 말기에 만들어졌을 것이다.

그런데 내 추측이 옳다면, 아일리아는 지금 몹시 위험한 상태일 것이다. 어쩌면 좋을까.

그때 멜레네 선배가 허둥지둥 뛰어왔다. 선배는 오늘 베르네하이넨으로 돌아갈 예정이었으므로 여행자 차림을 하고 있었다.

"바이트, 비상사태라며?!"

"네, 실은 아일리아가……."

내가 사정을 설명하자, 새파랗게 질린 멜레네 선배는 아무 말 없이 방에서 뛰쳐나갔다.

"이봐, 전령을 보내! 베르네하이넨의 흡혈 사령술사 전원을 소집한다! 지금 당장! 그리고 파커에게도 연락해!"

그렇게 외치는 소리가 들렸다.

사령술에 관해서는 믿을 것은 선배밖에 없었다.

이때 토인 마법 도구 장인 뤼코가 륜하이트의 지도를 한 손에 들고 돌아왔다.

"야, 바이트. 그 빌어먹을 컵이 있는 곳을 알아냈어."

"정말?!"

"응. 카이트가 분실에 대비해서 추적용 탐지마법을 걸어뒀거든. 륜하이트 구시가의 지하에서 반응이 멈췄어. 아마 하수도일 거야."

"하수도……."

물리적 수색이나 간섭을 하기 어려운 장소였다.

뤼코도 같은 생각을 했는지 살짝 한숨을 쉬었다.

"아일리아를 조종해서 어젯밤에 배수구로 떨어뜨렸을 거야. 그 후에 아일리아를 이용해 회수하려고 한 거지. 그 빌어먹을 컵은 스스로 움직이지 못하고, 들고 다니면 눈에 띄니까."

"그럼 하수도로 가면 아일리아를 발견할 수 있겠군."

"아니, 저기요, 잠깐만."

뤼코가 황급히 나를 말렸다.

"아일리아는 조종당하고 있을 뿐이지, 실은 그 빌어먹을 컵이 본체거든? 당연히 마법도 마력도 비교가 안 될 거야. 본체에 접근하는 것은 위험해!"

나는 잠깐 생각해보고 나서 카이트를 돌아봤다.

"인랑 부대의 연락은?"

"어…… 구시가의 수로 부근에서 일단 냄새가 끊겼다고 합니다. 점검용 지하도가 있는 곳이에요. 일정 거리를 두고 지하도를 추적한다고 했습니다."

뤼코가 내 바짓가랑이를 붙들고 초조하게 호소했다.

"저, 저기, 무모한 짓은 하지 마, 알았지? 절대로 가면 안 돼!

그 빌어먹을 컵이 얼마나 많은 마력을 숨기고 있는지는 몰라도, 사령술의 오의 중에는 즉사 마법도 있잖아?!"

"응, 알아. 나는 아일리아의 대리가 되어야 할 의무도 있으니까."

그러자 뤼코는 여전히 바짓가랑이를 붙잡은 채 우물우물 말했다.

"그 빌어먹을 컵의 본질은 '은폐'와 '침식'이다. 회수되고 나서는, 인간이 잔뜩 있는 도시 안으로 들어갈 기회를 엿보고 있었던 게 틀림없어."

"헛짓거리를 하는군."

카이트가 나를 힐끔힐끔 보면서 이렇게 말했다.

"저, 바이트 씨. 침착하셔야 해요."

나는 웃었다.

"응. 난 침착하니까 걱정하지 마."

"아뇨, 그게……."

그가 내 손을 내려다보고 있었다. 나도 그 시선을 좇았다.

나는 테이블 위에 손을 올린 채, 그 테이블의 두꺼운 판자를 쥐어뜯고 있었다.

그제야 나는 깨달았다. 그러고 보니 아까부터 쭉 인랑으로 변신한 상태였다.

내 생각보다 훨씬 더 평상심을 잃어버렸나 보다.

마술사에게 평상심이란 것은 기사의 갑옷이나 마찬가지다. 평상심을 잃어버리면 이길 수 있는 싸움도 이기지 못하게 된다.

진정하자.

그런데 어떻게 진정하지?

카이트가 방구석에서 뤼코와 의논하는 소리가 들렸다.

"안 되겠어. 바이트 씨는 이미 머리끝까지 화가 났어."

"아, 혹시? 저 녀석, 반한 거야? 인간 여자한테?"

"당연하지, 그게 아니면 뭐겠어……? 아무튼 위험해. 바이트 씨가 진심으로 폭주하면 무슨 일이 생길지……."

"큰일 났네. 빨리 대책을 세우자. 지금 라시가 환각으로 시간을 벌고 있으니까."

모두가 나를 걱정하고 있었다. 부관 실격이구나.

냉정해져야 한다.

그런데 어떻게 하면 냉정해질 수 있을까?

생각이 제자리에서 빙글빙글 돌았다.

이런 때에는 내가 할 수 있는 일 중에서, 지금 당장 해야 하는 일만 생각하자.

그렇다면 미랄디아 연방 평의원으로서의 직무가 최우선이다. 우선 시민의 안전을 확보해야 한다.

"주민 대피령을 확대해서 구시가 전역으로 한다. 하수는 남쪽으로 흐르니까 신시가 남쪽도 대상이 된다. 철저하게 대피시켜."

"네!"

위병대 전령이 뛰어갔다.

그때 멜레네 선배가 돌아왔다. 보기 드물게 법의(法衣)를 갖춰 입고 있었다.

"바이트, 그 녀석의 '뿌리'는 거의 펼쳐지지 않았어. '뿌리'를 뻗을 때도 마력이 필요하니까. 신중해진 것 같아."

"그래요? 다행이다……."

"얼마 전에 파커가 눈에 띄는 영혼들은 모조리 데려가 버렸잖아? 그래서 지금 이 도시에서는 사령술을 거의 쓸 수 없어. 어때, 안심이 돼?"

멜레네 선배가 그렇게 말하더니 문득 부드러운 표정을 지었다.

"그러니까 바이트. 그런 얼굴 하지 마."

"어떤 얼굴이요?"

난 여전히 인랑 상태인데요.

"걱정하지 말고, 여기서는 믿음직한 누님에게 의지하렴."

멜레네 선배는 쿡쿡 웃었다. 그리고 그 풍만한 가슴을 힘차게 탁 쳤다.

"지하라고 해봤자 마법이 안 닿을 정도로 깊은 것도 아니야. 이쪽도 마법으로 대처할 수 있어. 주민들은 못 건드리게 할 테니까 안심하렴."

대현자 고모비로아의 첫째 제자가 그렇게 말해줬다. 그 덕분에 나도 비로소 좀 침착해질 수 있었다.

조종당하는 아일리아는 지금 라시가 만들어낸 환영의 지하도 안에서 헤매고 있었다. 인랑 부대도 시내 곳곳에서 감시하는 중이고.

하수도 보수용 지하도는 륜하이트 점령 직후에 견인 부대가 정비했으므로, 이쪽은 최신 지도를 가지고 있었다.

적의 본체는 카이트가 감시하고 있다. 무슨 일이 있으면 멜레네 선배가 움직일 것이다.

문제는 어떻게 아일리아를 되찾느냐 하는 것이다.

스승님의 강의에 의하면, 정신지배를 억지로 중단시키면 그 사람의 기억이나 인격에 심각한 후유증이 남을 수도 있다고 한다. "몸에 박힌 화살을 아무렇게나 뽑으면 상처가 더 심해지는 것과 마찬가지란다"라고 말씀하셨다.

그런데 안타깝게도 정신지배의 마법 전문가는 없었다.

"바이트, 야, 바이트. 듣고 있나?"

뤼코의 목소리에 나는 겨우 정신을 차렸다.

뤼코는 내 발밑에서 바짓가랑이를 붙잡은 채 동그란 눈으로 나를 쳐다보고 있었다.

"저기, 너 말이야. 진심으로 아일리아를 걱정하는 거지?"

"당연하지. 그 사람은 미랄디아의 평의원이고, 인간으로서는 마왕군의 가장 중요한 협력자야."

"그게 아니잖아."

뤼코는 고개를 좌우로 흔들었다.

"그럼 넌 혹시 아일리아가 마왕군과 상관없는 마을 처녀였으면 그냥 모르는 척 외면해버렸을 거야?"

"그럴 리가 없잖아!"

가능한 한 침착하게 말할 생각이었는데, 스스로 깜짝 놀랄 만큼 어조가 강해졌다.

토인은 인랑의 모습에 본능적인 공포를 느낀다. 그래서 뤼코는 "끼얏?!" 하고 비명을 질렀다. 내 바짓가랑이를 붙잡은 채 사제는 반 발짝 뒷걸음질 쳤다.

"야, 노노, 놀랐잖아! 안 그래도 지금 무섭거든?! 아니, 안 무서운데!"

"미안. 조심할게."

"으, 응. 아무튼, 그래서…… 저기, 이런 말 하기는 참 그렇지만……."

뤼코는 한참 망설이다가 조그맣게 한숨을 쉬었다.

그는 뭔가 결심한 것처럼 점프해서 의자 위에 폴짝 뛰어 올랐다. 그리고 나에게 이런 말을 했다.

"난 지금부터 마법 도구 전문가로서 금기시되는 말을 할 거야. 각오하고 잘 들어."

"으, 응."

뤼코의 기백에 압도된 나는 그 옆의 의자에 앉았다.

"그 빌어먹을 컵이 자기 판단 기능을 가진 용사 제조기라면, 용사를 만들어낼 때까지는 절대 포기하지 않을 거야. 명령한 자가 죽은 후에도 그 명령을 실행시키기 위해서, 제멋대로 움직이게 해놓은 거야."

"성가시군."

"맞아. 그래서 그건 파괴하는 수밖에 없어. 단, 지금 그냥 부숴 버리면 아일리아도 피해를 입을 거야. 그러니까……."

뤼코는 어지간히 말하기 어려운지, 자꾸만 탁탁 하고 발구르기를 했다.

"아일리아를 되찾는 것이 가장 중요하다면, 네가 해야 할 일은 딱 하나야. 그 빌어먹을 컵한테 용사를 만들게 해주는 거야. 그놈의 소원대로 아일리아를 '용사'로 만드는 거지."

"뭐라고?!"

"입 다물고 들어. 그러면 아일리아는 자유로워질 거야. 무적의 용사님이잖아. 정신지배 따위는 통하지도 않아. 미친 소를 거미 줄로 묶어놓는 꼴이지."

뤼코는 파바바바박 빠르게 발구르기를 했다. 심한 스트레스를 받고 있다는 증거였다.

"이대로 있으면 아일리아는 절대로 용사가 되지 못할 거야. 그 럼 그 빌어먹을 컵은 다음 방법을 생각할 테지. 그놈은 스스로 생 각할 줄 아는 머리를 가지고 있으니까."

"그건 그럴지도 모르지만, 너무 위험하지 않아?!"

"그건 나도 알아! 지금 나는 내 직업상의 금기에 양쪽 귀까지 다 처넣은 상태라고! 그래도, 나는! 나는……."

뤼코는 시선을 피하면서 조그맣게 중얼거렸다.

"사형이 그런 얼굴을 하는 것은, 보고 싶지 않아……."

"뤼코……."

정말로 나를 걱정해주는 거구나.

뤼코는 계속해서 이렇게 말했다.

"빌어먹을 컵은 마력을 모으려고 하는데, 그 녀석은 사령술 마 법 도구이기 때문에 뭘 어떻게 해도 사망자가 발생할 거야. 그것 을 막으려면 이쪽에서 대량의 마력을 공급해주는 수밖에 없어."

"대량의 마력…… 설마, 그거?"

현재 륜하이트에는 아손의 보물이 있다.

뤼코는 머리를 긁적거리더니 웃었다.

"응, 그거. 빌어먹을 컵의 친구. 어때, 아주 막 나가지?"

"막 나가는 정도가 아니야. 평의회의 결정에 반하고, 화국과의 협정을 위반하는 짓이야. 외교에까지 영향을 주는 거잖아."

아손의 보물은 후미노를 비롯한 다문원 관성중이 감시하고 있다.

그 감시망을 뚫고 마력을 빼앗아 오라는 건가?

이것은 중범죄이다. 남에게 부탁할 수도 없다.

뤼코는 정색하면서 나에게 물어봤다.

"바이트. 어쩔래?"

나는 망설였다. 그러나 마음속에서는 이미 결론이 나와 있었다. 그래서 각오를 다졌다.

"할래. 악당다워서 좋잖아?"

"응, 바이트라면 당연히 그래야지."

뤼코는 왠지 기쁜 표정을 지었다. 나는 그에게 사과하면서 고마움을 표시했다.

"미안해. 말하기 어려운 것을 가르쳐줘서 고맙다."

"응, 나한테 감사해라? 무사히 돌아와서 사과를 깎아줘야 해, 알았지?"

"토끼 모양으로? 알았어."

나는 웃으며 손을 흔들었다. 그 후 창문을 열고 밖으로 뛰쳐나갔다.

나는 일단 인간 모습으로 돌아와서 구시가에 있는 석조 건물로 향했다. 이곳은 공식적으로는 평의회와는 무관한 창고였지만, 실은 극비리에 아손의 보물을 보관한 장소였다.

건물로 다가가자 예상대로 후미노를 비롯한 관성중이 내 앞에 나타났다.

그들은 미랄디아인이 아니기 때문에 마왕군의 대피령도 적용되지 않았다.

"바이트 님, 이 위급한 시기에 무슨 용건으로 오셨나요?"

무녀 옷을 입은 후미노는 평소처럼 온화하게 웃고 있었다.

그러나 후미노는 조상님에게 물려받은 예지 능력을 가지고 있으며, 살상력이 높은 실을 주위에 설치해서 적을 해치우는 강력한 닌자였다.

나조차도 감지할 수는 없었지만, 이미 주위에는 공격용 실이 배치되어 있다고 생각하는 편이 좋을 것이다.

후미노의 부하들도 세 명 있었다. 언뜻 보면 미랄디아의 평민 같은 차림새였지만, 그들은 모두 이를테면 지팡이형 칼 같은 비밀 무기로 무장한 듯했다.

나는 단도직입적으로 대답했다.

"아손의 보물을 사용하고 싶어."

"바이트 님. 그것은 협정 위반입니다……."

후미노는 놀라지 않았지만, 그 음성에서는 전의보다는 곤혹스러움이 느껴졌다.

"다른 방법은 없나요, 바이트 님?"

후미노의 말에는 '제발 포기해 달라'는 절실한 바람이 담겨 있었다.

여기서 나와 관성중이 싸워도 양쪽 다 불행해질 뿐이니까.

그러나 나는 이미 결심했다.

"미안해. 후미노 님. 지금 나는 한낱 모반인이야. 변명의 여지도 없어."

그렇게 대답한 순간, 후미노의 부하들에게서 공포와 투지의 냄새가 났다. 싸우는 수밖에 없는 건가.

관성중은 노련한 닌자 집단이지만 그래봤자 인간이다.

겨우 몇 명 모인다고 인랑을 이길 수 있을 만큼 강하진 않았다.

그렇게 생각했을 때, 갑자기 후미노가 쓴웃음을 지었다.

"바이트 님과 싸워서 당신을 막아낼 수 있다고 생각할 정도로 저희도 어리석지는 않아요. 닌자는 절대로 죽지 않습니다."

후미노가 수신호를 보내자, 부하 세 명은 조용히 건물의 그늘 속으로 사라졌다. 냄새가 점점 멀어졌다.

싸우지 않아도 될 것 같구나.

아니, 잠깐만. 상대는 닌자니까 방심은 금물이다.

그런데 후미노는 전혀 전의를 드러내지 않고 이쪽을 향해 고개를 숙였다.

"승산이 없으므로 여기서는 어쩔 수 없이 물러가도록 하겠습니다. 그러나 저도 맡은 역할이 있으니까, 본국에는 보고할 겁니다. 아셨죠?"

"알았어. 협정 위반에 관해서는 어떤 형태로든 보상할게."

내가 잘못한 거니까 보상하고 싶지만, 과연 그때까지 내 지위가 남아 있을지…….

그러자 후미노는 신기하게도 환한 표정을 지었다.

"네, 그럼 바이트 님께서 개인적으로 저에게 빚을 지신 거예요."

그 말을 남기고 후미노는 스르르 그늘 속으로 모습을 감췄다.

냄새가 연해지더니 완전히 사라졌다.

아마도 싸우려는 것이 아니라 나에게 빚을 지우려고 일부러 여기 나타난 건가 보다.

개인적인 빚? 그럼 내가 파면돼도 빚은 사라지지 않는 건가? 뭐, 하는 수 없지.

지금은 그런 것은 중요치 않았다. 나는 보관 창고로 향했다.

철문과 튼튼한 석벽으로 보호된 어느 한 방에 아손의 보물이 안치되어 있었다.

닌자라면 당연히 함정 하나쯤은 설치해놨을 것 같지만, 일부러 나에게 빚을 지우려고 튀어나왔으니 나를 방해하진 않을 것이다.

나는 아손의 보물을 손에 넣었다.

여기 저장된 마력은 막대했다. 압축되어 안전하게 봉인된 상태였는데, 이것을 해방시킬 때 실수하기라도 하면 대참사가 일어날 것이다.

그러고 보니 이것을 어떻게 아일리아에게 줄지는 생각을 안 해봤는데.

아일리아는 마술사가 아니고, 애초에 육체를 적에게 빼앗긴 상태였다.

아손의 보물을 건네준다고 문제가 해결될 것 같지도 않았다.

그렇다면 그 방법밖에 없나.

나는 스스로 마력의 용기가 되기로 결심했다.

이론상 나는 이 마력을 전부 흡수할 수 있다. 스승님께서 주신 능력이 있으니까.

하지만 이 보물은 광대한 토지에서 마력을 미친 듯이 빨아들인 것이었다. 고로 유전(油田)을 통째로 삼키는 거나 마찬가지였다.

마술사로서는 다소 두려움을 느낄 수밖에 없었다.

그러나 다른 방법이 없었다. 게다가 머뭇거릴 시간도 없었다.

"해보자."

나는 나 자신을 격려하면서 그 희미하게 빛나는 잔을 들었다.

그리고 잔에 가득 차 있는 마력을 단숨에 들이켰다.

그 순간, 눈앞이 확 어두워졌다.

"으윽?!"

머리가 깨질 듯이 아팠다. 심장이 심하게 두근거리고, 평형감각이 사라졌다.

인랑으로서 살아오면서 이 정도로 몸 상태가 이상해진 적은 한 번도 없었다.

서 있는 것조차 불가능해서 나는 돌바닥을 양손으로 짚었다. 정확히 말하자면, 반사적으로 손을 내밀었더니 돌바닥에 닿았다.

숨을 쉴 수 없었다. 식은땀이 났다.

정신이 아득해졌다. 이대로 죽는 게 아닐까 하고 불안해졌다.

웃기지 마. 여기서 죽으면 천하의 멍청이잖아.

그때 나는 입문한 직후에 스승님과 나눴던 대화를 떠올렸다.

『마력은 육체에 모으고, 머리로 조종하고, 입으로 뱉는 것이다.』

『잘 모르겠는데요…….』

『마력은 그대의 피와 살에서 흘러넘치고 있어. 그것을 어떻게 움직일지는 오로지 그대의 상상력에 달려 있느니라. 발동시킬 때에는 주문 영창이 도움이 될 테고.』

『네, 어렴풋이 알 것 같아요.』

『지금 그 설명으로 이해한 것이냐?』

육체는 문제없다. 인랑의 몸은 강대한 마력에도 버틸 수 있다. 머리는…… 그래, 상상력이다.

백병전에서도 '주먹질할 때 주먹을 빨리 되돌리려고 하면 저절로 빨리 내지르게 된다'든가, '발차기할 때는 버티는 쪽 발가락으로 바닥을 붙잡으려고 하면 자세가 안정된다'든가 하는 식으로 이미지가 도움이 된다.

마법도 마찬가지였다. 상상력에 의해 마력의 흐름은 극적으로 변한다.

떠올려야 하는 것은 '소용돌이'이다.

이 세계의 인간은 소용돌이치는 물이나 구름밖에 못 봤을 테지만, 나는 전생에 다양한 소용돌이를 봤다. 대부분 CG였지만, 그 이미지는 떠올리기 쉬웠다.

내 안에서 '빛의 입자로 구성된 소용돌이'의 이미지가 완성된 순간, 고통이 씻은 듯이 사라졌다.

미친 듯이 날뛰던 마력의 분류가 부드럽게 나선을 그리면서 내 안으로 빨려 들어왔다. 그 충격으로 몸이 부르르 떨렸다.

이제 남은 것은 입. 즉, 발성이다. 이것도 운동이나 격투에서 몸을 사용하는 것과 같았다.

소리를 지르면 된다.

나는 평소처럼 온 힘을 다해 포효했다.

문득 정신을 차려 보니 나는 공터에 서 있었다.

2층짜리 커다란 건물이 완전히 무너져 돌무더기로 변해버렸다. 그리고 그 잔해들도 다 날아가서, 내 주위에는 둥글게 빈 공간이 생성되어 있었다.

주민들은 모두 대피했으므로 사상자는 나오지 않았을 테지만. 이건 좀 심하군.

"이게 뭐야…… 내가 한 짓인가?"

마력을 제어하기 위해 최선을 다해 소리를 지른 결과, 내가 초대형 소울 셰이커를 발동시켰나 보다.

손에 들고 있던 아손의 보물은 마력이 바닥나버렸다.

아니, 심지어 내부의 마술 문양…… 즉, 회로와 프로그램을 겸한 문양까지도 깨끗이 사라졌다. 인랑의 악력에 의해 뼈대도 엉망으로 찌그러졌고.

'인랑베기'에 이어서 또 하나의 역사적 유산을 파괴하고 말았구나. 아마 후세의 마술사들은 나를 야만인처럼 취급할 것이다.

하지만 그 대가로 나는 지금 엄청난 규모의 마력을 손에 넣었다.

평소의 내 마력을 1바이트라고 한다면, 지금은 약 수만 바이트는 될 것 같았다.

이 정도면 아무리 강력한 마법을 사용해도 전혀 지치지 않을 테고, 공격용으로 발사하면 지형조차 바꿔버릴 수 있을 것이다.

그래, 이것이 용사나 마왕의 세계인가. 이러니 세계가 뒤틀리지.

그런데 내가 이 힘을 발휘해봤자 아일리아를 구출할 수는 없다.

이것을 아일리아에게 넘겨줘야 한다.

그녀가 용사가 된 다음의 일은 그때 가서 생각하자.

아일리아의 행방은 카이트와 인랑 부대가 감시하고 있는데, 그녀는 지상으로는 나오지 않았다.

나는 추적을 개시했다.

텅 빈 구시가를 달렸다. 그런데 이상하리만치 몸이 가벼웠다.

나는 평범하게 달리고 있는데도, 지면을 박찰 때마다 경치가 무시무시한 속도로 등 뒤로 흘러갔다.

가벼운 착지나 방향 전환만 해도 돌바닥이나 지면이 푹푹 파였다. 유리창 근처에서 달리면 풍압으로 창문이 깨졌다.

비상시인데도 내 머릿속에서는 '방금 그것의 수리비는 은화 80 닢, 석공조합을 통해 발주, 재원은 내 월급에서 공제하는 것으로……'라는 생각이 반사적으로 떠올랐다. 서류 작업을 너무 많이 했나 보다.

아마 나는 용사도 마왕도 적성에는 안 맞을 것이다.

아무튼 지금은 아일리아를 구출하는 것이 최우선이다. 이 도시는 아무도 없으니까 그냥 부숴도 될 것이다. 보상은…… 나중에 생각하자.

나는 아일리아가 사라진 지점에서 지하도로 진입했다. 그대로 속도를 줄이지 않고 암흑 속을 달렸다.

적은 은폐 능력이 뛰어난 마법 도구이지만, 아일리아의 위치까지 숨기진 못한다.

아일리아의 향수 냄새가 암흑 속에서 빛나는 실처럼 나를 인도해줬다.

나는 인랑으로서의 능력을 최대한 발휘해서 그녀를 추적했다.

마력에 의해 나의 오감도 체력도 강화되었으므로, 새까만 암흑 속에서도 풍경이 잘 보였다. 신기한 감각이었다.

하수구 옆의 점검 통로라서 이것저것 뒤섞인 냄새가 났다.

하수라고는 해도 여기에는 분뇨나 음식물 쓰레기가 섞여 있진 않았지만, 단순히 옷을 세탁한 물도 인랑에게는 방해되는 냄새였다. 인간의 냄새가 나기 때문에.

그러나 내 후각은 아일리아의 은은한 향수 냄새를 정확히 알아냈다.

냄새가 점점 강해졌다.

마침내 내가 아일리아를 발견했을 때, 그녀는 통로 한구석에 주저앉아 있었다. 어디서 구했는지 그 옆에는 작은 램프가 놓여 있었다.

희미한 불빛을 받아 드러난 아일리아의 모습을 보자마자 나는 안심했다. 괜찮아, 아직 살아 있어.

그런데 아일리아의 손에는 드라우라이트의 보물이 들려 있었다.

"또 방해하러 온 것이냐, 인랑."

천천히 몸을 일으키는 아일리아. 그 목소리는 소름 끼칠 정도로 차가웠다. 보물이 아일리아를 조종하는 것이다.

나는 분노를 조용히 억제하면서 드라우라이트의 보물을 향해 웃었다.

"아니, 오히려 방해꾼은 너야. 착하게 굴어야지, 안 그러면 못된 늑대한테 잡아먹힌다?"

쌍방의 마력이 전투용으로 점점 응축됐다.

그다음 순간, 나와 아일리아는 거의 동시에 공격을 개시했다.

나는 아일리아와 백병전을 하면서, 또 드라우라이트의 보물과 마술사끼리의 싸움도 해야 했다.

"하앗!"

아일리아가 검을 뽑더니 날카롭게 파고들면서 찌르기 공격을 했다.

군더더기 없는 움직임. 그러나 인간의 영역을 벗어나진 못했다. 그 도신의 끝을 손가락으로 슬쩍 치우면서 찌르기 공격을 피했다.

그걸 피했을 때, 이번에는 잔이 강렬한 사령술의 저주를 나에게 걸었다. 대상을 즉사하게 만드는 위험한 마술이었다.

상대는 도구이기 때문에 주문 영창이나 동작 따위는 전혀 없었다.

마력의 움직임과 관련된 예비 동작이 없으므로 거의 완벽한 기습이었다.

그러나 지금의 나에게는 무한에 가까운 마력이 있다.

사령술의 금기로 취급되는 즉사 주문이 몇 개나 연달아 날아왔는데도 나는 당연히 멀쩡했다.

그만큼 마력이 상실되긴 했지만, 공격 한 번에 3바이트나 4바이트 정도일 것이다. 지금의 나에게는 별것도 아니었다.

"하앗!"

아일리아는 아무 말도 하지 않았다. 기합 소리를 내긴 했지만, 그것은 호흡이나 근육을 제어하는 데 필요하기 때문이었다.

저놈이 아일리아의 육체를 조종해봤자 나에게는 상처 하나 내지 못할 것이다. 하지만 그것이 나에게는 효과적인 견제가 되었다. 상대하기 어려웠다.

자, 그럼 이 아일리아에게 어떻게 마력을 양도해줄까.

아일리아는 마술사가 아니다. 이런 대량의 마력을 건네줘도 잘 처리하지 못할 것이다.

그렇다고 조금씩 양도해봤자 용사가 되기에는 부족할 것이다. 그 마력은 드라우라이트의 보물이 제멋대로 나를 공격하는 데 사용할 게 뻔했다.

애초에 그렇게 느긋하게 양도할 여유는 없었다.

그럼 이제는 입에서 입으로 전달하는 것 같은 원시적인 방법밖에 없었다.

나는 강화술사로서 타인에게 힘을 나눠주는 행위에는 통달했다. 마력 부여도 예외는 아니었다.

마력은 열이나 전기와 같았다. 상대에게 나눠주려면 밀착하는

것이 효율적이다.

그래, 덮치자.

나는 아일리아의 얼굴 방향을 확인하고 그 뒤로 이동했다. 아일리아의 시선에서 벗어난 순간, 나는 상공으로 점프했다.

인간은 좌우나 아래쪽 방향에 대한 경계심은 강한데, 머리 위에 대한 경계는 소홀히 한다. 아마 수상생활*의 흔적일 것이다.

아일리아는 예상대로 뒤를 돌아보면서 허공을 베었다.

보물이 아일리아의 몸을 움직일 때는 역시나 아일리아의 감각을 사용하는 듯했다.

좋아, 쉽게 성공하겠군. 나는 아일리아의 등 뒤에 착지했다.

"앗?!"

방금 그것은 아일리아의 진짜 목소리 같았다.

나는 아일리아를 놓치지 않도록 등 뒤에서 꽉 끌어안았다. 인랑 조상님들은 그동안 이런 식으로 인간을 포식했다.

"끝이다."

몸부림치는 아일리아를 제압한 채 나는 마력을 해방시키려고 했다.

그런데 그 순간, 시야가 이상해졌다. 실제 풍경과는 전혀 다른 풍경이 눈앞에 펼쳐졌다.

적의 공격인가? 아니, 그건 아닌 것 같았다.

그 증거로 아일리아도 더 이상 움직이지 못했다.

---

*樹上生活. 나무 위에서 머무는 생활 방식.

어느새 나는 낯선 정원에 서 있었다.

황폐해진 유적 같았는데, 아름다운 꽃이 흐드러지게 피어 있었고 산들바람이 살랑살랑 불었다. 바람의 감촉이나 냄새가 없었으므로 현실의 광경이 아니란 것을 깨달았다.

저 멀리 건물이 보였다. 태수의 저택과 똑같았다.

갑작스러운 변화였지만, 나로선 짚이는 것이 있었다.

옛날에 스승님이 정신 마법에 관해 가르쳐줬었다.

정신 마법에 의하면 인간의 마음은 집처럼 되어 있다고 한다.

대문과 담으로 지켜지는 정원이 있고, 그 안쪽에 집이 있다. 집 안에는 많은 복도와 방이 있으며, 제일 안쪽에는 진정한 속마음을 나타내는 '비밀의 방'이 있다고 한다.

마력을 통해 접촉한 상황이니까, 이곳은 아일리아의 정신세계일지도 모른다.

이 마음의 집에 들어온다는 것은 '마음을 열어준' 관계성이란 뜻이다. 반대로 마법을 이용해 억지로 간섭해서 지배하는 것은 빈집털이나 강도질 같은 것이다.

지금 내가 있는 곳은 정원이다. 안면만 텄어도 들어올 수 있는 장소였다.

그 대신 이곳에는 중요한 것은 없었다.

아일리아와 접촉하려면 좀 더 깊은 곳으로 들어가야 한다.

나는 정원의 오솔길을 지나 건물로 다가갔다.

그 외에는 이 접촉 상태를 해제할 방법이 떠오르지 않았기 때문인데, 아일리아의 마음을 알고 싶다는 욕심도 당연히 있었다.

현실 세계의 상황은 청각과 후각과 촉각으로 파악하고 있었다. 나도 아일리아도 지금은 완전히 움직임을 멈춘 상태였다.

드라우라이트의 보물도 비활성 상태인지 전혀 공격하지 않았다. 그 녀석을 부수고 싶어도 우선 아일리아부터 구출해야 한다.

그래서 나는 부드러운 햇빛을 받으면서 천천히 건물로 다가갔다.

그나저나 아일리아의 마음의 정원은 질서 정연하구나.

연못의 물은 맑았고 나무는 잘 다듬어져 있었다. 특별히 눈에 띄는 대단한 것은 하나도 없었지만, 평화롭고 차분한 느낌이 드는 정원이었다.

아일리아의 평소 언동과 비슷했다.

한편 건물은 역시나 훌륭한 서양식 저택이었다. 태수의 저택과 흡사했다.

만약에 아일리아가 나를 거부한다면, 저 현관문은 잠겨 있을 것이다.

그런 생각을 하면서 다가갔는데. 묵직한 문이 저절로 열렸다. 그러나 주위에는 아무도 없었다.

나를 환영해주는 것이라고 생각해도 되는 걸까?

나도 타인의 정신세계에 들어오는 것은 처음이었으므로 뭐가 뭔지 알 수 없었다.

"실례합니다……."

꾸벅 고개 숙여 인사하고 문지방을 넘었다.

안에 들어가자마자 문이 쾅 닫혔다.

"어, 엇?!"

닫힌 문이 완전히 잠겨버렸다.

밀어도 당겨도 꿈쩍도 안 했다. 공포영화 같았다.

정신세계에서는 인랑의 힘은 소용없다. 완벽하게 갇혀버린 것이다.

음, 그래. 일단 앞으로 나아가자.

저택은 이리저리 갈라진 복도와 무수한 문으로 구성되어 있었나. 태수의 저택과는 내부가 전혀 달랐고, 외관에 비해 훨씬 넓었다.

그리고 실제 가옥과는 달리 부자연스러운 곳에 물품들이 배치되어 있었다.

이를테면 복도 벽에 걸려 있는 것은 아일리아가 애용하는 사벨이었다.

그런데 이 사벨은 새것이었고, 손잡이 같은 세부적인 부분은 달랐다. 아버지의 유품이라고 했으니까 이것은 아버지의 추억일 것이다.

그 증거로 그 옆에는 남성용 예복이 있었다.

아일리아의 어머니는 산욕열로 세상을 떠났다고 한다. 그래서 어머니와 관련된 물품은 없었다. 아이를 낳다가 사망하는 여성이 많은 것은 이 세계 인간의 특징이었다.

나는 벽 곳곳에, 또는 바닥 등에 배치된 물품을 관찰하면서 걸어갔다.

방문은 전부 열려 있었으므로 그 안도 자유롭게 구경할 수 있었다.

흔히 눈에 띄는 것은 여자아이 옷이었다. 스커트나 원피스가 흩어져 있었다. 잘 개어놓은 것이 하나도 없었다.

그 외에는 검술이나 승마술 연습복이 있었다. 전생의 운동복 같은 것. 이것도 아무렇게나 널브러져 있었다.

아일리아는 어린 시절에는 자유분방한 개구쟁이였나 보다.

그런데 제일 깊숙한 방, 아일리아가 있는 비밀의 방은 대체 어디일까.

나는 복도를 이리저리 왔다 갔다 하면서 방을 하나하나 조사해봤다.

여기는 공부방처럼 보이는군. 장난감이나 어디서 주워온 나무열매 같은 것은 사라져버렸다. 꽤 어른스러운 방이었다.

학문이나 예법을 중점적으로 배웠다는 것은 여기저기 흩어진 책의 제목을 보면 알 수 있었다.

그런데 정리정돈은 좀 했으면 좋겠다.

훈훈한 그 광경이 확 바뀐 것은 2층으로 가는 계단을 올라갔을 때였다.

계단에는 상중을 나타내는 검은 천이 드리워져 있었다. 태수용이었다. 아버지를 여의었을 때의 기억일까.

2층 복도는 몹시 황폐했고, 창문이 하나도 없었다. 천장도 낮아서 답답한 느낌이었다.

이 복도의 방에서 발견한 것은 아일리아가 평소에 입고 다니는 남성용 예복.

아일리아는 아버지가 돌아가신 다음부터 지금처럼 입고 다니게 됐나 보다.

복도나 방의 바닥과 벽에는 원로원의 서명이 들어간 종이가 무수히 흩어져 있었다. 전부 다 끔찍한 내용이었다.

"여자 주제에 건방지다", "하찮은 남부의 시골 태수가", "악덕 상인, 돈이나 더 내놔라", 기타 등등.

아마도 아일리아는 내내 이런 말을 듣고 살았을 것이다.

이렇게 괴롭혔으니, 아일리아가 원로원을 배신하고 마족의 손을 잡는 것도 당연했다.

그런데 아일리아는 그런 사실을 나에게는 한 번도 이야기하지 않았다. 아일리아는 남에 대해 험담하지 않는다.

나는 아일리아에게 새삼 존경심을 품었다. 또 원로원에 대한 분노도 다시 타올랐다.

이런 줄 알았으면 내가 직접 원로원을 파멸시켰을 텐데.

복도는 길었다. 아일리아는 태수가 된 지 2년째에 나를 만났으므로, 이 말도 안 되는 길이는 아일리아의 주관에 의한 것이리라.

그런데 복도 끝에 도착해서 모퉁이를 돌자마자 상황이 돌변했다.

깨진 창문이었다. 창문 바깥의 경치는 륜하이트 시가지였다.

혹시 이것은 내가 창문을 통해 뛰어 들어왔던 때의 기억인가?

원로원의 편지는 여전히 이리저리 흩어져 있었지만, 그것들이 전부 인랑의 손톱으로 갈기갈기 찢어져 있었다. 좀 걷다 보니 어느새 그것도 완전히 사라졌다.

아일리아에게는 '마왕군의 륜하이트 점령'이란 것은 인생의 커다란 전환점인 것이다.

이 복도에 면한 방에는 기묘한 물건들이 잔뜩 있었다.

예를 들면 공업도시 투반의 대형 크로스보우가 굴러다니고 있었다. 투반을 점령했을 때 내가 아일리아에게 선물로 준 것이었다.

그런데 희한하게도 그게 핑크색 리본으로 장식되어 있었다. 나는 이런 짓은 안 했는데.

또 내가 같이 가져왔던 기병 훈련 서적은 비단 쿠션 위에 예쁘게 놓여 있었다.

그 외에도 이상한 물건이 있었다.

내가 시장에서 한꺼번에 구매한 싸구려 셔츠 3종 세트가 벽에 걸려 있었다.

처음 이 옷을 입었을 때, 아일리아가 필사적으로 뭔가를 참고 있었던 것이 생각났다.

그때 라시와 카이트는 "바이트 씨, 이건 아니잖아요" 하고 정색하면서 딱 잘라 말했었지.

"이건 뭐야?"

다른 방의 테이블에서는 일본식 그릇이 여러 개 발견됐다.

그릇 하나에 들어 있는 것은 싱싱한 새우 꼬리였다.

설마 이건 화국에서 우리가 같이 식사했을 때의 기억인가?

옆에 있는 그릇에는 두부도 있었다.

바로 옆에는 옷걸이가 있었고, 아일리아가 입었던 기모노도 있었다.

이 복도도 무섭도록 길었다.

얼마나 걸었는지 알 수 없게 되었을 무렵, 드디어 복도의 끝에 도착했다.

닫힌 문이 있었다. 지금까지 봤던 문은 전부 열려 있었으므로, 이곳이 특별하다는 것을 알 수 있었다.

여기가 아마도 아일리아의 마음의 가장 깊은 곳이다.

정신세계에서의 상식은 나는 잘 모르지만, 문이니까 일단 예의 바르게 노크를 해봤다.

"아일리아 님, 나 왔어요. 바이트. 들어가도 돼요?"

대답은 없었지만, 상대가 거절한다면 어차피 문은 잠겨 있을 것이다.

나는 과감하게 문을 열어봤다.

문은 너무나 쉽게 열렸다.

방 안에는…… 아니, 방이 아니었다.

문 너머에는 개방적인 발코니가 있었다. 상쾌한 바람을 받으며 작은 새가 날고 있었다.

지붕이 없는 발코니인데도 소파나 침대가 놓여 있었지만, 심상 풍경이니까 그래도 상관없었다.

그리고 작은 테이블 앞에 아일리아가 서 있었다.

멍하니 바깥 풍경을 바라보는 아일리아. 당장 사라져버릴 것처럼 덧없어 보였다.

"아일리아 님!"

나도 모르게 외쳐 불렀다.

아일리아는 나의 존재를 눈치챘는지 허둥지둥 뒤를 돌아봤다.

"바이트 님?!"

나는 아일리아를 향해 뛰어갔는데, 그때 그녀의 이변을 알아챘다.

희미한 은빛으로 빛나는 사슬이 아일리아의 두 팔에 얽혀 있었다. 테이블 위로 이어진 그 사슬은 드라우라이트의 보물과 연결되어 있었다.

혹시 저것이 아일리아를 속박하는 정신지배의 마법인가?

나는 전투에 대비해 반사적으로 경계태세를 취했지만, 인랑으로 변신할 수는 없었다.

곰곰이 생각해보니 나의 물리적인 육체는 지금도 룬하이트의 하수도에 있었다. 인랑으로 변신한 채 아일리아를 구속하는 상태로.

이 광경은 정신세계의 환상이다.

아일리아를 구속하는 은색 사슬은 상징적인 것이다. 물리적으로 어떻게 할 수 있는 대상이 아니다.

"아일리아 님. 구하러 왔어요."

내가 그렇게 말하자, 아일리아는 구속된 채 환한 미소를 지었다.

"바이트 님!"

그러나 아일리아는 퍼뜩 뭔가 깨달은 것처럼 괴로운 표정을 지었다.

"죄송합니다. 제가 부주의해서……."

"아뇨. 그 녀석은 자신의 목적에 가장 적합한 인물을 만날 때까지 쭉 숨죽이고 기다리고 있었던 겁니다."

인간을 인간으로 여기지 않는 그 만행에 나는 분노를 느꼈다.

나의, 아니, 우리의 소중한 아일리아를 납치했을 뿐만 아니라 이런 죄책감까지 느끼게 하다니.

문화재든 세계유산이든 뭐든 더 이상 알 바 아니다.

두 번 다시 이런 짓을 못 하도록 파괴해주마.

나는 드라우라이트의 보물의 움직임을 경계했다.

그러나 다행히 금속 잔은 침묵을 지키고 있었다.

자세히 보니 그 잔의 주위에는 웬 닭이 여러 마리 있었다. 닭들은 끊임없이 잔을 쪼아대고 있었다.

"이게 뭐지?"

그러자 아일리아가 쿡쿡 웃었다.

"이 잔은 지하로 도망친 다음부터 계속 마법을 사용하는 것 같은데, 그때마다 닭이 늘어나고 있어요."

사령술과 닭. 대체 무슨 관계가 있는 걸까.

아, 설마 식용육으로 쓰인 가축의 영혼인가.

그런 것까지 아일리아의 정신세계로 데려오지 마라.

하기야 이것도 상징적인 것이라서, 울지도 않고 똑같은 행동을 반복하고 있을 뿐이지만. 실제로 영혼이 존재하는 것 같지는 않았다.

나는 드라우라이트의 보물에게 다가가, 닭들에게 콕콕 쪼이고 있는 그 잔을 내려다봤다.

"이봐. 넌 용사를 만들고 싶지?"

"용사……?"

그렇게 말한 사람은 아일리아였다.

아일리아는 영문도 모르고 몸을 빼앗겼으므로, 사정을 전혀 모르는 것 같았다.

드라우라이트의 보물은 아무 말도 하지 않았지만, 잔을 쪼고 있던 닭들이 일제히 나를 돌아봤다. 그대로 감정 없는 눈동자로 가만히 나를 응시했다.

나는 자신의 마력을 구체적인 형태로 상상했다.

사슬이나 닭과 마찬가지로 정신세계에서 어떤 '상징'으로 표시할 수 있지 않을까? 하고 생각한 것이다.

그러자 내 손안에는 보석으로 장식된 왕관 머리띠가 출현했다.

그 왕관은 은은한 빛을 발하면서 주위를 한층 더 밝게 비추었다.

그 순간, 드라우라이트의 보물을 지키듯이 서 있던 닭들이 변모했다.

흰색 또는 갈색이었던 깃털 색깔이 시커멓게 변색되더니, 보랏빛이 나는 탁한 검은색이 되었다.

닭들은 고개를 확 치켜들고 위협하는 자세를 취했다.

상당히 마물 같은 느낌이 나는군.

검게 변한 닭들은 자꾸만 목을 쭉 빼고 왕관을 노려보는 것 같았다.

닭들은 왕관에 접근하려고 했다. 그러나 그때마다 보이지 않는 무언가에 떠밀리는 것처럼 후퇴했다.

"너한테 주려는 게 아니다. 더러운 '손'으로 만지지 마."

보물에게 이 마력을 넘겨주면, 그놈은 틀림없이 안 좋은 방식으로 사용할 것이다.

나는 다시 아일리아를 돌아보면서 웃었다.

"아손의 보물에 들어 있던 마력을 전부 가져왔어요."

"바이트 님, 그건 협정을 위반한 거잖아요?!"

"응, 알아요. 그런데 드라우라이트의 보물은 용사를 탄생시키기 전까지는 활동을 멈추지 않아요. 다른 방법이 없었어요. 아일리아 님."

깜짝 놀라는 아일리아에게 나는 그 왕관을 내밀었다.

"이만한 마력이 있으면 얼마든지 당신을 용사로 만들 수 있어요. 용사의 능력이 있으면, 정신지배의 마법 따위는 간단히 튕겨 낼 수 있고."

"용사라고요? 하지만 저는, 용사 같은 것은……."

아일리아는 머뭇거렸다.

그것도 당연했다. 과거에 나타난 용사도, 가짜 용사도 우리와는 적대관계였으니까.

아일리아에게 용사란 것은 무시무시한 적의 상징이다.

나는 잠시 생각해본 다음에 다른 말로 표현했다.

"그럼 마왕이 되세요. 아일리아 님."

"마왕…… 네, 확실히 그쪽이 더 친근하긴 하지만……."

"스승님의 연구에 의하면 용사도 마왕도 다 똑같은 거예요. 둘 다 강대한 마력을 가지고 있는 돌연변이일 뿐이니까. 인간들은 자기들을 돕는 자를 용사라고 부르고, 적대하는 자를 마왕이라고 불러왔던 거지."

마족의 용사는 인간의 적이 되었으니까. 예외 없이 모두가 마왕이었다.

그리고 마왕과 짝을 이루어 마왕을 소멸시키는 초월자들은 용사라고 불렸다. 그들은 서로 죽고 죽이면서 둘 다 사라져갔다.

약간의 오차로 둘 중 하나만 살아남는 경우도 있었지만, 그자는 더 이상 초월자는 아니었다. 나조차도 쓰러뜨릴 수 있는 존재였다.

"드라우라이트의 보물도, 또 아손의 보물도, 용사를 만들어내서 전쟁에 이용하기 위한 도구일 겁니다. 그렇게 만들어낸 용사의 수만큼 같은 규모의 마왕이 출현할 텐데. 어리석은 이야기지."

그러자 아일리아는 금방 걱정스러운 표정을 지었다.

"그럼 제가 마왕이 된다면, 또다시 용사가……."

"이론상으로는 그렇지만, 당장 나타나지는 않을 테니까. 대책을 세울 시간은 있어요."

선왕님의 경우에도 그 상대자인 용사는 비교적 최근에 출현했다.

그 사이에는 수십 년이나 되는 유예가 있었다.

1년이든 2년이든 유예가 있다면, 그동안 고모비로아 일문의 총력을 기울여 어떻게든 해낼 것이다.

나는 아일리아의 기운을 북돋워 주려고 가벼운 농담을 해봤다.

"용사와는 달리 마왕은 꽤 괜찮은 직업이거든요? 마왕에게는 우수한 '마왕의 부관'이 딸려 오니까."

아일리아는 나를 쳐다보더니, 그 순간 즉답했다.

"마왕이 될게요."

"네?!"

아일리아는 미소 지으며 이렇게 대꾸했다.

"제가 아무리 위험한 자, 또는 추악하고 끔찍한 존재가 되더라도…… '마왕의 부관'이 곁에 있어준다면 아무것도 두려울 것이 없어요."

"그 마왕의 부관이란 것은 나인데?"

"네. 그래서 좋다는 건데요?"

왜 이렇게 환한 미소를 짓는 걸까.

발코니의 하늘이 놀랄 만큼 깨끗한 푸른빛으로 변했다. 한없이 맑은 파란 하늘에서 한여름 같은 햇볕이 내리쬐었다.

현재 아일리아의 심상 풍경은 이건가.

이러면 더 이상 도망치지도 못하겠다.

나는 각오를 다지고 아일리아를 보면서 고개를 끄덕였다.

"무슨 일이 있어도 나는 당신의 아군이야. 같이 살고, 같이 죽읍시다."

"……네."

아일리아는 손이 묶인 채 내 앞에서 한쪽 무릎을 꿇었다.

나는 아일리아에게 왕관을 씌워주려고 가까이 다가갔는데, 그때 문득 아일리아가 고개를 갸웃했다.

"아, 그러고 보니 바이트 님의 등 뒤에 있는 풍경은 뭔가요?"

"응?"

뒤를 돌아봤다. 내 뒤의 풍경은 발코니가 아니었다. 설마 내내 이랬던 걸까?

내 등 뒤에 있는 것은 거무스름한 석벽과 중후한 책장으로 둘러싸인 실내 공간이었다.

벽에는 쇠창살이 달린 작은 창문이 하나 있을 뿐이었다.

내가 아일리아에게 한 걸음 다가갈 때마다 발코니의 하얀 돌바닥이 검은 돌바닥으로 바뀌고, 책장과 벽의 영역이 넓어졌다.

신기한 광경이었는데, 그 덕분에 직감적으로 알게 되었다.

"나도 잘 모르겠지만 아마도 이쪽은 내 '마음의 풍경'일 거요."

광택이 나는 원목 책장에 꽉 채워져 있는 것은 낡은 책이었다.

마술서도 있고, 그림 동화책도 있다. 어린이용 학습 만화도 있고, 중학교 국어 교과서도 있다.

영어 참고서나 심리학 입문서도 있고.

그 제목은 전부 다 내가 아는 것이었다.

그리고 장서의 절반 정도는 이전 세계의 것이었다. 그러니 십중팔구 나의 정신세계일 것이다.

아일리아의 화사하고 온화한 풍경에 비하면 좀 어둡고 수수하고 살풍경하네…….

특히 저 격자창. 너무 폐쇄적이잖아.

"이쪽은 내 마음속이고, 그쪽은 당신 마음속. 나와 당신은 지금 마음속의 가장 깊은 곳에서 서로 만나고 있는 거지."

"그렇군요……. 이것이 바이트 님의 마음속인가요. 고요하고 금욕적이고, 무한한 힘과 지혜가 느껴져요."

상대가 그렇게 생각해주니 안심이 됐지만, 너무 자세히 관찰하지는 않았으면 좋겠다.

남자들은 남에게 보여주기 싫은 책도 가지고 있으니까.

제발 이해해주세요.

그러자 아일리아는 문득 내 마음의 창으로 시선을 옮겼다.

"저 창문 밖에서는 새처럼 생긴 것이 날아다니네요. 저게 도대체 뭔가요?"

나는 쇠창살이 박힌 창문을 돌아봤다.

창문은 작았지만, 거기서 보이는 풍경은 빌딩숲이었다. 이전 세계의 직장 근처였다.

그리고 상공에서 날아다니는 것은 여객기였다.

"저건 비행기인데."

"비행기?"

"설명하려면 시간이 좀 걸려서……."

저것을 설명하려면, 나의 전생(轉生)과 이전 세계를 설명해야 할 것이다.

나는 지금까지 전생이나 이전 세계의 이야기는 아무에게도 한 적이 없었다. 할 필요가 없었으니까.

앞으로도 그럴 예정이었고.

하지만 아일리아가 자신의 궁지조차 잊어버리고 흥미진진해하는 것을 보니, 나도 모르게 입이 움직였다.

"과거의 내가 자주 봤던 거야. 이 일이 해결되면, 당신에게는 자세히 말해줄게요."

"이 일이 해결되면?"

"네. 이 일이 해결되면."

그러자 아일리아는 웃으며 고개를 숙였다.

"알았어요. 그렇다면 삼가 그 마력을 받겠습니다."

"좋소."

또 이상한 약속을 해버렸다…….

그런 생각을 하면서 아일리아의 이마 위에 빛나는 왕관을 씌워준 순간.

폭발적인 광휘의 분류가 모든 광경을 뒤덮었다.

나는 퍼뜩 정신을 차렸다.

이곳은 어두운 하수도 안이었다. 나는 인랑 모습으로 아일리아를 등 뒤에서 끌어안고 있었다. 아일리아는 의식을 잃은 것 같았다.

마력 대부분을 아일리아에게 건네주고 나는 원상태로 돌아왔다.

단지 원상태로 돌아왔을 뿐인데도, 그 넘쳐흐르는 힘이 사라지자 몸이 좀 무거웠다.

그때 나는 묘한 사실을 눈치챘다.

조명이 없는 하수도인데도 주위가 밝았다.

공기도 탁하지 않았다.

문득 머리 위를 우러러보니, 하수도 천장에 커다란 구멍이 뻥 뚫려 있었다.

저게 뭐야.

그제야 나는 깨달았다. 아일리아의 주위에 마력의 기둥이 생겨 났음을.

아일리아를 끌어안고 있어서 금방 눈치채지 못했는데, 아마도 이것이 우리 머리 위에 있는 큰 구멍의 원인인 듯했다. 마력의 간 헐천이었다.

나는 용케 무사했구나.

그런데 마력이 왜 이렇게 솟구치는 걸까.

아일리아에게 건네줄 때 손실이 생겨서 '흘린' 마력인가? 아니, 그래도 이건 너무 많았다.

이미 주위에는 어마어마한 양의 마력이 충만한 상태였다.

폭발하기라도 하면 위험한 양이었다.

나는 아일리아를 끌어안은 채 일단 지상으로 대피하기로 했다. 이러다 붕괴 사고라도 발생하면 아일리아와 함께 생매장당할 테 니까.

드라우라이트의 보물은 조금 떨어진 곳에서 굴러다니고 있 었다.

적어도 이놈은 처리해야겠다.

"이봐. 너. 대화는 할 수 있어?"

그러자 잠시 후 희미한 목소리가 들려왔다.

『현재는 가능하다.』

그 잔은 공기가 아닌 마력을 진동시켜서 나에게 목소리를 전달했다.

공기 중의 마력 농도가 비정상적이기 때문에 이런 방법도 쓸 수 있는 것이었다.

나는 꼼짝도 못 하게 된 잔을 내려다보면서 히죽 웃었다.

"어때, 뭔가 할 수 있어?"

『불가능하다. 주위의 마력이 그의 사령술을 무효화하고 있어.』

"그? 누구야?"

『그는 그야.』

누군데.

아무튼 이 공간은 아일리아가 완전히 지배하고 있었다.

아일리아 본인이 그걸 원하지 않아도, 아일리아의 마력으로 꽉차 있으므로.

나는 이 녀석을 어떻게 할까 생각해봤다.

이 녀석은 도구이므로, 아예 부서지거나 스위치를 끄지 않는 한 멈추지 않는다.

"너를 정지시킬 방법을 가르쳐줘."

『그런 것은 존재하지 않는다. 한번 기동되면 절대로 멈추지 않도록 그가 설정해놨어.』

그러니까 그게 누구야? '그'라는 사람.

"그는 누군데?"

『그의 이름은 비밀이라서 그조차도 몰라. 그를 만들어낸 마술사 말이야.』

'그'가 너무 많이 나와서 잘 모르겠다. 그때 나는 문득 뭔가를 기억해냈다.

이것은 누가 만들어낸 지성에게서 흔히 볼 수 있는 '피아 혼동 현상'일 것이다. 의도적인 결함이다.

오래전에 스승님이 그런 이야기를 했었다.

드라우라이트의 보물은 오히려 나에게 질문을 던졌다.

『어째서 완성체가 파괴 행동을 개시하지 않는 거지······? 힘을 얻었음에도 불구하고, 다음 단계로 이행하지 않았다. 검증이 필요해······.』

"넌 멍청이냐?"

나는 보물이 아니라, 보물을 만든 마술사를 상대로 그렇게 말했다.

"힘을 얻은 자들이 전부 힘에 도취하는 것은 아니야. 그냥 너희들이 그런 놈들만 골라서, 그런 놈들만 만들어냈을 뿐이지."

무슨 원한을 품은 자, 현실에 불만을 느끼는 자.

그런 자가 신과도 같은 힘을 손에 넣으면, 실제로 그 원한이나 불만을 해결하기 위해 힘을 사용할 것이다.

나도 이전 세계에서 그런 힘을 얻었더라면 좀 위험했을지도 모른다.

하지만 아일리아는 그런 얄팍한 인간이 아니다.

인내와 자제, 수용과 자비의 인간이다.

그래서 나도 안심하고 모든 것을 맡길 수 있었던 것이다.

보물에는 복잡한 마술 문양이 떠올라 있었다. 그것이 계속해서 깜빡거렸다. 이것이 이놈의 모든 것. 프로그램과 회로이다.

『수순을 재검증…… 예외 사항, 4-2를 적용…….』

또 무슨 짓을 꾸미고 있군.

심정적으로 용서할 수 없기도 했지만, 애초에 이놈은 너무 위험했다.

여기서 파괴해야 한다.

『인랑이여……. 인간이 아닌 너를 지배한다면, 다음에는 다른 결과가 나올지도 모른다. 그의 지배를 받아들여라……. 무한한 힘을 손에 넣어 초월자가 되는 것이다…….』

마력으로 만들어진 정신지배의 '뿌리'가 촉수처럼 다가왔다.

그러나 주위에 가득 차 있는 아일리아의 마력에 의해 '뿌리'는 부슬부슬 부서져버렸다.

"어리석은 놈. 마왕 아일리아 님의 안전에서 감히 '뿌리'를 빳빳이 치켜들다니."

현재 륜하이트는 아일리아가 발산하는 강대한 마력에 의해 수호되고 있다.

고로 마력을 사용해 무슨 짓을 하려고 해도, 아일리아의 의지에 반하는 것은 모조리 제거되는 것이다.

여기서 오래된 잔 하나가 무엇을 할 수 있겠는가.

『재정의…… 재검증…….』

아직도 포기하지 않는 보물. 그걸 본 나는 무심코 쓴웃음을 지었다.

"검증할 필요도 없어. 나는 좀 전에 마왕이 됐었잖아? 하지만 나는 힘을 원하지도 않고, 힘으로 어떻게 해야 할 상대도 없어. 무의미한 짓이다."

내 말에 마술 문양이 심하게 명멸했다.

마치 인간이 자꾸만 눈을 깜빡거리는 것처럼.

『너는, 너는 대체 정체가 뭐냐……? 너의 행동 양식은, 그가 정의한 '인랑'이나 '마물'과 일치하지 않아…….』

그야 그렇겠지.

하지만 내 비밀은 너 같은 놈한테는 안 가르쳐줄 거다.

"평범한 부관이다."

나는 그렇게 대답한 뒤, 보물에 떠올라 있는 마술 문양을 손으로 지웠다.

나는 고대 지혜의 결정체인 보물을 한낱 골동품으로 바꿔버린 뒤 한숨을 쉬었다.

"마술사가 마술 유산을 파괴하다니, 이게 무슨 짓이야……."

자신의 미숙함이 원망스러웠다.

그러나 지금은 후회하는 것보다도 아일리아를 구출하는 것이 더 급했다.

나는 여전히 기절해 있는 아일리아를 품에 안고, 천장의 큰 구멍을 통해 지상으로 뛰쳐나왔다.

밖은 어느새 밤이 되어 있었다.

정신세계에서 꽤 오랫동안 머물렀나 보다.

아일리아는 지금도 계속 마력을 방출하고 있었다. 그 마력이 룬하이트 전역에 쏟아져 내렸다. 빛나는 입자가 천천히 눈송이처럼 날아 내려왔다.

마력의 빛에 닿으면 피로가 사라지고 신기하게도 마음이 편안해졌다.

이런 마법도 현상도 난생처음 보는 것이었다.

"어?"

그때 나는 아일리아가 반짝 눈을 뜬 것을 눈치챘다.

어느새 의식을 되찾았나 보다.

아일리아는 얼른 눈을 감아버렸지만, 나는 개의치 않고 말을 걸었다.

"아일리아 님, 일어났으면 이야기를 좀 하고 싶은데……."

"아, 네."

눈이 반짝 뜨였다.

아일리아와 눈이 마주치자, 그녀는 새빨개진 얼굴로 시선을 피했다.

그 냄새나 행동을 보건대 정신지배의 영향은 없는 것 같았다.

아일리아는 똑바로 서서 주위를 둘러봤다.

"이것은 제가 일으킨 현상인가요?"

"네, 아마도. 당신에게서 마력이 흘러나오고 있고, 이런 대량의 마력을 가진 자는 당신밖에 없으니까."

역사를 바꿀 정도의 힘을 손에 넣었을 때, 그 힘을 어떻게 사용할 것인가.

대답은 사람마다 다를 것이다.

마왕 프리덴리히터는 용인족을 비롯한 마족들을 지키기 위해 인간들과 싸우면서 생존권을 확립시키려고 했다.

용사 아세스는 소중한 사람을 잃어버리고 분노하여 마왕을 타도하기로 했다.

나는 소중한 아일리아를 되찾으려고 했고.

아일리아는…… 아마도 륜하이트를 지키려고 하는 것이리라.

나는 거기까지 생각한 다음에 아일리아를 보고 웃었다.

"이것이 마왕이 된 당신이 내놓은 답인가요? 아일리아 님."

아일리아는 잠시 생각해보고 나서 이렇게 대답했다.

"네, 이것은 저에게는 과분한 힘이라고 생각했습니다. 필요 없다는 생각도 했고요."

"그렇군."

나는 더 이상 질문은 그만두고 밤하늘을 우러러봤다.

별이 가득한 하늘에서는 반짝반짝 빛나는 빛이 내려오고 있었다. 별이 쏟아지는 것처럼.

그리고 도시 전체가 부드러운 빛에 감싸였다.

신비롭고도 무척 아름다운 광경이었다.

"아름다워."

"네, 이렇게 환상적인 광경을 만들어낸 것이 저라니, 왠지 신기한 기분이 드네요……."

아일리아가 멍한 표정으로 하늘을 우러러보고 있었다. 그래서 나는 가볍게 놀려봤다.

"경치도 아름답지만, 내가 말한 것은 당신 마음의 아름다움인데."

"네엣?!"

깜짝 놀란 것처럼 이쪽을 돌아보는 아일리아. 나는 가슴에 손을 대고 웃었다.

"당신은 자제와 인내, 또 수용과 자비의 인간이야. 진심으로 존경해요."

"전 그렇게 굉장한 사람이 아니에요……."

꼼지락거리면서 부끄러워하는 아일리아. 그 모습을 본 나는 지금이 절호의 기회라고 판단했다.

나는 아일리아의 손을 잡고 얼굴을 가까이했다.

"당신과 같이 살고 같이 죽을 수 있는 인생이라면, 나는 아무것도 후회하지 않아. 어, 그러니까……."

이 사람이 납치되어 내 곁에서 사라졌을 때, 나는 정말로 이성을 잃고 괴로워했다.

즉, 나는 이 사람을 사랑한다.

그리고 지금이 바로 이 싸움에서 승리할 기회였다.

돌격해야 한다.

그런데 돌격 방법을 잘 모르겠다.

"나는, 어…… 뭐라고 말하면 좋을지 모르겠는데……."

벌써 난리가 났다.

괜히 멋있어 보이려고 하니까, 오히려 더 멋없어 보이는 것이다.

부끄러움을 버리자.

그때 아일리아가 후후 웃더니 나를 쳐다봤다.

"바이트 님. 지금 나는 마왕이라고 할 수 있나요?"

"당신은 완벽한 마왕이야. 아일리아 님."

이런 기적을 일으킬 수 있는 것은 초월자밖에 없다.

그러나 지금은 그런 것은 중요하지 않아요. 내 서투른 고백을 들어주세요.

아일리아는 내 손을 꼭 잡더니 여전히 웃는 얼굴로 이렇게 말했다.

"그럼 당연히 '마왕의 부관'이 따라올 테죠?"

"으, 음…… 그렇지."

"성실하고 책임감이 강하고, 결코 자만하거나 좌절하지 않고, 현명하고 온화하고, 심지어 얼굴도 잘생겼고……."

군데군데 사실이 아닌 표현이 있지만, 설마 이거 내 이야기인가?

"하지만 지나치게 성실한 나머지 불가능한 약속까지 해버리고, 또 일부러 연애를 피하려고 하는, 그런 부관님이시죠?"

역시 그건 나…… 맞지?

"그래……. 아마도, 그런 부관일 거야."

내가 동의하자, 아일리아는 장난에 성공한 개구쟁이처럼 웃었다.

아주 멋진 미소였다.

"나는 매우 사악한 마왕이니까, 그런 멋진 부관님은 절대로 놔주지 않을 거예요. 각오하세요, 바이트 님."

이거 혹시, 내 의도를 이해하고 선수 쳐준 건가?

나이스 어시스트입니다. 마왕 아일리아 님.

나는 완전히 패배했음을 깨닫고 고개를 끄덕였다.

"물론 각오는 했어. 앞으로의 인생을 당신에게 바칠 것을 맹세할게. 나는 당신의 것입니다. 아일리아."

"고마워요. 바이트 님. ……저, 그럼. 당장 부탁이 하나 있는데요."

"뭔데요?"

"눈을 감아줄래요?"

"이렇게?"

무심코 눈을 감았다. 그러자 부드러운 것이 내 입술을 꾹 눌렀다.

반사적으로 심장이 빠르게 뛰었지만, 이것이 키스라는 것을 정확히 이해하기까지는 몇 초나 걸렸다.

아일리아의 표정을 보고 싶은데. 이런 때에는 눈을 떠도 되는 걸까.

어깨를 감싸 안아도 되는 걸까.

이런 것은 마술서에도 참고서에도 안 적혀 있었는데.

하지만 뻣뻣하게 서 있을 수도 없었다. 그래서 나는 아일리아의 어깨를 감싸 안았다. 아일리아도 팔을 두르면서 나를 꼭 끌어안았다.

그렇게 얼마나 오랫동안 키스를 하고 있었을까. 문득 아일리아의 입술이 떨어졌다.

내가 눈을 뜨자, 눈동자가 촉촉해진 아일리아가 코앞에서 나를 쳐다보고 있었다.

"기뻐요. 바이트 님."

"……나도."

아일리아는 나에게 달라붙은 채 조금 불만스러운 표정을 지었다.

"그런데 바이트 님, 괜찮다면 인간 모습으로도 키스해줄 수 있나요?"

"응? ……앗?!"

그러고 보니 나는 쭉 인랑 모습을 유지하고 있었다.

"미안, 잠깐만."

나는 허둥지둥 변신을 풀었다.

입고 있던 옷이 싸구려라서 너덜너덜해졌지만, 비상시이므로 어쩔 수 없었다.

나는 인간으로 돌아오자마자 또다시 열렬한 키스를 당했다.

인랑의 힘을 잃어버린 나는 아일리아의 그 기세를 감당하지 못하고 돌무더기 위에 털썩 주저앉았다.

그러나 매우 사악한 마왕님이신 아일리아는 그래도 나를 놓아주지 않았다.

나와 아일리아는 돌무더기 위에 앉아서 반짝반짝 하늘에서 떨어지는 마력의 입자를 쳐다보고 있었다.

"이건 언제쯤 끝나는 걸까요……?"

"그건 내가 묻고 싶은데."

이따금 멀리서 인랑의 울음소리가 들려왔다.

그들은 좀 전에 내 명령을 받고 륜하이트 바깥까지 상황을 살펴보러 나갔다.

그들의 울음소리를 들어보니 아마도 지평선 너머까지 반짝거리고 있는 것 같았다.

이건 도저히 비밀로 할 수 없겠군.

아일리아가 나를 보고 생긋 웃을 때마다, 흩날리는 빛의 개수와 속도는 더욱 증가했다. 아일리아의 감정과 연동하는 모양이다.

"이 마력은 륜하이트를 지켜주는 건가요?"

"그런 것 같아. 이런 마력 사용법은 들어본 적도 없지만…… 아니, 강화마법과 비슷한가……?"

이 현상을 '토지에 거는 강화마법'이라고 생각한다면 일단 납득은 갔다.

범위가 넓어서 방대한 마력이 필요할 테지만, 아일리아가 가지고 있는 것은 방대한 마력이므로 아무 문제도 없었다.

참으로 논리적이고 마술적이었다.

그런 생각을 하고 있는데, 아일리아가 기회를 노려 슬금슬금 이쪽으로 다가왔다.

딱 붙어서 앉고 싶은가 보다.

내 시선을 눈치챈 아일리아는 살짝 눈동자를 굴려 나를 쳐다봤다.

"안 돼요?"

조금 부끄러운데.

하지만 안 되는 것은 아니다.

"괜찮아. 아일리아 곁에 있으면, 나도 마음이 편해지니까."

솔직한 심정을 말했더니 저절로 얼굴이 화끈해졌다. 지금 나는 어떤 표정을 짓고 있을까.

아일리아는 기쁘게 웃었다. 그리고 재빨리 나에게 딱 붙었다.

어깨와 어깨가 서로 닿았다.

역시 이건 쑥스럽구나.

"이러는 게 나의 오랜 꿈이었어요."

"오랜 꿈이라니, 그건 좀 과장이지 않아……?"

내가 창문을 통해 뛰어 들어온 이후로 아직 3년도 안 지났는데.

하지만 아일리아는 수줍게 웃었다.

"'사랑의 하룻밤은 천의 달'이라는 말이 있잖아요?"

미랄디아의 속담. '사랑하면서 보내는 하룻밤은 1,000개월처럼 느껴진다'라는 뜻이었다.

"그렇군."

나는 납득했다. 문득 이전 세계의 사자성어가 생각났다.

"그러고 보니 확실히 '일일천추(一日千秋)'란 말도 있었지."

아일리아는 의아한 표정을 지었다.

"이릴청추? 그게 뭔가요?"

발음이 잘못됐는데요.

미랄디아에는 '일일천추'라는 단어가 없다. 그래서 나는 그것만 일본어로 말했다.

물론 아일리아는 그게 뭔지 모를 것이다.

"하루가 1,000번의 가을, 즉 1,000년처럼 느껴진다는 뜻이야."

"아, 네. 그게 이릴청추라고요."

발음이 잘못됐다니까.

"그래요. 하루가 1,000년처럼 느껴진다는 것이 내 심정과 비슷할지도 모르겠네요."

그러더니 아일리아는 더 이상 아무것도 묻지 않았다. 나는 조금 더 설명을 덧붙여봤다.

"여기 말고 또 다른 세계의 속담이야."

아일리아는 나를 가만히 쳐다보더니, 다소 조심스럽게 질문을 했다.

"비행기라는 것이 날아다니는 세계인가요?"

"응."

아일리아는 나를 배려해서 억지로 캐묻지 않았지만, 좋아하는 이성의 비밀스러운 부분에는 관심이 있을 것이다.

그래도 아일리아는 역시 조심스러웠다.

"괜찮아요?"

"응, 이 일이 해결되면 이야기해준다고 약속했잖아?"

나는 아일리아의 마음속을 다 보고 말았다.

그러니까 나도 아일리아에게 내 마음속을 전부 보여주지 않으면 불공평할 것이다.

사랑의 줄다리기는 불공평해도 된다고 하고, 사랑은 전쟁이나 마찬가지라는 말도 들었다.

그런데 나는 지금 아일리아에게는 아무것도 숨기고 싶지 않은 기분이었다. 아일리아가 모든 것을 알면서 나를 좋아해줬으면 좋겠다.

게다가 약속은 지켜야 하니까.

"저, 바이트 님? 말하기 어려운 것이라면, 굳이 말할 필요는 없어요."

"아니, 괜찮아. ……우선 이상한 질문을 하나 할게. 당신은 전생(轉生)을 믿어?"

"네. 나도 휘양교 신도니까요. 전생은 믿어요."

하긴 그렇다. 원로원과 관계가 있었으니까.

원로원은 롤문드에서 망명한 노예들의 자손이므로 전원 휘양교도였다.

휘양교에는 전생이란 개념이 있었다.

"나는 전생하기 전, 그러니까 이전 세계의 기억을 가지고 있어."

"이전 세계의 기억…… 아까 그 광경이요?"

"맞아. 게다가 그 세계에는 마족은 없었고. 나는 인간이었어. 믿어줄 건가?"

"믿어요."

사랑에 빠진 처녀의 진지한 그 표정에 나는 다소 압도되었다.

아일리아는 금방 미소를 지으면서 이런 말도 덧붙였다.

"바이트 님이 어떻게 인간의 마음을 그리 잘 아시는지 궁금했는데, 이제야 겨우 납득이 가네요."

하기야 내가 원래 인간이었다면, 인간의 심리나 가치관을 이해하는 인랑인 것도 납득이 갈 것이다.

역시 아일리아는 총명한 사람이구나.

그녀는 이렇게 말했다.

"저, 하지만 그렇다면 인랑으로서 살아가는 것이 힘들지 않으셨나요?"

"응, 힘들었지……."

그 녀석들은 툭하면 폭력을 쓰고, 뇌까지 근육으로 되어 있으니까.

그래서 나도 동료들을 하나로 뭉치게 하려면 스스로 계속 강해질 수밖에 없었다.

또 선왕님의 위광을 이용하기도 했고.

단, 나는 비교적 마족을 좋아했다.

"하지만 인랑은 같은 무리의 동료들을 소중히 여기고, 절대 배신하지 않아. 의외로 다들 가정적이야."

"그렇죠. 판 님이나 워드 님을 보면 그런 느낌이 들어요."

"남을 참 잘 돌봐주지? 인랑으로서 무리 안에 있으면 마음이 무척 편안해."

그래서 나는 인랑들이 안심하고 살아갈 수 있게 해주려고 노력하기로 했다.

"하지만 나는 역시 완벽한 인랑이 될 수는 없었어. 영혼은 인간이니까. 그것도 아주 평화로운 나라에서 살면서 싸움과는 거리가 멀었던 인간."

이런 말을 해봤자 안 믿을 것이다.

나는 '400명을 죽인 살인귀 인랑'이니까.

그러나 아일리아는 내 예상과는 달리 진지한 표정으로 고개를 끄덕였다.

"네, 그것도 알아요. 바이트 님은 전사가 아닌 자는 절대로 죽이지도 않고, 싸울 마음이 없는 자를 죽인 적도 없으니까요."

"내가 너무 물렁한가?"

"아마도 나의 군학 교관님은 당신에게 낙제점을 줬을 테죠. 적을 걱정하면서 싸우는 지휘관이란 것은 있을 수 없으니까."

아, 역시 그런가?

조금 우울해진 나에게 아일리아가 수줍게 웃으며 말했다.

"하지만 나는 당신이 그런 남자이기 때문에 좋아하게 된 거예요. 엄청나게 강한데도, 어떻게든 싸움을 피할 생각만 하거든요. 그래서 신기하고…… 또 안심이 되는 분이었어요."

"다행이다. 당신이 그렇게 말해줘서."

신기하고 안심이 된단 말이지.

그때 아일리아가 불쑥 질문을 했다.

"그런데 왜 아무한테도 그 비밀을 밝히지 않았던 거예요?"

"밝힐 필요성을 느끼지 못해서……."

그러자 아일리아는 사랑에 빠진 처녀의 표정에서 평소 태수의 표정으로 돌아왔다.

"내가 봤던 그 도시는 무수한 대형 탑이 끝없이 세워져 있었고, 미랄디아의 어떤 도시보다도 발전한 것처럼 보였어요."

"맞아. 내가 있던 세계가 미랄디아나 화국 같은 분위기였던 것은 한 200년 전이나 500년 전이었어."

기술이나 문화는 나라마다 달랐고, 또 분야마다 달랐지만. 어쨌든 그것은 근대화 이전의 세계였다.

그런데 롤문드는 슬슬 마법 기술을 출발점으로 하여 산업혁명을 일으킬 듯한 기세였다. 그래서 나도 몹시 초조해졌다.

이에 대해 아일리아가 의문을 표시했다.

"그렇게 발전한 세계의 지식이 있다면, 그것을 활용해서 마왕군에서도 훨씬 더 많은 것을 해볼 수 있지 않을까요?"

"아니, 그게……."

나보다 훨씬 대단한 사람이 먼저 와서, 수십 년에 걸쳐 꾸준히 모든 것을 해버렸어.

저기요, 선왕님.

무척 힘드셨을 테지만, 그래도 무척 즐거우셨죠?

나는 선왕님도 전생자였다는 사실과 그분의 힘으로 마왕군이 부분적으로 근대화에 성공했다는 사실도 설명했다.

이것은 최고기밀이지만, 아일리아도 일단 마왕군의 장수이니까.

"그런 까닭에 나는 아무것도 할 수 없었어. 그래서 수수한 부관으로서 선왕님을 보좌하기로 한 거야."

"바이트 님다운 결정이네요."

나답다는 것이 무슨 뜻일까.

잘은 몰라도, 아일리아가 기뻐하는 것 같았으므로 나는 그냥 웃어넘기기로 했다.

아일리아가 놀랍도록 거부감 없이 나의 비밀을 받아들여 준 덕분에 나도 안심했다.

이세계에서 살다가 여기 와서 다시 태어났다니, 보통은 정신이 나갔나? 하고 의심받을 게 뻔했으니까.

이전 세계에서 누군가가 "난 이세계의 미랄디아라는 나라에서 살다가 여기서 환생한 거야! 난 인랑이었어!"라고 했다면, 난 틀림없이 그를 병원으로 끌고 갔을 것이다.

그때 아일리아가 문득 우울한 표정을 지었다.

"저, 그렇다면 바이트 님의 눈에는 나 같은 인간은 미개한 야만인처럼 보이겠네요."

"뭐?"

"바이트 님이 그동안 연애에 전혀 관심이 없었던 것도……."

"그건 아냐. 절대로 아니야. 아일리아."

나는 단호하게 부정했다.

"아무리 나라가 커지고 학문이 발달했어도, 인간의 마음이란 것은 그리 쉽게 변하지 않아. 나는 이전 세계에서 당신처럼 마음이 깨끗하고 다정한 사람은 끝까지 한 번도 만나보지 못했어."

없지는 않을 테지만, 그때의 나는 그런 사람을 발견하지 못했다.

마음의 여유가 없기 때문이리라.

"아일리아. 내가 당신에게 품고 있는 감정은 단순한 사랑만이 아니야. 그 밑바탕에는 인간으로서의 존경과 신뢰가 깔려 있어."

인간으로서 좋아하기 때문에 여성으로서도 좋아하게 된 것이라고 생각한다.

"그러니까 아일리아, 어, 저기……."

또 말문이 막혀버렸다.

"한마디로 말해서……."

나는 무슨 말을 하고 싶은 걸까. 자신도 점점 알 수가 없어졌다.

난처해진 나는 결국 원점으로 돌아갔다.

"나는 당신을 좋아해. 정말로."

초등학생이냐.

엄청나게 서투른 감정 표현. 그런데도 아일리아는 한층 더 행복한 표정을 지었다.

"고마워요. 바이트 님. 나도 바이트 님을 정말 좋아해요."

아일리아는 나를 가만히 쳐다보더니, 갑자기 긴장한 얼굴로 다시 시선을 앞으로 돌렸다.

그리고 살며시 내 어깨에 머리를 기대었다.

자연스러운 척하고 있지만 실은 몹시 긴장하셨군요. 아일리아 씨.

그런데 몹시 긴장한 것은 나도 마찬가지였다.

나와 아일리아는 그대로 말없이 밤하늘을 우러러봤다.

아아, 그래.

아무 말도 안 하는 것이 오히려 잘 전달되는 경우도 있구나.

마왕 아일리아가 발산한 마력의 빛은 륜하이트뿐만 아니라 미랄디아 전체에 영향을 미쳤다.

나중에 들은 이야기로는, 북쪽 끝의 도시 드라우라이트나 크라우헨에서도 '빛의 눈'이 관측됐다고 한다.

어쩌면 북벽 산맥 너머에도 내렸을지도 모른다.

그리고 하룻밤이 지나자, 나는 정신없이 뒤처리를 하게 되었다.

"자, 여기까지가 어젯밤 사건의 전말이다."

내가 설명한 내용을 듣고 고개를 *끄덕끄덕*하는 것은 나의 부관 카이트였다.

그는 머릿속에서 재빨리 정보를 정리한 뒤, 그것을 알기 쉬운 구성과 문장으로 바꿔서 술술 적어 내려가기 시작했다.

빠르고 유려한 글씨. 덤으로 레이아웃도 보기 편했다.

카이트는 맹렬한 기세로 보고서를 작성하면서 전혀 다른 이야기를 했다.

"바이트 씨의 지시대로 아까 아일리아 님의 마력을 다시 한번 측정해봤습니다."

"어땠어?"

"제 마력을 1이라고 하면, 아일리아 님의 마력은 역시 800 이상은 되더군요."

아직도 많구나……

카이트는 마술사로서 빈약한 편은 아니었다. 그냥 보통 인간의 마력이었다.

카이트는 마력 소비량이 적은 탐지마법 전문가이므로 이 마력으로도 충분했다.

한편 인랑은 인간의 몇 배나 되는 마력을 가지고 있는데, 현재 아일리아는 인랑 부대 전원의 마력보다도 더 많은 마력을 가지고 있는 셈이다.

마격총을 쏘면 대포 같은 위력일 것이다.

그러나 나는 안심했다.

아손의 보물에 축적되어 있던 마력은 카이트로 환산하면 수백만 명분, 나로 환산하면 수십만 명분이었다.

그러니까 아일리아가 가지고 있었던 마력 대부분은 방출되어 버린 것이다. 이제 아일리아는 초월자가 아니다.

아직도 충분히 무시무시한 마력을 가지고 있지만, 이 세계의 마력 균형을 무너뜨릴 정도는 아니니까 용사는 출현하지 않을 것이다. 아마도.

"그러고 보니 현재 나는 어느 정도야?"

그러자 카이트는 나를 힐끔 보더니, 금방 또 서류 작성 작업을 재개했다.

"저보다 1,000배는 됩니다. 거의 딱 1,000배예요."

아무래도 나도 상당량의 마력을 흡수해버린 것 같았다. 아니, 잠깐만. 내가 더 많다고? 체질의 문제인가.

이 마력으로 가속술을 사용하면 아음속 수준에도 도달할 것 같았다.

"나와 아일리아의 마력이 원상태로 돌아갈지, 아니면 이대로 고정되어버릴지. 과연 어떻게 될까……."

"저는 탐지술사이므로 측정 이외의 부분은 책임질 수 없어요."

카이트의 말투가 냉담한 것은, 지금 머릿속으로 문장을 구성하면서 엄청난 속도로 써 내려가고 있기 때문이다.

이렇게 복잡한 병렬 작업을 잘도 하는구나.

뇌의 구조가 나 같은 놈하고는 전혀 다른 것 같았다.

나는 나 자신과 아일리아가 앞으로 어떻게 될지 걱정이었는데, 그보다 먼저 해야 할 일이 있었다.

우선 평의회에서 사정을 설명해야 하고. 그다음에는 협정 위반에 관해서 화국을 상대로 사정 설명 및 보상 협상을 해야 한다.

롤문드에도 일단 드라우라이트의 보물이 어떻게 됐는지 알리는 것이 좋을 것이다. 생각만 해도 마음이 무거워졌다.

그때 아일리아가 방으로 들어왔다.

"바이트 님, 대피했던 시민들은 전부 자택으로 귀가했습니다. 하수도와 도로 복구공사도 이미 시작됐습니다."

"그래, 고마워. 아일리아 님."

일하는 중이니까 경칭을 붙였다.

그리고 서로 미소 지으면서 한동안 눈을 마주 봤다.

아일리아의 웃는 얼굴이 무척 기분 좋게 느껴졌다.

그때 카이트가 작성하던 서류를 들고 일어났다.

"바이트 씨, 이거 별실에서 써 와도 될까요?"

"응? 어, 그래."

카이트가 문 너머로 사라진 후에야 나는 그의 배려를 눈치챘다.

아니, 저건 아마도 '이런 분위기 속에서 일을 할 수 있겠냐!'라는 무언의 항의였을지도 모른다.

내가 잘못했구나.

*　　　*

165

〈카이트의 한숨〉

"휴⋯⋯."

나는 한숨을 쉬고 서류 뭉치를 책상 위에 올려놨다.

아일리아 님이 그 괴물에게 몸을 빼앗겼을 때, 나는 바이트 씨가 건네준 메모를 보고 깜짝 놀랐었다.

하지만 그 상황에서도 낯빛을 바꾸지 않고(아마 안 바꿨을 것이다) 능란하게 대피 및 추적을 준비했으니까. 나도 좀 굉장하지 않나?

바이트 씨도 중요한 순간에는 나한테 의지하신다는 사실도 알게 되었고.

이렇게 특무 기사 아저씨들의 원수를 갚은 것도 바이트 씨 덕분이었다.

나는 바이트 씨를 좋아한다.

그는 나의 가치를 인정해줬으니까. 미랄디아 최고의 영웅, 아니, 아마도 대륙 최고의 영웅이 나를 인정해준 것이다.

그럼 당연히 존경하고 좋아하게 될 수밖에 없잖은가.

물론 아일리아 님도 존경한다. 태수인데도 전혀 거드름을 피우지 않는다. 원로원의 빌어먹을 영감탱이들과는 달랐다.

그러니까 그 두 명이 사귀는 것은 나도 굉장히 기뻤다. 더 나아가 '빨리 결혼이나 해라!'라는 생각도 들었다.

하지만 문제는 바이트 씨가 너무 조심스럽다는 거다. 나조차도 알

정도였다. 전장에서는 그토록 용맹하게 싸우는 남자가, 좋아하는 여자 앞에서는 왜 저렇게 신중해지는 건지 모르겠다.

나는 서류 작업을 재개했다. 하지만 서류 정리라는 것은 그냥 손이 자동으로 움직이면서 처리해주는 작업이다. 내 귀는 자꾸만 그들의 대화를 엿들었다.

"어…… 저기, 음."

"네?"

"있잖아, 아일리아 님."

"지금은 우리 둘만 있으니까 편하게 불러도 되는데요?"

"그, 그래……? 그런가."

나한테 신경 쓰지 말고 마음껏 연애해주세요.

"아일리아. 당신과의 거리감이 달라져서 나는 좀 혼란스러워. 당신은 뭔가 불편하지 않아?"

"특별히 불편한 것은 없는데요. 오래전부터 이런 날이 오기를 꿈꿨으니까."

"그런가……."

바이트 씨, 거기서는 무슨 말이라도 하는 게 좋지 않아요? 나도 잘 모르지만.

"솔직히 말해서 나는 아직도 좀 무서워."

"무서워요? 흑랑 경으로서 공포의 대상이 되어온 바이트 님이잖아요. 무서울 것은 하나도 없다고 생각했는데요."

"나도 실은 내가 무서움을 모르는 놈이라고 생각했어. 하지만 지금은 당신에게 상처를 주거나 미움을 받는 것이 그 무엇보다도 무서워."

오, 제법이야……. 저런 식으로 말하면, 아일리아 님도 바이트 씨에게 반해버릴 거다.

예상대로 아일리아 님의 말투에서 기쁨이 느껴졌다.

"당신을 미워할 일은 없고, 당신이 나에게 주는 상처라면 기꺼이 받아들일 거예요."

"아일리아는 참 강한 사람이구나."

"당신이 강하게 만들어준 거예요. 바이트 님."

아일리아 님도 제법이야……. 둘 다 조심스러워 보이는데도 실제로는 엄청난 일격 필살의 응수를 하고 있었다.

나는 점점 마음이 불편해졌다. 다시 서류를 끌어안고 일어났다.

이런 대화는 더 이상 듣기가 미안해서.

아, 그래. 라시의 연구실을 빌리자. 거기는 아무도 안 올 테니까.

*　　　*

나는 떠나는 카이트의 뒷모습을 지켜본 후 스스로 반성하면서 머리를 긁적거렸다. 안 돼, 제대로 일하자.

그렇게 생각했을 때 집무실에서 공간의 일그러짐이 발생했다.

"자, 내가 돌아왔다."

두둥실 허공에 떠오르는 조그만 사람 그림자.

스승님, 아니, 고모비로아 마왕 폐하였다.

"스승님, 어서 오세요."

"마왕 폐하, 잘 돌아오셨습니다."

"음, 그래. 늦어서 미안하구나. 드디어 버섯인족과의 협상이 끝났다."

스승님은 바닥에 내려오더니 내 앞으로 걸어왔다.

"바이트, 이번 소동을 무사히 해결해줘서 고맙구나. 마왕으로서 감사한다."

"아뇨, 해결 방법이 좀 정치적으로 문제가 있어서……."

나는 내정과 외교를 잘 모르는 스승님께 사정을 간단히 설명했다.

그리고 평의원을 사퇴하고 싶다는 의향을 밝혔다.

그러자 스승님은 한숨을 쉬더니 나에게 이렇게 말했다.

"그만둘 필요는 전혀 없을 텐데. 어차피 지금 이대로는 죄책감을 느낄 테니, 처벌을 당해서 빨리 속 시원하게 털어버리고 싶은 것이 아니냐?"

"네, 뭐, 그렇죠……."

역시 스승님은 내 성격을 잘 알고 계시는구나.

"평의원의 자격은 평의회가 정하는 것이야. 평의회에 의사를 타진해보렴. 나는 관여하지 않겠다."

이어서 스승님은 어험 하고 헛기침을 하더니 엄숙하게 고했다.

"그런데 나는 마왕군 인사권을 가지고 있어. 바이트, 나는 마왕으로서 그대에게 명령한다."

"네, 무슨 명령이신가요?"

스승님은 진지한 얼굴로 말했다.

"바이트. 조만간 그대를 내 부관직에서 해임한다. 이것은 항구적인 조치이니라."

"네?! 스승님, 그건⋯⋯."

나도 모르게 소리를 질렀는데, 지금 이분은 내 스승님이 아니었다. 마왕 폐하였다.

물론 처벌당하기를 바라긴 했지만, 이것은 나에게는 큰 타격이었다.

나는 조용히 남을 보좌하는 것을 좋아했다.

이왕 보좌할 거면, 최고 책임자를 보좌하고 싶었다.

그래서 마왕의 부관으로 일해온 것이다.

스승님 곁을 떠나기는 죽어도 싫었다.

그런데 스승님은 빙그레 웃었다.

"걱정할 거 없다. 그대는 앞으로도 쭉 '마왕의 부관'일 것이야."

"무슨 말씀이신지 모르겠는데요⋯⋯."

아니, 나는 직감적으로 이해했다.

그러자 스승님은 즐겁게 선언했다.

"이제부터는 아일리아 뤼테 아인도르프를 제3대 마왕으로 삼고, 평의회 의장으로서 마왕군 및 미랄디아의 통치를 맡기고자 한다."

"마왕 폐하?!"

계속 침묵을 지키던 아일리아가 깜짝 놀란 것처럼 외쳤다.

응, 그렇겠지.

나도 깜짝 놀랐다.

스승님은 쓴웃음을 짓더니 손을 가볍게 흔들었다.

"본디 미랄디아의 열일곱 개 도시는 전부 인간이 건설한 것이다. 인간이 다스리는 것이 이치에 맞지 않겠느냐. 아일리아가 마왕이 되더라도 이제 와서 마족을 쫓아내진 않을 것이다. 그렇지?"

그래, 이제 와서 그러진 않을 것이다.

마족은 미랄디아의 중요한 노동인구가 되어가고 있으니까.

"저, 그럼 스승님은 이제 어쩌시려고요?"

"새롭게 '대마왕'이 되려고 한다. 선왕님보다 더 잘난 신분인 것 같아서 미안한데, 왕이 양위하고 나서 새로운 왕을 보좌하는 것은 흔한 일이지 않느냐."

"아, 고문이 되시는 건가요……."

실상은 지금과 별로 다르지 않을 것이다.

"대마왕 모비로서 쭉 사랑받을 수 있도록 노력해볼 거란다."

저기요, 그 애칭은 절대로 보급되지 않을 텐데요.

아니, 그런데 잠깐만.

"그래서 제가 계속 마왕의 부관으로 일한다는 것은, 다시 말해……?"

"그래. 그대는 새로운 마왕 아일리아의 부관으로서 오래오래 공무를 보좌하는 거야."

"네?!"

이건 설마 스승님 나름대로의 센스 있는 작전인가?

틀림없이 그럴 것이다.

왜냐하면 스승님이 지금 저렇게 자랑스러운 표정을 짓고 있으니까.

뭐야. 저 의기양양한 얼굴은.

"어떠냐? 이 연장자의 지혜. 멋지지?"

"아…… 으음, 네."

일단 업무 내용은 지금과 거의 비슷할 것 같으니까. 나는 얌전히 스승님의 말씀을 따르기로 했다.

"네, 그럼 대마왕님. 저는 새로운 마왕 아일리아 폐하의 부관으로서 성심성의껏 직무를 수행하겠습니다."

"옳지, 좋아. 잘 부탁한다."

힐끔 돌아보니 아일리아는 아직도 충격에서 벗어나지 못한 것 같았다.

"제가 마왕이 된다고요?!"

"그래. 이제는 인간이든 마족이든 상관없어. 인간이 마족의 정점에 올라도 괜찮을 것이다. 그런 세상으로 만들고 싶어."

"그러나 마족 여러분이 납득하실까요?"

그러자 스승님은 나를 가리켰다.

"이 녀석이 어떻게든 해줄 거다. 걱정할 필요 없어."

"스, 스승님?!"

"초대 마왕 시절부터 부관으로 일했던 남자야. 이 녀석이 부관이 되어준다면 다들 납득할 것이다. 납득하지 않는 녀석은 그냥 힘으로 때려눕혀."

마족은 이래서 문제라니까.

이리하여 나는 마왕의 부관에서 해임되고, 또 마왕의 부관으로 취임하게 되었다.

스승님이 새로운 마왕 아일리아에게 부관을 선물해주신 것이다.

그런데 이토록 중요한 사항을, 아무리 마왕이어도 혼자서 결정하는 것은 곤란하다.

"스승님, 그 이야기는 평의회에서 통과된 건가요?"

"나는 이제 막 서쪽의 대수해에서 돌아왔는데. 그럴 리 없지 않느냐?"

"저기요, 스승님, 안 되거든요?! 그렇게 제멋대로 굴면 안 돼요!"

"시끄럽다. 그런 것은 부관인 그대가 해야 할 일이지 않으냐. 모두에게 잘 알아듣게 설명하려무나. 내 부관으로서의 마지막 임무야."

정말이지, 우리 스승님은 억지 부리는 것을 너무 좋아하신다니까.

나는 스승님을 타이르려고 했지만, 아일리아가 웃고 있어서 입을 다물었다.

"바이트 님, 마왕 폐하의 의견은 옳다고 생각합니다. 미숙한 마왕이지만, 부디 나를 보좌해주시겠습니까?"

"아일리아. 당신은 마왕이 될 생각인가?"

"네. 틀림없이 우수한 부관이 따라올 테니까요."

물론 약속은 했지만.

그것은 초월자로서의 마왕에 관한 이야기였지, 통치자로서의 마왕에 관한 이야기는 아니었다. 좀 복잡하긴 한데.

"성심성의껏 인간과 마족의 행복을 위해 직무를 수행하겠습니다. 잘 부탁드립니다. 바이트 님."

"으, 음……."

이걸 어쩌지.

그때 스승님이 옆에서 거들었다.

"바이트. 이제 항복할 때가 됐다. 그만 포기하고 아일리아를 위해 헌신하려무나."

어휴, 진짜.

알았어요, 알았다고요.

나는 한숨을 쉬었다. 그리고 아일리아를 향해 고개를 숙였다.

"성심성의껏 당신을 보좌할 것을 맹세합니다."

"감사합니다."

아일리아는 활짝 웃었다.

그러자 스승님이 흡족해하면서 아일리아에게 말을 걸었다.

"잘됐구나. 아일리아."

"네, 이것도 마왕 폐하 덕분입니다. 감사합니다."

"못난 제자이지만, 근본적으로는 참 착한 남자야. ……아니, 이제 와서 이런 말은 할 필요도 없구나."

"아뇨, 그건……."

부끄러워하는 아일리아와 행복해 보이는 스승님.

나는 한동안 그 장면을 멍하니 바라보다가 조용히 머리를 긁적였다.

앞으로는 지금보다 더 열심히 하자.

＊　　　＊

<대마왕의 끝없는 이야기>

"끙, 어이구."

자리에 앉아 어깨를 주무르면서, 마력을 사지의 말단 구석구석까지 흘려보냈다. 이 연약한 육체도 이제는 상당히 망가졌다. 조심해서 사용해야지.

창밖의 풍경을 바라보니, 이제 곧 새로운 마왕이 될 아일리아가 투반의 사절을 환영하고 있었다. 그리고 그 옆에는 바이트가 태연한 얼굴로 붙어 있었다.

"후후……."

내 제자 중에서 가장 고지식한 녀석이 드디어 봄을 맞이했구나. 오래 살고 볼 일이야.

멜레네는 흡혈귀이므로 혼인을 할 필요가 없고, 파커도 육체가 사라졌다.

젊은 제자들은 아직은 좀 더 혼자만의 삶을 즐기고 싶을 테고. 특히 뤼코 같은 녀석은 결혼을 해봤자 반려자를 고생시킬 것이다.

그렇다면 내가 돌보는 제자 중에서는 오직 바이트만 문제인데…… 하고 걱정했었다.

어휴, 정말. 이제야 안심이 되는구나.

그야말로 어깨의 짐을 내려놓은 심정이었다.

"어, 스승님? 왜 이런 곳에 있어요?"

투반 태수로서 활약하고 있는 필니르가 서재에 뿅 하고 나타났다. 이 녀석도 시집가려면 멀었구나⋯⋯.

"오, 필니르. 그대는 공무로 온 것이 아니냐?"

"아, 귀찮은 일은 인간에게 모조리 맡겨놨으니까 괜찮아요."

괜찮은 거냐? 잘은 몰라도, 아마 괜찮을 것이다.

"그대는 변함없이 기운이 넘치는구나."

"응, 엄청 기운이 넘쳐요! 에헤헤."

해맑게 웃는 그 앳된 얼굴이 사랑스러웠다. 나는 필의 등에 올라타서 그 머리를 쓰다듬어줬다.

"앗, 스승님~. 나 이제 어린애 아니거든요~?"

싫어하는 척하면서도 자기 머리를 손바닥에 대고 비볐다. 어리광부리는 버릇은 여전히 고치지 못했구나.

"어떤가. 그대는 아직 시집갈 생각이 없느냐?"

"어~ 아마 샤티나가 시집가기 전까지는 안 갈 건데요."

똑같은 말을 샤티나도 했는데. 그대들은 영원히 결혼을 안 할 셈이냐?

"음, 그래. 새로운 마왕과 그 부관을 잘 도와주면 좋겠구나."

"네~! 이제야 겨우 스승님도 좀 편해지셨네요?"

"그렇지. 제자들이 모두 우수해서 내가 점점 더 편해지는구나. 고마운 일이야."

"에헤헤."

그렇게 웃는 필니르의 머리를 쓰다듬어주면서 나는 창밖의 풍경을 바라봤다.

"그러고 보니 바이트를 제자로 삼음으로써, 마왕군뿐만 아니라 내 인생도 크게 변했구나……."

"네, 선배는 굉장하죠."

"그래. 마족이 인간의 도시를 점령하고 그 도시 전체를 아군으로 만들어버린다는 것은 전대미문이지. 아마도 미랄디아의 역사상 그런 일은 한 번도 없었을 거야."

역사 강의가 시작될 조짐이 보이자, 필니르가 당장 질색하는 표정을 지었다.

화제를 좀 바꿀까.

"물론 바이트도 탁월한 수완을 발휘했지만, 아일리아도 또 총명하고 결단력 있는 인물이었어."

"아, 응. 맞아요! 아일리아 씨, 굉장하죠!"

걱정하지 마라. 역사 강의는 다음에 할 테니까.

"나 자신도 본디 인간이었다가 마족이라고 불리는 존재가 됐으므로, 인간과 마족 사이에 명확한 경계가 없다는 것은 알고 있다. 그러나 인간은 걸핏하면 경계를 만들고 싶어 하는 생물이지."

"흐음……."

"종족, 종교, 계급, 국가. 그 외에도 수없이 많은 경계를, 그 녀석은 가볍게 뛰어넘었다. 마술사가 이런 말을 하는 것도 우습다만, 마치 마법처럼 말이야."

필니르는 이미 졸린 눈을 하고 있었다. 그래서 나는 끝없이 이어지는 늙은이의 이야기를 빨리 끝내기로 했다.

"인생이란, 이토록 재미있는 것이었던가."

오래 살고 볼 일이야.

아차, 또 똑같은 말을 했네……

*   *

그 후 나는 스승님의 억지스러운 부탁을 들어주기 위해 각지에 사자와 편지를 보내고, 가까운 곳에는 직접 찾아가서 협상을 했다.

북부의 태수들은 "남부 태수가 마왕이 된다고……?"라는 식으로 좀 떨떠름한 반응을 보였지만, 륜하이트는 마도로서 번영을 누리고 있었고 연방의 중심이기도 했다. 그래서 특별한 반대 의견도 없이 무난하게 결론이 났다.

남부 태수들의 상태는 더 심각했다.

"아~ 잘됐다. 바이트는 제자 시절부터 여자에 관한 소문이 하나도 없었는걸. 상대가 아일리아 씨라니, 잘 어울려. 좀 안심이 되네."

"야, 축하한다! 결혼식은 언제 올릴 거야?! 결혼은 참 좋은 거야! 인생 최대의 출항이지! 툭하면 폭풍우가 몰아치지만!"

"시간이 꽤 오래 걸렸네. 아, 맞다. 연극 제재로 삼고 싶으니까 취재하게 해줘. 그 대신 결혼식은 전력으로 지원해줄게."

"드디어 결혼하시는 겁니까, 바이트 님. 실은 저도 최근에 유목민 여성과…… 저, 듣고 계십니까?"

"선생님! 선생니이이임! 축하드려요! 으아아앙!"

대충 이런 느낌이었다.

'대마왕'이라는 새 직책이 나라의 정점에 신설되는 이 상황에서, 내 사생활 따윈 아무래도 상관없지 않나?

다들 참 태평하다니까.

아무튼 그 덕분에 사태는 원만하게 마무리되었다.

어쨌든 형식적으로나마 인간 측이 미랄디아의 지배권을 되찾는 셈이니까. 나쁘지 않은 일일 것이다.

대마왕의 권한과 직무 등 세부적인 규정을 명문화할 필요는 있지만, 그 일은 평의회에 전적으로 맡겨버렸다. 태수들은 법학자를 고문 변호사로 고용하고 있으므로 그들에게 초안 작성을 맡기려는 것이다.

나는 이세계에서 온 인간이라 이쪽 세계의 법체계나 사상은 잘 모른다. 참견하지 않는 게 안전할 것이다.

그 대신 마왕군도 설득하러 가봐야겠다.

"저, 바이트 님……."

숲 거인 청년이 조심스럽게 손을 들었다. 나는 그를 돌아봤다.

"응. 말해봐."

그러자 그는 동료들과 몇 번이나 얼굴을 마주 보더니, 용기를 쥐어짜낸 것처럼 나에게 질문을 던졌다.

"인간이 마왕……인…… 건가요?"

덩치는 큰데, 목소리는 뒤로 갈수록 한없이 작아졌다.

난 지금 아일리아를 데리고 그룬슈타트 성에 돌아와 있었다.

이곳은 마왕성이다. 고로 아일리아는 이 성의 성주가 되어야 한다.

실제로는 스승님이 계속해서 성주가 되실 예정이지만, 그래도 새로운 마왕을 보여주기는 해야 한다.

나는 도열해 있는 마왕군 장병에게 아일리아를 소개했다.

"그렇다. 대마왕 고모비로아 폐하 밑에 아일리아라는 마왕이 탄생하는 것이다. 본디 마왕군의 장수인 '마인공' 아일리아 님이 시지 않느냐. 이상할 것은 하나도 없다."

"그, 그렇군요……."

숲 거인 청년은 입을 다물었다.

살아남은 거인병은 모두 겁이 많았다. 대부분은 보급병이거나 공병이었다.

전선에서 용감하게 싸우는 녀석들은 전부 다 용사 아세스에게 살해되었다. 눈에 띄는 거대한 몸뚱이가 파멸을 초래한 것이다.

하지만 그들도 역시 마족이었다.

오로지 강한 자에게만 복종한다. 약한 자를 리더로 삼으면, 리더도 자신도 죽는다.

본능이 그렇게 경고하는 것이다.

나는 그런 사정도 알고 있으므로, 긴장한 아일리아를 돌아봤다.

"아일리아 님. 새로운 마왕의 힘을 직접 보여줄 수 없겠나?"

"네? 제가요?"

800카이트가 넘는 마력이 있으니까 괜찮을 거야.

나는 말없이 고개를 끄덕였다.

그러자 아일리아는 한 번 심호흡하더니, 날카롭게 앞을 노려봤다.

상대는 고개를 꺾어 우러러봐야 하는 거인족이나 기괴한 도깨비족, 또 용인과 인랑과 그 외 수많은 종족이었다.

그러나 아일리아는 그런 것에 겁먹지 않았다.

"나는 마왕으로서 여러분 위에 군림할 겁니다! 내 힘을 의심하는 자는 앞으로 나오세요! 마족의 법대로, 싸움을 통해 증명해 보이겠습니다!"

과연 태수님답게 아일리아는 좌중의 분위기를 장악하는 데 능숙했다.

인간 여성이 이렇게 당당하게 굴자 깜짝 놀랐는지, 마왕군 병사들은 아무도 이름을 대고 나서지 않았다.

사나운 놈들이 대부분 전사하는 바람에 우리 마왕군도 분위기가 많이 달라졌구나……

하는 수 없지. 나는 아까 그 숲 거인 청년에게 말을 걸었다.

"이봐. 자네 이름은 뭔가?"

"즈가입니다…… 스카라고 하셔도 됩니다."

예의 바르게 발음을 고칠 필요는 없어.

"즈가, 새로운 마왕 폐하와 힘겨루기를 해보지 않겠나?"

"네?!"

그는 얌전한 남자인 것 같았지만, 아무리 그래도 인간과 힘겨

181

루기를 하라는 것은 충격이었나 보다.

"바, 바이트 님, 전 그렇게 힘이 약하진 않습니다! 앗, 큰 소리를 내서 죄송합니다……."

"아냐, 괜찮아. 물론 네가 거인족답게 괴력의 소유자라는 것은 알고 있어. 이곳의 공병이기도 하잖아."

그들은 통나무 여러 개를 한꺼번에 번쩍 들어 올리는 괴력을 자랑했다. 중장비에 필적하는 파워를 가지고 있으면서도 중장비보다 더 민첩하게 움직였다.

나는 즈가의 자존심이 상하지 않도록 그를 치켜세운 뒤, 이런 말을 덧붙였다.

"하지만 마왕 폐하는 어쩌면 너보다 더 강할지도 몰라."

"네? 뭐라고요……?"

그의 시선이 나와 아일리아 사이를 왔다 갔다 했다.

'거인은 인간보다 강하다'는 고정관념과, '마왕의 부관'인 나의 발언. 그 모순 속에서 혼란에 빠져버린 것 같았다.

"말보다는 증거를 보여주는 게 낫지? 한번 해보면 금방 알 거야. 봉사하는 셈 치고 가볍게 힘겨루기를 해줘."

내가 그렇게 말하자, 즈가도 사퇴하지 못하고 쭈뼛쭈뼛 앞으로 나섰다.

아일리아는 상당히 긴장한 것 같았지만, 그래도 3m가 넘는 거인병과 마주 봤다.

"잘 부탁드립니다. 즈가 님."

"아, 네…… 그래요."

아일리아가 손을 내밀었다. 즈가는 조심조심 그 손바닥에 자기 손바닥을 맞댔다.

"힘껏 밀어봐, 즈가."

내 말에 거인족 공병은 매서운 표정을 지었다. 아무리 겁이 많아도 마왕군 병사니까. 할 때는 하는 것이다.

"흐아아압!"

즈가는 돌진하면서 손바닥을 밀었다. 그러나 아일리아는 꿈쩍도 안 했다.

물론 아일리아에게 마음의 여유는 전혀 없을 것이다. 하지만 내 눈에는 아일리아의 강대한 마력이 잘 보였다.

그녀가 가진 마력이 활성화되어 갑옷처럼 온몸을 감쌌다.

또 지면에 마력의 말뚝을 박아 고정한 채, 아일리아는 한 발짝도 물러서지 않았다.

그걸 본 마족들이 동요했다.

즈가는 경악하면서도 계속해서 아일리아를 밀어내려고 했다.

"흐우우웁!"

거인의 포효가 성벽을 흔들었다.

그때 아일리아가 미소 지으면서 빙글 손목을 돌렸다.

수백 킬로그램이나 되는 거인병이 허공에서 가볍게 한 바퀴 돌았다.

"끄어어억?!"

땅울림 소리가 나더니, 숲 거인의 몸이 바닥에 떨어졌다.

"끝났군."

나는 그렇게 선언하면서 이 힘겨루기를 종료시켰다.

이 순간, 이곳에 있는 마족 전사들은 한 명도 빠짐없이 침묵했다.

눈앞에 있는 인간 여자는 우리 중 누구보다도 강하다.

그렇게 확신한 것이리라.

그들은 강자라고 인정한 자에게는 복종한다.

지금의 아일리아라면, 숲 거인 한 명 정도는 얼마든지 날려 버릴 수 있다.

무려 800명의 마력이니까. 800명의 근력을 발휘할 수는 없어도, 아일리아는 적어도 100명의 근력은 발휘할 수 있다. 그것이 나의 추측이었다.

아일리아에게 수백 킬로그램의 물체는 고작 수 킬로그램처럼 느껴질 것이다. 그야말로 갓난아이 손목을 비트는 것처럼 쉬운 일이었다.

마력 사용법을 연습하면 훨씬 더 강해질 것이다.

그런데 당사자인 아일리아는 이겼다고 잘난 척하지도 않고, 바닥에 쓰러진 거인에게 손을 내밀고 있었다. 걱정스러운 표정으로.

"저, 아프지 않나요?"

"아, 네…… 거인이라서, 괜찮습니다…….."

"그 말을 들으니 안심이 되네요."

거인과 힘겨루기를 해서 한 손으로 거인을 날려 버릴 만큼 강한데도, 아일리아는 평소처럼 다정하게 웃고 있었다.

그 모습은 순간적으로 고모비로아 마왕님의 모습과 겹쳐졌다.

나는 일동을 둘러봤다. 그리고 물었다.

"어때, 납득했나?"

전원 고개를 끄덕였다.

실력을 보여주는 것은 마족의 통과의례로써 필요한 것이다.

아일리아는 앞으로도 종종 자신의 실력을 보여줘야 할 것이다.

그 후에도 나는 대마왕 모비 탄생 및 새로운 마왕 아일리아의 즉위를 위해서 평의회에서 이런저런 일을 하게 되었다.

또 륜하이트에서 일어난 사건에 관해서도, 평의회에서 설명하고 또 화국과도 협상을 준비하느라 바빴다.

관성중의 후미노가 일시적으로 귀국하여 본국의 다문원과 의논하는 것 같았다.

다문원 측은 "아~ 괜찮아요. 신세인인 바이트 님이 하신 일이니까요. 바이트 님을 믿으니까, 앞으로도 잘 부탁해요"라는 취지의 사적인 편지를 보내왔는데, 그 무렵 미랄디아에서는 새로운 마왕 아일리아의 즉위 축하 파티가 시작되고 있었다.

문득 정신을 차려 보니, 평의원 사퇴 의사를 밝힐 기회를 완전히 놓치고 말았다.

설마 스승님은 이것을 노리셨던 걸까? 그럼 난 완벽하게 덫에 걸려든 것이다.

나는 한가할 때 스승님께 은근슬쩍 물어봤다.

"스승님, 혹시 이걸 노리셨던 겁니까?"

"응? 글쎄……."

나의 스승님이시자 위대한 대마왕이신 고모비로아는 김이 나는 홍차를 마시면서 생글생글 웃기만 했다.

스승님의 사악한 계략에 의해 나는 정신없이 일하게 되었는데, 어쨌거나 드디어 새로운 마왕 아일리아가 즉위하는 날이 왔다.

미랄디아의 주요 귀족들은 전부 초대했다. 태수와 기사 등이 잔뜩 모여들었다.

마왕군도 장수 대부분이 모여서 륜하이트 신시가의 대광장을 꽉 채우고 있었다.

"좀 지나치게 많지 않은가?"

스승님이 특설 무대 옆에서 힐끔힐끔 청중을 훔쳐보고 있었다. 여유로운 척하고 있지만, 그 가느다란 다리가 덜덜 떨리고 있었다.

"스승님, 정신 바짝 차리세요. 이 일을 끝내지 않으면 마왕을 그만둘 수 없어요."

"나도 안다. 아는데…… 수많은 인간을 보면 저절로 몸이 굳어진단 말이다."

스승님은 과거에 적국의 군대에게 공격당해 일족이 몰살된 적이 있었다.

그때의 공포와 절망은 스승님의 마음속에 지금도 깊이 새겨져 있을 것이다.

그래서 나는 마왕의 부관으로서 스승님에게 가까이 다가갔다.

"괜찮아요. 모두 지금까지 스승님을 마왕으로서 인정해준 인간들이니까요. 아니, 애초에……."

"응?"

"스승님이 마음만 먹으면 저기 있는 사람들 전원을 순식간에 없애버릴 수 있잖아요? 그러니까 저기 모인 사람들이 오히려 훨씬 긴장했을 거예요."

객석에서 풍기는 인간들의 긴장한 냄새가 여기까지 전해져 왔다.

그야 물론 저들도 무서울 것이다. 스승님은 세계 최강의 사령술사이고, 모든 힘을 삼켜버리는 허무의 소용돌이니까.

"사실 스승님은 그동안 전장에서는 멀쩡하게 지내셨잖아요."

"나도 마왕군의 장수이므로 의연하게 행동했던 것뿐이다. 실은 인간 무리를 보면 너무나 무서워서 견딜 수 없어."

"그럼 이번에도 의연하게 행동해주세요. 저들은 적이 아니에요."

"나도 안다. 좀 조용히 해라."

나는 잠시 스승님을 지켜봤는데, 부관이 나설 차례란 느낌도 들었다.

"스승님, 저도 같이 갈게요. 무슨 일 있으면 제가 잘 수습할 테니까 걱정하지 마세요."

"흠, 그래?"

그 순간 스승님이 환한 미소를 지었다. 그리고 안도의 한숨을 쉬었다.

"좋아, 그럼 가보자. 따라오려무나."

계산이 빠르시네요. 스승님.

스승님은 특설 무대 단상으로 오르더니, 얍 하고 발판에 올라

서서 일동을 둘러봤다.

　나는 그 뒤에 얌전히 서서 스승님이 겁먹었을 경우에 대비하고 있었다.

　그러나 스승님은 한순간 나를 돌아보고 싱긋 웃었다.

　괜찮을 것 같았다.

　"다들 들으라. 내가 제2대 마왕 고모비로아다. 과거에 인간이었던 시절의 이름은 고모비로아 조아케르스 가오르 게르파발 그룬이었다. 고왕조 시대의 왕족이었지."

　스승님의 풀네임은 처음 들었다. 귀여운 맛이 하나도 없는 이름이었다.

　일종의 괴롭힘인가.

　아마 격식이나 풍습 같은 여러 가지 이유가 있었을 테지만.

　스승님은 고개를 들어서 하얀 목을 청중에게 보여줬다.

　"보아라. 적국의 병사가 내 목을 꿰뚫는 바람에, 나는 한 번은 사경을 헤맸다."

　대기하고 있던 제자 라시가 즉시 환술을 써서 스승님의 모습을 공중에 투영했다.

　스승님의 목에는 지금도 치명상의 흔적이 희미하게 남아 있었다. 말하지 않으면 모를 정도로 흐릿해지긴 했지만, 스승님이 원하시면 그 흔적을 선명하게 보여줄 수 있었다.

　"고왕조 시대에는 여러 왕국이 싸우다가 멸망했다. 그 시절의 나는 몰랐지만, 전쟁을 위해 '용사'를 인공적으로 만들어내는 나라도 다수 있었던 모양이야. 어리석은 이야기지."

그 보물들 말인가.

아손의 보물은 단순했으므로 용사 난립 시대의 초기 작품, 드라우라이트의 보물은 은근히 공들인 것이었으므로 후기 작품일 것이다.

"'마왕'도 '용사'도 실은 비정상적인 힘을 가진 초월자를 부르는 호칭이다. 그러나 이 세상은, 대다수의 평범한 자들의 것이다. 이제 와서 초월자 따위는 필요 없어."

스승님 본인은 초월자의 영역에 한 발 걸치고 있으셨지만, 그렇기에 자신이 마왕의 자리에 눌러앉아 있는 것에 대해 의문을 느끼셨다.

스승님은 정치가가 아니기도 하고.

"검술 실력이나 마법의 위력이 지배자의 자질은 아니다. 지배자로서 부적격한 자가 지배자의 자리에 앉아 있으면 숱한 고통을 낳을 것이다."

전반은 힘을 숭배하는 마족들에게, 그리고 후반은 원로원의 지배를 당했던 인간들에게 전하는 메시지였다.

마족 군인들도 인간 귀족들도 하나같이 얌전히 스승님의 이야기를 듣고 있었다.

"지배자에게 필요한 것은 미래를 내다보는 지혜이고, 현재에 맞서는 용기이다. 그것만 겸비하고 있다면, 누가 마왕이 되고 지배자가 되어도 상관없을 것이다."

스승님은 '마왕'이란 단어가 가진 의미를 바꾸려 하고 있었다.

그것은 틀림없이 이전 세계의 내가 생각했던 '마왕'과는 전혀 다른 존재가 될 것이다.

기대된다.

"고로 나는 마왕으로서, 미랄디아 연방 평의원인 아일리아 뤼테 아인도르프를 차기 마왕으로 천거하겠다. 이미 마왕군 및 평의회의 승인은 받았다."

무대 위 관계자석에 앉아 있는 평의원들과 마왕군 장수들이 그말에 묵직하게 고개를 끄덕였다.

나도 같이 끄덕거렸다.

"그러므로…… 어……."

앗, 큰일 났다. 스승님이 무슨 말을 할지 까먹으셨다.

저래 봬도 수백 년이 넘게 살아온 할머님이시니까.

뭔가를 잊어버리는 경우도 많았다.

나는 슬그머니 앞으로 나가서 큰 소리로 말했다.

"그러므로 고모비로아 마왕 폐하께서, 이제 새로운 마왕이 될 아일리아 뤼테 아인도르프 마인공에게 왕관을 씌워주실 것이다!"

스승님이 노골적으로 안도하면서 자기 가슴을 쓸어내리고 있었다.

지금까지 쭉 긴장하셨던 거죠? 스승님.

고생하셨어요.

내 말을 듣고 앞으로 나온 사람은 정장 차림의 아일리아였다.

공예도시 비에라가 총력을 기울여 만든 군장 예복. 아무리 봐도 오페라의 남자 주인공 같았다.

평소에도 남자 예복을 입는 아일리아에게는 그 복장이 무섭도록 잘 어울렸다.

나도 모르게 넋을 잃고 바라봤다.

아버지의 유품인 검을 허리에 찬 아일리아는 단상의 스승님에게 인사했다.

왕관 같은 의례용 도구들이 무대 위로 운반되었다. 의식 도중에 잠시나마 여유 시간이 생겼다.

나는 즉시 무대 옆에 대기하고 있는 라시에게 몰래 신호를 보냈다. 확성마법으로 그들 두 명의 대화를 청중에게도 들려주기 위해서였다.

라시가 지팡이를 들고 정신 집중을 하면서 무슨 주문을 외웠다.

저래 봬도 라시는 초일류 환술사이고, 원로원 시대에는 본업이 무대 연출이었다. 그래서 시각 효과나 음성을 다루는 것쯤은 쉬운 일이었다.

아일리아가 미소를 지었다.

"폐하의 말씀은 감명 깊게 들었습니다. 제 뜻도 같아요."

"그렇게 말해주니 마음이 든든하구먼. 그대처럼 고결한 자가 백성을 인도해준다면, 나도 인간에 대해 절망하지는 않을 것 같아."

"황송합니다."

후후후, 좋아, 좋아. 선대 마왕과 신임 마왕의 신뢰 관계를 마음껏 보여줘.

이런 은근한 모략이야말로 부관이 해야 할 일이다. 더 해, 더 해.

청중의 반응은 예상대로 아주 좋았다. 감정 표현에 인색한 용인족 병사들까지도 자꾸만 고개를 끄덕거리고 있었다.

아일리아는 무릎을 꿇고 스승님과 눈높이를 맞췄다. 그리고 스승님의 작고 차가운 손을 꼭 쥐었다.

"폐하, 마왕의 대임을 삼가 이어받도록 하겠습니다."

"그래. 고맙구먼."

옳지, 좋아.

나는 속으로 만세를 불렀다. 그러다 갑자기 흠칫했다.

스승님이 돌연 엉뚱한 말을 꺼내셨기 때문이다.

"나의 애제자인 바이트를 잘 부탁한다."

"네. 바이트 님이 곁에 있어주신다면, 저도 마왕의 대임을 무사히 수행할 수 있을 거라고 믿습니다."

"흠, 그래. 그리고 그 녀석은 잠버릇이 고약하니까. 주의하도록 해."

"아, 네……. 알겠습니다."

잠깐만.

기다려. 음향 스태프, 작업 중단해.

방금 그 말은 방송할 필요 없어.

나는 당황했다. 그러나 이미 엎질러진 물이었다.

스승님은 한번 제자 자랑을 시작하면 멈추지 않는다. 생글생글 웃으면서 점점 더 폭주하기 시작했다.

"그 녀석은 마법은 물론이고 무용도 지모도 뛰어나지만, 특히 타인의 입장을 잘 이해해주면서 자신도 타인도 둘 다 잘될 수 있도록 열심히 지혜를 짜내는 성실함이 가장 큰 장점이야."

"네, 저도 그렇게 생각해요. 강한 힘과 다정한 마음씨를 갖춘

분이시라고요."

"그렇지?"

나는 라시에게 신호를 보내 확성술을 그만두라고 지시했다.

그런데 기막히게도 라시는 내 지시를 무시하고 마술을 유지했다.

어느새 라시 옆에 카이트가 다가가서 무슨 말을 하고 있었다.

"이대로 계속해. 바이트 씨의 퇴로를 차단하는 거야."

"어, 그래도 괜찮아요?"

"괜찮아."

괜찮지 않아.

제기랄, 내 부관이란 놈이 나를 배신하다니.

나는 대관식 준비는 안 끝났나? 하고 돌아봤지만, 왕관 대좌를 옮기는 견인병들까지도 스승님과 아일리아의 대화에 귀를 기울이고 있었다.

위압감이 없는 마족으로서 이놈들을 행사 진행 요원으로 임명했는데, 그러고 보니 이놈들은 뭔가에 흥미를 느끼면 그쪽에 정신이 팔려버리는 습성이 있었다.

꼬리만 흔들지 말고 빨리 준비를 해줘.

나는 속으로 엄청나게 초조해했는데, 단상에서 주목받는 상황이라 추태를 보일 수는 없었다.

어설프게 잔꾀를 부리다가 역공을 당했다.

역시 나는 책사로서는 이류에 불과한가 보다.

그러는 동안에도 스승님과 아일리아의 대화는 계속 진행됐다.

"또 바이트는 옷차림이 영 별로니까, 그 녀석이 창피를 당하지 않도록 신경 써주지 않겠는가? 그 녀석의 미적 감각은 절대로 신용하면 안 돼."

나는 이세계에서 온 인간이니까. 이쪽 세계의 센스와는 좀 달라도 괜찮지 않아요?

"알겠습니다. 그런데 바이트 님의 사복을 저는 무척 귀엽다고 생각해요."

아일리아 씨, 왜 그렇게 즐거워 보이시는 건가요.

아아, 그만해.

그 후 대관식은 무사히 진행되어 아일리아가 새로운 마왕이 되었고 청중의 환호에 답하여 역사에 길이 남을 명연설을 했는데, 그동안 나는 단상에서 내내 꼿꼿하게 서서 부들부들 떨고 있었다.

*　　　*

<마왕의 선서>

아일리아는 약간 긴장한 채 이곳에 모인 청중에게 이야기했다.

"여러분. 륜하이트의 태수 아일리아 뤼테 아인도르프는, 미랄디아 연방을 통치하는 '마왕'으로 취임했습니다."

아일리아는 일부러 '취임'이란 단어를 선택했다. 눈치 빠른 자들, 특히 태수나 귀족은 그것을 알아챈 듯했다.

아일리아는 곧바로 뒷말을 이었다.

"네, 저는 '즉위'라고 말할 생각은 없습니다. 혈연에 의해 계승되는 '왕'과는 달리, '마왕'은 혈통이 아니라 적성에 의해 계승됩니다. 저에게 마왕의 자질이 있는지는 앞으로 저 자신의 노력을 통해 증명하도록 하겠습니다."

왕이 될 수 있는 자는 오로지 왕의 피를 이어받은 자. 그 외의 인물이 왕이 되려면 새 왕조를 세워야 한다. 그리고 그때마다 엄청난 유혈사태가 발생했다고 한다.

"'마왕'의 지위는 마왕군이 인간에게 맡겨줬습니다. 이것은 마족이 인간을 신뢰하고, 함께 살아가는 동포임을 인정해줬다는 증거입니다. 이 신뢰에는 반드시 보답해야 합니다."

마왕군 장병이 고개를 끄덕거렸는데, 그들이 정치란 것을 얼마나 잘 이해하고 있는지는 미지수였다.

'하지만 바이트 님은 이해해주실 거야.'

바이트 님에게는 안심하고 모든 것을 맡길 수 있다. 그렇게 생각했기 때문에 륜하이트와 아인도르프 가문의 운명을 그에게 맡기고, 아일리아는 과거와 싸우는 길을 선택했었다.

바이트는 단 한 번도 아일리아의 기대를 저버리지 않았다. 그러기는커녕 상상을 초월할 정도로 이 나라의 미래를 밝고 희망차게 바꿔줬다.

힐끔 돌아보니, 바이트는 진지한 얼굴로 꼿꼿하게 서 있었다. 여느 때와 마찬가지로 믿음직한 모습이었다.

그런데 조금 동요한 것처럼 보이기도 했다.

'저분도 이런 때에는 마음의 동요를 느끼는구나.'

점점 더 친밀감이 생겼다. 그런 그가 사랑스럽다고 생각했다.

뒤에 있는 바이트의 존재를 강하게 인식하면서 아일리아는 연설을 계속했다.

"여기서 국외로 눈을 돌려봅시다. 북쪽의 롤문드 제국은 강대국이고, 동쪽의 화국은 오랫동안 유지되어온 안정적인 정치기반을 가진 국가입니다. 우리는 이런 나라들과 평화롭게 경쟁하면서, 또 좋은 친구로서 서로 도우며 살아가야 합니다."

이것은 양국의 내빈에 대한 인사말이기도 했지만, 그와 동시에 국내에 대한 메시지이기도 했다.

"인간과 마족이 싸움을 그만두고 함께 나아가는 길을 선택했을 때, 미랄디아는 강대한 국력과 안정된 정치기반을 손에 넣었습니다. 그리고 오늘 이 자리에서 미랄디아는 또다시 성큼 앞으로 나아갔습니다."

열일곱 개의 작은 도시들이 모여 있는 공동체. 과거에는 남북으로 갈라져 대립했고, 제도는 쇠퇴했고, 부패가 심각했었다. 심지어 마족의 침공까지 당했다.

그대로 있었으면 이 나라는 멸망했을 것이다.

지금 이렇게 대국 행세를 할 수 있게 된 것도, 전적으로 마왕군이 무력과 기술력으로 미랄디아를 도와주고 있기 때문이었다.

'그리고 가장 큰 요인은 역시 바이트 님일 거예요.'

사랑하는 사람이 이 나라를 지켜준 것에 대해 아일리아는 묘한 감동을 느꼈다.

내가 좋아하는 바이트 님은 역시 굉장해!라는 자부심.

그와 동시에 아주 조금 질투심을 느끼기도 했다. 실은 내가 독차지하고 싶은데 그럴 수가 없는 것이다. 그는 내 품속에 숨겨둘 수 있을 정도로 작은 그릇이 아니었다.

그것이 아주 조금 아쉽기도 했다.

마음속 한구석에 자리 잡은 어리석고 잘못된 생각을 떨쳐내고, 아일리아는 미소 지었다.

"오늘 이날을, 먼 미래에까지 회자되는 날로 만듭시다. 제가 훌륭한 '마왕'으로서 여러분을 인도할 수 있도록 오히려 여러분이 저를 인도해주세요. 잘 부탁드립니다."

연설을 마무리하자, 자연스럽게 청중에게서 박수가 터져 나왔다.

"마왕 폐하께 충성을 바치겠습니다!"

"미랄디아의 미래에 영광 있으라!"

"아일리아 님~!"

인간도 마족도, 미랄디아인도 이방인도, 모두가 아일리아를 축복해줬다.

원로원 밑에서 압박을 받던 시기와는 너무나 달랐다. 그런 생각을 하니까 살짝 눈물이 나와서, 아일리아는 손끝으로 눈가를 문질렀다.

그리고 다시 한번 뒤를 돌아봤다.

아일리아의 인생과 미랄디아의 미래를 바꿔준 마왕의 부관.

착한 인랑 애인은 온화하게 웃으면서 박수를 치고 있었다.

'마왕이 되어서 다행이야.'

아일리아는 진심으로 행복을 느끼면서 모두의 환호에 손을 흔들어 답했다.

이리하여 인간 마왕 아일리아의 치세가 시작됐다.

할 일이 이것저것 많았는데, 특히 우선시해야 하는 것 중 하나가 워로이의 도시 건설 프로젝트였다.

마왕 아일리아는 즉시 마왕군 공병대를 출동시켰다. 그리고 워로이가 건설하고 있는 도시의 공사에 협력하라고 명령했다.

거인족 공병과 용인족 기관들이 파견되자 건설 공사 속도가 갑자기 빨라졌다고 한다.

이 상황에서 나는 미랄디아 북쪽 끝의 채굴도시 크라우헨으로 출장을 나와 있었다.

롤문드의 선황 아슈레이가 대사(大使)로서 미랄디아에 오는 날이 되었기 때문이다.

아슈레이는 정쟁에 패배해 폐위됐지만, 그렇다고 죄인은 아니었다.

다만 그가 롤문드에 머무는 것도 좀 곤란하기에, 그는 대사로서 미랄디아에서 활약했으면 좋겠다.

롤문드 측은 그런 생각을 하고 있었다.

아슈레이 본인도 적극적으로 대사에 취임하고 싶어 했으므로, 나도 기쁘게 그를 맞이할 수 있었다.

"바이트 님, 오랜만입니다!"

아슈레이는 내 얼굴을 보자마자 웃으면서 악수를 청했다.

변함없이 잘생겼네. 아무튼 건강해 보였다.

"아슈레이 님도 건강해 보이셔서 다행입니다. 당신처럼 훌륭한 인덕과 학식을 갖춘 분을 맞아들이는 것은 미랄디아의 크나큰 기쁨입니다."

이것은 빈말이 아니었다.

아슈레이는 식물학, 농학, 약학 전문가이다.

틀림없이 미랄디아를 풍요롭게 만들어줄 것이다.

그리고 아슈레이 본인만큼이나 가치 있는 존재가 또 있었다. 그의 뒤를 줄줄이 따라오는 정장 차림의 집단이었다.

망명 귀족들이었다.

재미없는 남자라고 불렸던 바하조프 4세가 붕어한 뒤, 롤문드에서는 왕제 드니에스크파, 황태자 아슈레이파, 그리고 우리 편인 엘레오라파가 패권을 다투었다.

드니에스크파의 제위 계승자는 죽거나 추방되는 바람에 그 파벌은 완전히 망해버렸다. 그래서 드니에스크파 귀족은 갈 곳을 잃었다.

그들 대부분은 어쩔 수 없이 엘레오라 여제에게 충성을 맹세했지만, 여전히 앙금은 남아 있었다. 롤문드인은 은혜도 원한도 좀처럼 잊지 않는 것이다.

그래서 엘레오라는 희망자에게서 영지를 사들이고, 미랄디아 이주를 허락해줬다.

이에 드니에스크파 귀족들의 신청이 쇄도했다고 한다.

그들은 드니에스크 공의 아들인 워로이가 미랄디아에 있다는 사실을 알고 있었던 것이다.

"롤문드는 귀족 인구가 너무 많은 것도 고민거리 중 하나였으니까, 이번 일은 엘레오라 님에게도 도움이 되었겠네요."

기쁘다는 듯이 그렇게 말한 사람은 크라우헨의 태수 베르켄이었다.

엘레오라가 그렇게 당신을 실컷 휘두르고 폐를 끼쳤는데도, 당신은 여전히 고마움을 느끼는 건가…….

참 의리 있는 사람이다.

나는 베르켄의 말에 고개를 끄덕이면서 이렇게 대꾸했다.

"그리고 우리에게도 도움이 되는 일이지요. 롤문드의 수준 높은 교육을 받은 인재를 헐값에 사들인 셈이니까요."

읽기와 쓰기는 물론이고 산술과 전술, 또 경영학이나 사학까지 배운 인재들이었다.

교육 수준이 낮은 미랄디아의 입장에서는 그들은 진심으로 탐나는 존재였다.

우수한 관료나 군인이 되어줄 테니까.

내가 음흉하게 웃고 있는데, 그 옆에서 공예도시 비에라의 태수 포르네도 음흉하게 웃고 있었다.

그가 무슨 생각을 하는지 알 것 같았다. 그래서 미리 분명하게 말해뒀다.

"포르네 님, 그 사람들은 북부 이주를 희망했어. 알지?"

"알지~. 순수하게 평의원으로서 환영하러 온 거니까 걱정하지 마."

거짓말이다. 냄새를 맡을 필요조차 없는 거짓말.

"그럼 당신 뒤에 있는 그 유능한 측근들은 뭔데?"

포르네 직속 부하인 우수한 문관들이 스무 명쯤 대기하고 있었다. 그의 심복이라고 할 만한 최고의 두뇌들이었다.

그냥 환영하러 왔다고 하기에는 멤버가 너무 화려했다.

"무조건 스카우트하려고 하는 거지?"

"음, 글쎄."

그러다 또 북부 사람들한테 미움받는다?

포르네는 소리 죽여 측근들에게 지시를 내렸다.

"레랑 남작은 현악 작곡가이자, 롤문드 음악계의 최고봉 중 하나야. 반드시 스카우트해야 해, 알았지?"

"네, 맡겨두십시오. 전속 악단을 준비했습니다."

이거 봐, 역시 대놓고 헤드헌팅을 하러 온 거잖아.

"그리고 케쉰카 자작도 꼭 데려와야 해. 자작 자체는 별 볼 일 없지만, 그의 아들인 놀린 님은 유채화의 천재니까. 학우들도 데려왔으니 전부 다 붙잡도록 해."

"네, 놀린 님은 창작에서나 사생활에서나 미녀를 무척 좋아하신다고 하니까, 전속 모델로 비에라 굴지의 미녀를 준비했습니다."

여러모로 참 심각했다.

나는 못 들은 척하고 외면했는데, 그때 워로이가 다가왔다.

"아슈레이! 다시 만나서 반갑다!"

"워로이 님! 햇볕에 많이 타셨네요?"

워로이와 아슈레이는 사촌이다.

서로 피투성이 정쟁을 펼쳤지만 실은 사이좋은 사촌 형제였다.

그들은 굳은 악수를 나눴다.

"아슈레이, 마침 잘 왔어. 우리 도시로 와라. 네가 좋아하는 밭일을 질리도록 시켜줄게."

"워로이 님, 저는 대사인데요?"

아슈레이가 난처한 듯이 웃었는데, 속으로는 기뻐하는 것 같았다.

싸움을 싫어하는 원예 애호가이시니까.

그 후 선황 아슈레이는 크라우헨의 베르켄 태수와 회담을 했다. 크라우헨의 명예를 위한 의례적인 회담이었다.

그동안 나는 워로이, 포르네와 함께 차를 마시면서 기다렸다. 그리고 드니에스크파 귀족을 스카우트하려면 역시나 워로이의 허가가 필요했다.

그쪽 방면의 협상이 끝나자, 워로이는 도시의 도면을 펼쳤다.

"미랄디아의 도시를 시찰하고 느낀 것이 도시의 성벽에 관한 것이야. 성벽은 적의 습격에 대비하고 주민들에게 안심감을 주기도 하는데, 도시가 확장될 때는 방해가 되지. 그때마다 다시 성벽을 만들어야 해."

"아, 그래. 롤문드의 제도도 이중 성벽으로 되어 있었지."

륜하이트도 성벽을 새로 만들었으므로 이중으로 되어 있었다.

"그러고 보니 비에라도 성벽이 이중이었지?"

내 지적에 포르네는 뻔뻔한 얼굴로 고개를 가로저었다.

"바깥쪽의 그것은 성벽이 아니야. 벽화 작품인걸."

"도시 바깥을 빙 둘러서 그렇게 두껍고 높은 벽을 세워놨으면서, 그게 성벽이 아니라고 주장하려는 거야?"

물론 비에라의 외부 성벽에는 멋진 조각이 새겨져 있었다.

한 바퀴 빙 둘러보면 미랄디아의 역사를 살펴볼 수 있다.

그것도 꽤 미화된 역사이지만.

포르네는 홍차를 마시면서 어깨를 으쓱했다.

"원로원도 인정해줬으니까 아무 문제도 없는 거 아냐?"

"문제가 없다니? 주변의 요새도?"

"그건 야외극장이니까 괜찮아."

비에라는 옛날부터 연줄과 뒷돈으로 무작정 밀어붙여서 제멋대로 살아온 역사가 있었다.

포르네 세대에 시작된 것이 아니었다.

그 이야기를 듣고 있던 워로이가 헛기침을 했다.

"어, 설명을 계속해도 될까?"

"응."

"성벽에 관해서는 공사 기간 문제도 있어. 얼마 전에 해골병의 습격도 당했고. 그래서 나는 도시 바깥쪽에 성벽을 만드는 것을 단념했다. 그러면 도시를 확장하기도 쉬워질 거야."

그리고 워로이는 도면 중앙을 가리켰다.

"그 대신 도시 중심부에 견고한 투기장을 건설할 예정이다."

도면에는 원형 투기장이 그려져 있었다. 상당히 컸다.

"적이 쳐들어왔을 때는 주민은 여기서 농성한다. 평소에는 투기장으로 사용하고, 정기적으로 시장도 설 거야."

포르네가 고개를 끄덕였다.

"투기장이라…… 좋은 생각인데? 오락은 인간을 모으기도 하고 불만을 가라앉힐 수도 있어. 북부의 민중, 특히 노동자는 연극 관람보다는 투기 관전을 더 좋아하는 편이야."

"맞아, 그것도 북부에서 시찰했어."

격투 대회에서 우승한 것을 '시찰'이라고 뻔뻔하게 말하는 이 녀석도 보통 놈은 아니다.

그런데 워로이는 난감한 것처럼 팔짱을 꼈다.

"하지만 검투나 마상 창 시합은 아무리 안전에 힘쓰더라도, 대회가 열릴 때마다 사상자가 발생할 수밖에 없어. 젊은 나이에 부상으로 은퇴하는 사람도 굉장히 많아. 실력 있는 전사가 줄어드는 것은 환영할 수 없는 일이지."

"그건 그래……. 하지만 용맹한 남자들을 만족시키는 자리는 필요해."

"맞아, 어쩔 수 없지. 병사들을 단련시키는 효과도 있고. 하지만, 역시……."

워로이는 납득을 하다가도 또다시 고민에 빠졌다. 이래 봬도 워로이는 매사에 신중한 남자였다.

병사들을 훈련시키는 오락인가. 아, 그건 그거잖아?

나는 가벼운 마음으로 슬쩍 제안해봤다.

"그럼 격투 대신에 구기는 어때?"

워로이는 잠깐 생각해보더니 고개를 갸웃거렸다.

"글쎄, 화국에서 축국이라는 구기를 봤는데. 그것은 매우 세련된 놀이였지만, 투기장에서 관전할 만한 것은 아니었거든? 그냥 귀족의 놀이였지."

미랄디아에도 롤문드에도 이렇다 할 구기는 존재하지 않았다.

특히 롤문드는 눈이 많이 오기 때문에 농한기에는 실내 오락만 즐긴다.

나는 고개를 옆으로 흔들었다.

"그거 말고. 좀 더 격렬하게 공을 쟁탈하는 단체전이야. 공은 가죽으로 만들면 돼. 꼭 동그랗게 만들 필요는 없어."

"잠깐만, 그걸 구기라고 할 수 있나?"

"아니, 오히려 그게 매력이야. 공이 둥글지 않으면 어떻게 굴러갈지 모르니까. 시합 전개를 예측하기 어려워지거든."

내가 떠올린 것은 한마디로 럭비 또는 미식축구였다.

"공을 빼앗기 위해서는 몸통 박치기를 해도 돼. 충격으로 부상당하는 것을 막기 위해, 튼튼한 투구와 어깨 보호대를 착용하고. 빼앗은 공을 끌어안은 채 적진으로 돌격한다. 어때, 용맹하지?"

"흠…… 좋은데?"

그 장면을 상상하는 데 성공했는지 워로이가 눈을 반짝반짝 빛냈다.

"무거운 갑옷을 입고 적을 물리치면서 목표 지점까지 달린다. 이것은 군사 훈련으로서도 이상적이야. 몸싸움에도 강해질 테고. 집단 전투의 협동 방식 및 전술도 배울 수 있어."

포르네도 고개를 끄덕거렸다.

"또 투구와 어깨 보호대로 겉모습도 멋지게 꾸밀 수 있겠네. 디자인을 통일해서 팀을 구별하는 데에도 쓸 수 있을 거야."

둘 다 머리 회전이 아주 빠른 사람들이었다. 나의 이런 어설픈 설명조차도 잘 알아들은 것 같았다.

"자금을 제공하면 자기네 팀을 가질 수 있는 거지……? 만약에 비에라 전속 팀이 생긴다면, 좋은 홍보가 될 거야……."

또 스폰서 로고를 집어넣을 생각을 하는구나. 이 녀석.

나는 설명을 계속했다.

"서로 뺏고 빼앗을 수만 있으면 되니까, 사적으로 놀 때는 꼭 공이 아니어도 통이나 자루나 기타 등등, 뭐든지 써도 돼. 그런 간편성이 중요해."

"아, 그래. 마상 창 시합은 그럴 수가 없으니까. 그런데 뭐든지 써도 된다면, 여가 시간에 민중이 알아서 시합하면서 자기 단련을 해줄 테지."

워로이는 몇 번이나 고개를 끄덕이더니 만족스럽게 웃었다.

"당신은 싸움이나 모략뿐만 아니라 민중의 마음을 사로잡는 능력도 탁월하구나! 참 대단한 남자야!"

"아니, 난 별로 대단하지도 않은데……."

대단한 것은 이전 세계의 스포츠 창시자들입니다.

포르네도 설레는 표정을 짓고 있었다.

"어느 시대에나 영웅은 필요한데, 평화로운 시대에는 경기의 영웅이 딱 좋아. 이야기의 소재로도 쓸 수 있을 테고. 아아, 하고 싶은 일이 또 하나 늘었어!"

그러다 갑자기 돌변해서 냉정한 어조로 말했다.

"문화는 종교와 마찬가지로 사람들을 한꺼번에 움직이는 힘이 있어. 민중이 이 경기에 열광한다면, 이것저것 일을 하기가 편해질 거야……."

너 지금 사악한 표정을 짓고 있는데. 알아?

이어서 워로이와 포르네는 히죽 웃으며 서로 얼굴을 마주 봤다.

"어때? 포르네 경. 이놈은 만만치 않지?"

"응, 정말 가진 것이 많은 남자야. 아이디어의 보고야."

그 가진 것도 아이디어도, 나의 창작품이 아니거든요.

그렇게 칭찬해주셔도 멋쩍기만 합니다.

포르네는 자리에서 일어나 워로이에게 말했다.

"새로운 도시에 가면 새로운 구기를 관전할 수 있다. 이것은 도시의 커다란 가치가 될 거야. 잘하면 사람들이 모여들 거야."

"포르네 님, 미안하지만 좀 도와줄 수 있겠나?"

"물론이지. 우선 기본적인 규칙부터 만들어야겠네. 전문가를 불러 모을게. 기사, 건축가, 갑주 제작자 등, 있는 대로 다 모아볼게."

"고마워. 그쪽 일은 잘 부탁한다. 먼저 시험적으로 부하들 훈련에 적용해볼게."

전장의 영웅이 아니라 스타디움의 영웅이 탄생하는 날도 멀지 않을지도 모른다.

그때가 기대된다.

그때 워로이가 갑자기 미간을 찌푸렸다.

"그런데 이 구기. 이름이 필요하지 않아? 발안자의 별명을 따서 '흑랑구(黑狼球)'라고 할까?"

"싫어."

나는 구기는 잘 모르고 잘하지도 못하니까, 내 이름을 붙이는 것은 사양하고 싶다.

워로이는 약간 아쉬워하는 표정으로 한숨을 쉬었다.

"하는 수 없지. 전투를 흉내 낸 구기니까 '전구(戰球)'라고 할까. 어때, 괜찮아?"

"응, 좋은 것 같아."

나는 고개를 끄덕였다.

그리고 훗날 발족한 '미랄디아 전구 보급 위원회'에 나는 특별위원으로 이름을 올리게 되었다.

뭐야, 싫다고 했잖아.

공예도시 비에라의 짜증 나는 게이 포르네 경이 "아, 맞다. 그 사람한테도 이야기를 해둬야지……"라고 하면서 어딘가로 가버렸다. 나와 워로이는 단둘이 응접실에 남겨졌다.

"그런데 깜짝 놀랐어. 당신이 포르네 경과 친해졌을 줄은 몰랐거든."

내가 그렇게 말하자, 워로이가 웃었다.

"뤼니에를 맡아주고 계시니까. 그 녀석도 포르네 님의 지원을 받아 열심히 공부하고 있어. 포르네 님은 저래 봬도 훌륭한 남자야."

"그건 그래."

포르네는 연극론과 창작론, 또 경제학과 정치학 관련 논문도 집필했다.

특히 그가 작년에 쓴 〈왕과 연극〉이란 것은 '오락을 어떻게 민중 통치 도구로 사용할 수 있느냐'에 관한 치밀한 논문이었는데, 이전 세계로 가져가고 싶을 정도로 완성도가 높았다. 틀림없이 미랄디아의 역사에 남을 것이다.

워로이는 진지하게 고개를 끄덕였다.

"뤼니에를 좋은 스승님 밑에서 더 많이 공부하게 해줘야 해. 나에게는 책임이 있어."

워로이의 조카 뤼니에는 드니에스크 가문의 장남의 아들이었다.

이주해온 드니에스크파 귀족들도 뤼니에한테는 무척 신경 쓰고 있었다.

그래서 나는 워로이에게 이렇게 물어봤다.

"형님에 대한 책임인가?"

"그것도 있고. 당연히 아버지에 대한 책임도 있어. 하지만 그게 전부는 아니야."

워로이는 난처하다는 듯이 머리를 긁적이더니 이런 말을 했다.

"너 말이야. 아일리아 님과 사귀게 되었다면서?"

"응? 응, 맞아."

특별히 뭐가 달라지진 않았지만, 전보다 더 아일리아와 함께 지내는 시간이 즐거워진 것 같았다. 마음이 더없이 편안했다.

"바이트 경. 행복해 보이는 얼굴이네."

워로이는 한숨을 쉬었다.

"너도 사랑의 포로가 되었으니 가르쳐줄게. 나는 뤼니에의 돌아가신 어머니를 위해서라도, 그 아이를 잘 키워내야 한다고 생각해."

"형수님을 위해서?"

별로 이상한 것 같진 않은데.

그러나 워로이는 미간을 찡그리면서 우람한 팔로 팔짱을 끼었다.

"나는 그 형수님에게 반했었어. 형수님이 형님과 결혼하기 훨씬 전부터."

"흐음?"

이 녀석의 연애담인가.

"드니에스크 가문은 북롤문드의 대영주인 볼셰비키 가문과 정략결혼을 꾸준히 해왔어. 그러니까 형수님도 언젠가는 드니에스크 가문에 시집올 예정이었지. ……단, 그 상대는 내가 아니었어. 그냥 그랬던 거야."

"그렇군."

아마도 워로이는 형수님에 대한 연심을 쭉 가슴속에 간직하고 있었나 보다.

"형님을 질투하지 않았다고 하면 거짓말일 거다. 하지만 형님은 좋은 남편이자 좋은 아버지였고, 나에게도 좋은 형이었어. 도저히 원망할 수는 없었어."

그러더니 워로이는 "휴" 하고 한숨을 푹 쉬었다.

"이 이야기는 너한테 처음 한 거야. 롤문드인에게는 좀처럼 솔직하게 말할 수가 없어서."

"그렇게 애써 숨길 필요도 없지 않아? 형수님을 사랑한 게 아니라, 사랑하는 사람이 형수님이 되었을 뿐이니까. 나쁜 짓이 아니잖아."

그러자 워로이는 불만스러운 표정을 지었다.

"아니야. 장남인 형의 아내에게 반하다니, 그건 있을 수 없는 일이야. 드니에스크 가문의 명예와 관련된 문제다."

"그런가……?"

워로이는 아련한 눈빛으로 창밖의 하늘을 쳐다봤다.

"뤼니에는 형수님이 남기고 간 자식이기도 해. 내가 반했던 여자의 외아들이라고. 내가 지켜주면서, 역사에 남을 만한 영걸로 키워낼 거야."

"그것이 당신 나름대로 자신의 감정을 마무리 짓는 방법이구나."

"응, 맞아."

싱긋 웃는 워로이. 그 표정에는 망설임이라곤 전혀 없었다.

역시 훌륭한 사나이야.

죽이지 않아서 정말 다행이다.

하지만 좀 신경 쓰이는 점도 있었다.

"그런데 정말 괜찮겠어? 당신의 인생은 어쩌고?"

"지금은 사랑할 여유가 없어. 내가 만드는 도시가 완성되면, 미랄디아에서 두 번째로 아름다운 미녀를 찾아서 결혼할 거야."

"첫 번째는 어쩌고?"

"이봐, 나는 네 애인을 빼앗을 마음은 없거든? 두 번째면 충분해."

히죽 웃는 워로이.

이 자식, 간접적으로 아일리아를 칭찬해줬잖아? 미랄디아에서 제일가는 미녀라고.

역시 훌륭한 사나이야.

그때 포르네가 돌아왔다.

"뤼니에 님의 가정교사 역할이라면 받아들이겠다고 했으니까. 이 느낌은 다소 기대해볼 만해……. 어머나? 뭐야, 무슨 일 있었어?"

그냥 가볍게 연애 이야기를 했을 뿐입니다.

워로이는 어깨를 으쓱했다.

"별건 아니고 총각들끼리 이야기 좀 했어. 그런데 포르네 님, 당신은 이미 결혼했나?"

"아, 했지."

이래 봬도 포르네는 유부남이었다. 첫째가 태어나서 아빠가 되었다. 가정을 소중히 여기고 있고, 사생활은 놀랄 만큼 건실했다.

겉모습은 게이 같지만.

그래도 역시 워로이에게는 그게 의외였나 보다.

"당신과 결혼하는 여자가 있었다고? 솔직히 말해서 뜻밖인걸."

"어머, 용기 있는 발언이네?"

포르네는 웃었다. 그리고 확 바뀐 말투로 말했다.

"워로이 님, 나도 남자야. 아름답고 총명한 아내와 사랑하는 아들이 있어. 나 자신이 좀 특이한 인간이라는 것은 인정하지만."

포르네는 연극으로 다져진 훌륭한 목소리의 소유자였으므로, 남자다운 말투로 말하자 불필요하게 멋있어 보였다.

나는 옆에서 워로이에게 가르쳐줬다.

"포르네 경의 부인은 조신한 분이셔. 대외 활동은 거의 안 하시고, 비에라의 예술가들을 지원하는 역할을 하고 계시지."

"그랬군……."

"게다가 예술적으로나 학문적으로나 뛰어난 비에라 최고의 재녀이시다. 미인이고 온후한 분이셔서, 포르네 님에게 맡기기는 아까울 정도야."

"어머, 왜 이래~ 지금 나더러 아내 자랑이라도 하라는 거야? 시작하면 안 끝날 텐데?"

기뻐하면서 몸을 배배 꼬는 포르네.

평의회 굴지의 애처가이시란 말이지.

겉모습은 게이 같지만.

포르네는 웃고 있었는데, 그러다 갑자기 고개를 갸웃거렸다.

"그러고 보니 바이트 님, 결혼식은 언제 해?"

"아, 그건…… 아직, 마음의 준비가……."

나도 장난으로 연애하는 것은 아니니까 결혼은 의식하고 있는데, 워낙 중대한 일이다 보니 아직 아무런 상의도 못 해봤다.

그러자 포르네는 정색하면서 바싹 다가왔다.

"그러면 안 돼. 사랑의 줄다리기를 하면서 애태우는 것은 좋은데, 그렇게 쓸데없이 사람을 기다리게 하면 못써."

"그래, 맞아. 사랑은 전쟁이나 마찬가지야. 기선 제압을 해야 해."

워로이까지 떠들어대기 시작했다.

나는 식은땀을 흘리면서도 이렇게 변명을 해봤다.

"하지만 나는 평민이고, 심지어 마족이잖아. 우리 사이에 아이가 생길지조차 의문인걸."

인랑과 인간이 결혼했다는 기록은 남아 있지 않았고, 아이가 생겼다는 이야기도 들어보지 못했다.

한편 아일리아는 명문가인 아인도르프 가문의 당주이다.

아무래도 이것저것 생각하면서 고민할 수밖에 없었다.

그러자 포르네가 난처한 듯한 미소를 지었다.

"하긴, 당신처럼 성실한 남자는 그러는 것도 당연하지. 하지만 중요한 것은 아일리아 님의 의사 아냐? 당신 혼자서 결정할 문제가 아니잖아. 제대로 상의는 해봤어?"

"아니, 안 해봤어……."

조금 더 생각해본 다음에 상의하고 싶었는데, 자꾸 뒤로 미루는 것도 안 좋을 것 같았다.

"이번에 돌아가면 아일리아 님과 상의해볼게."

"그래, 잘 생각했어."

포르네가 빙그레 웃었다.

그때 내 수행원인 카이트와 라시, 마술사 콤비가 나타났다. 그들은 걸으면서 말다툼을 하고 있었다.

"아니, 보고서는 전부 나한테 제출하라고 했잖아?!"

"하지만 최종적으로는 바이트 씨가 읽게 될 테니까, 그냥 그쪽으로 줘도 되잖아?"

"그분이 지금 처리하고 있는 일의 양은 어마어마하게 많거든?! 내가 자세히 살펴보고 정리해서 날마다 하루 분량으로 만들고 있단 말이야. 그러니까 일단 나한테 맡겨줘."

늘 신세 지고 있습니다. 매니저 님.

카이트의 견실한 정통파 부관 업무에 대해 라시는 납득했는지 고개를 끄덕거렸다.

"아하, 그렇구나……. 카이트 씨는 정말로 뭐든지 다 잘하는 사람이네. 원로원 시절부터 유명하긴 했지만."

"아니, 뭐…… 서류 작업에는 탐지마법이 도움이 좀 되니까……."

서류 뭉치를 끌어안은 채 조금 쑥스러워하는 카이트.

그 옆에서 라시가 생글생글 웃으며 딱 붙어 있었다.

포르네가 어깨를 으쓱했다.

"기나긴 비바람을 이겨내고 이제는 모든 곳에 결실의 계절이 온 걸까."

"세상이 평화로워져서 모두 여유가 생겼으니까."

"바이트 님도 좀 더 힘내봐, 응? 적어도 저 애들보다는 빨리해야지?"

"……응, 그럴게."

나는 롤문드의 선황인 아슈레이 대사와, 이주를 희망하는 롤문드 귀족들을 맞이하는 일을 무사히 끝냈다.

롤문드 귀족들의 행동에 대해서는 이것저것 귀찮으니까 관여하지 않기로 했다.

어차피 여기저기서 그들을 데려가려고 할 테니까.

카이트가 불쑥 한마디 했다.

"북부 태수들 입장에서는, 엘레오라 치세를 거부하고 이쪽으로 넘어온 롤문드 귀족은 동지라고 할 수 있을까요?"

"그렇게 말하지 못할 것도 없지."

틀림없이 문화나 방침의 차이 때문에 문제가 생길 텐데, 그때는 잘 중재해야 할 것이다.

그 점에 관해서는 워로이와 아슈레이에게 기대를 걸고 있다.

나는 채굴도시 크라우헨을 떠날 때 아슈레이에게 질문했다.

"아슈레이 님은 앞으로 어떻게 살아가실 겁니까?"

"음, 글쎄요……."

아슈레이는 잠시 생각해보더니 피식 웃었다.

"미랄디아에서 다시 처음부터 약학과 농학을 공부하고 싶습니다. 롤문드와의 차이점을 알게 되면, 미랄디아와 롤문드 양쪽에 이익을 가져다줄 수 있을지도 몰라요."

"아직도 롤문드를 사랑하시나요?"

"한번은 왕관을 썼던 몸이니까요. 그야 당연하지요."

미소 짓는 아슈레이.

하지만 당신의 지지자는 이제 제국에는 거의 안 남아 있을 텐데.

열렬한 아슈레이파 귀족들도 다소 있긴 하지만, 그들은 모두 미랄디아로 이주했다.

그런데도 조국을 사랑하다니. 아슈레이의 이 넓은 도량은 과연 제왕의 그릇이구나 싶었다.

또 그와 동시에, 이렇게 훌륭한 지도자를 거저먹듯이 데려온 우리는 진짜로 횡재했구나…… 하고 사악한 기쁨을 느꼈다.

내가 또다시 속으로 키득키득 웃고 있는데, 아슈레이가 문득 뭔가 생각난 것처럼 종자를 불렀다.

"그러고 보니 까맣게 잊고 있었네요. 저것을 가져가십시오."

뭐지?

종자가 뭔가를 가져왔다. 마대에 들어 있는 곡물 같은 것이었다.

아슈레이가 즐겁게 웃었다.

"이전에 바이트 님이 찾으셨던 메밀입니다. 올해 수확한 거예요."

"오, 아주 좋아요. 감사합니다. 아슈레이 님."

와, 잘됐다. 잘됐어.

아슈레이는 빙그레 웃었다. 그런데 그 순간, 그의 학자 스위치가 눌리고 말았다.

"롤문드의 산간 지방에서는 옛날부터 그 메밀을 재배했는데, 이건 척박한 땅에서도 자라는 대신에 수확량은 좋지 않아요. 바이트 님이 지적하셨듯이 거무스름한 곡물은 인기가 없는 편이고요. 응달에서도 자라기 때문에 '태양에 대한 경의가 부족한 곡물'로서 휘양교의 냉대를 받아왔습니다."

"아, 네."

큰일 났다. 이야기가 길어질 것 같았다.

"특히 휘양교의 성 그로크프가 메밀죽을 먹고 고통스럽게 죽은 이후로는, 휘양교는 '악마의 씨앗'이라면서 메밀 재배를 금지해버렸습니다."

메밀 알레르기 환자였던 거겠지. 그 사람은.

"하지만 그래도 메밀은 척박한 땅에서도 자라니까요. 각지에서 사람들이 몰래 재배했습니다. 그냥 저절로 자라났다고 변명하면서요."

감사합니다. 감사합니다.

그런 이야기도 무척 흥미롭긴 하지만, 이걸 빨리 가지고 돌아가서 재배하고 싶어요.

죽보다 더 맛있게 요리해 먹는 방법이 많이 있거든요. 이 녀석은.

그때 타이밍 좋게 워로이가 말을 걸었다.

"아슈레이, 우리도 슬슬 가자!"

그의 등 뒤에서는 무장한 기사들이 따라오고 있었다.

워로이의 부하였던 기병대장들이었다. 볼셰비키 공제(公弟) 조브치야도 있었다.

"내가 만드는 새로운 도시에서 마음껏 흙장난하게 해줄게! 겨울에 미리 토양 관리를 할 거지?"

"네, 맞아요. 우선 기본적으로 토양을 조사할 겁니다. 작물과 토양의 상성을 알아보고, 그게 잘 안 맞으면 토양 개량을……."

식물과 농업에 관한 이야기를 시키면 무조건 말이 길어지는 타입이다.

흙내 나는 선황님. 하지만 나는 그런 그를 좋아했다.

아슈레이를 감당하지 못하고 있는 워로이에게 말을 걸었다.

"워로이 님, 기대할게."

"응, 나를 믿어봐. 그런데 좀 신기하군."

"뭐가?"

워로이는 씁쓸하게 웃었다.

"드니에스크 가문의 차남으로서 평생 형과 조카를 보좌하면서 살아가려고 했던 내가 이렇게 새로운 도시의 초대 태수가 되다니. 작지만 한 나라, 한 성의 주인이 되는 거잖아."

기뻐 보이는군.

그런데 그 나라에는 성 대신에 스타디움이 건설되는 거 아냐?

워로이는 나에게 악수를 청했다.

"너도 잘해봐. 결투 경."

"그 이름으로는 부르지 마."

나는 쓴웃음을 지으며 그의 손을 마주 잡았다.

*   *

〈개척공(開拓公) 워로이〉

나는 바이트를 떠나보낸 다음에 한동안 그 자리에 가만히 서 있었다. 이국의 바람이 뺨을 어루만졌다.

돌이켜보니 내 인생도 참 많이 변했다.

신성 롤문드 제국의 황실에 태어났지만, 나는 황제의 조카. 직계는 아니었다. 이인자인 드니에스크 가문이었다.

그리고 그 이인자인 드니에스크 가문 중에서도 역시나 이인자인 차남이었다.

그래서 나는 황제가 되겠다는 꿈은 꿔본 적도 없었는데, 아버지와 형님은 그렇게 생각하지 않았나 보다.

"위로이. 너는 이반에게는 없는 재능을 가지고 있다. 너는 제왕의 관을 쓸 자질이 있어."

"형인 내가 이런 말을 하는 것도 우습지만. 너는 드니에스크 가문, 아니, 롤문드를 짊어질 수 있는 남자야. 애초에 드니에스크 가문의 남자가 황제의 자리에 어울리지 않는다는 것은 말도 안 되는 이야기야. 그리고 너는 드니에스크 가문의 남자다."

나를 그렇게 부추기지 마. 나는 아버지를 따르고, 형님을 보좌하는 것으로 만족해.

그렇게 생각했기 때문에, 그 사람이 형님과 결혼하는 것도 말없이 지켜보기만 했다.

맨 처음 만났을 때는 리트왈스키의 그림에서 빠져나온 봄의 여신인 줄 알았다. 아니면 레메헨의 궁정 무도곡이 인간으로 태어난 건가 했다.

그 정도로 아름다운 여성이었다. 어린애였던 나는 어쩔 줄 몰랐다. 심지어 두려움까지 느꼈다. 만날 때마다 가슴이 답답해져서 그 두려움은 점점 더 커졌다.

한참 후 그것이 사랑이라는 감정임을 깨달았다.

그러나 무예와 병법밖에 모르는 열세 살짜리 꼬마가 연상의 여성을 대하는 방법 따윈 알 리가 없었다. ……실은 지금도 모른다.

이럭저럭하는 사이에, 그 사람이 형님과의 혼담 때문에 우리 집을 계속 방문하고 있다는 사실을 알았다. 당연히 몹시 실망했지만, 결국 진심으로 축복하게 되었다.

나는 안 되는 것이다. 당시의 나로서는 그 사람을 행복하게 해 줄 수 없었다. 차남, 이인자인 나로서는.

그러나 지금 이렇게 드니에스크 가문의 당주가 되고, 새로운 도시의 태수로서 개척을 지휘하면서 알게 되었다.

나는 두려웠던 것이다. 정말로 사랑하는 여성의 인생을 내가 맡는다는 것이. 그 엄청나게 무거운 책임이.

애초에 나 같은 남자가 여신을 건드리면, 그 순간 여신을 더럽히게 될 것이다.

그래서 나는 형님에게 모든 것을 맡기고 일부러 외면했던 것이다. 지금까지도 그랬던 것처럼.

형님은 이상적인 남편이었다. 그 사람은 무척 행복하게 살았고, 후계자인 아들 뤼니에도 태어났다.

나는 형님 가족의 곁에 있으면서, 약간의 거북함과 더불어 기묘한 안심감을 얻었다.

나는 형님과 그 사람에게 보호받고 있었던 것이다.

그것도 이제는 과거의 추억이다.

현재 나는 미랄디아의 드니에스크 가문의 당주이다. 거친 가신들을 이끌고 새로운 도시를 건설하는 통솔자이다. 또 세상을 떠난 형님과 그 사람이 남겨두고 간 내 조카 뤼니에의 보호자이기도 하고.

지금이야말로 나는 진정한 남자가 되어야 한다.

그리고 내가 나를 어엿한 남자라고 인정하게 된다면…….

그때는, 그래. 그 녀석처럼 인생의 반려를 찾아볼까.

결혼이라는 것은 둘이서 행복해지는 것이라고 하니까. 모든 것을 혼자서 책임질 필요는 없다고 한다. 그렇다면 나도 어떻게든 할 수 있지 않을까.

그 녀석을 만난 다음부터는 이것저것 배우기만 하는구나.

"앗, 워로이 두목님! ……아니, 태수님!"

가신 중 한 명이 뛰어왔다. 전에는 노상강도 패거리의 일원이었지만, 지금은 나를 따르는 용맹한 기사였다.

나는 팔짱을 낀 채 흉터투성이 충신을 보면서 히죽 웃었다.

"왜? 그냥 두목님이라고 불러."

"아, 아뇨, 그럴 수는 없죠. 아무튼 두목님, 동쪽의 측량 도면이 완성됐다고 합니다. 저희는 보고서를 읽지 못하니까, 두목님……이 아니라, 태수님께 알려드리려고요."

흉악하게 생긴 기사가 곤혹스러워하고 있었다. 점점 더 재미있어졌다.

"두목님이라고 불러도 된다니까. 금방 갈게. 그런데 너희들도 슬슬 글을 배우지 그래? 급료를 줄 때 내가 곤란해지거든."

머리를 긁적거리는 가신.

"죄송합니다. 그게, 머릿속에 안 들어와서……."

"내가 가르쳐주마. 나도 글을 배울 때에는 고생했었어. 어떻게 배우면 좋을지, 학자보다 더 잘 알고 있어. 나한테 맡겨."

"아, 아니, 그건 너무 황공한뎁쇼?!"

"하하하, 주종관계에서 그런 건 신경 쓸 필요 없어! 자, 가자!"

나는 가신의 등을 팍팍 두드리고 어깨동무를 하면서 걸음을 뗐다.

나도 슬슬 어엿한 남자가 되어야지.

*　　　*

륜하이트로 돌아온 나는 며칠 동안 기회를 엿보다가 아일리아의 방으로 찾아갔다.

"아일리아, 오늘 집무는 끝났어?"

"네, 우수한 부관님 덕분에 편했어요."

그러고 보니 나는 어느새 이 사람의 부하가 되었다.

륜하이트를 점령한 것은 나였는데.

신기하기도 하지……. 아니, 이것이야말로 아일리아의 능력일 것이다.

나는 내 애인의 능력을 새삼스레 자각하면서, 그녀가 시키는 대로 소파에 앉았다.

아일리아는 즐거워 보였다.

"홍차 드실래요?"

"아니, 그건 나중에. 그보다도 상의하고 싶은 것이 있어."

아일리아는 고개를 살짝 갸웃거렸다.

"중요한…… 이야기인가요?"

"응, 굉장히 중요해."

아일리아는 말없이 소파 옆자리에 앉았다. 나는 큰맘 먹고 이야기를 꺼냈다.

"아일리아, 당신의…… 어, 아인도르프 가문 말인데. 만약에 당주인 당신이 자식을 낳지 않으면, 가독의 지위는 어떻게 돼?"

아일리아는 어리둥절한 표정을 짓더니 생긋 웃었다.

"아인도르프의 이름을 이어받은 사촌 형제들이 있으니까, 그중 누군가의 혈통이 당주가 될 테지요. 누가 되든 괜찮아요."

"괜찮아?"

너무 단순하지 않나?

그러자 아일리아가 설명을 해줬다.

"우리 일문은 아인도르프라는 이름을 가진 커다란 상사나 마찬가지예요. 이 가문의 이름이 교역이나 정치 분야에서 일종의 신용이 되거든요."

아인도르프 가문은 명문가이므로, 그 가문의 인간이 무역상이나 성직자가 되면 절대적 신용을 얻는다. 실무 능력이나 교양, 예절, 인맥, 자금력. 그런 것들을 보증하기 때문이다.

"당주는 책임자에 불과합니다. 내외의 갈등을 적절하게 처리할 능력이 있다면, 직계가 아니어도 상관없어요."

"그렇군."

그럼 아일리아에게 자식이 없어도 그 집안에는 큰 문제는 없을 것이다.

"아일리아. 당신은 어때? 어, 자식이 있으면 좋겠어?"

"네. 다섯 명쯤 있으면 좋겠네요."

그렇게 많이?

"하지만 자식이 없으면 없는 대로 괜찮다고 생각해요. 조카들은 이미 있으니까. 외롭진 않아요."

이 대답은…… 내 진의를 일찌감치 파악했나 보다.

나는 계속해서 질문했다.

"결혼 상대가 마족이어도 괜찮아?"

"나는 마왕인걸요."

생긋 웃는 아일리아가 왠지 성스러워 보였다.

"그 녀석이 전생자여도, 무섭지 않아?"

"점성술사 미티 님의 말씀에 의하면, 나도 고조할머니가 다시 태어난 것이라고 하더군요. 그럼 피차일반이지요."

"아니, 하지만. 이세계에서 온 전생자인데?"

"그 세계는 굉장히 발전한 곳이라 흥미로웠어요. 앞으로의 치세에 도움이 될 것 같아요."

꿈쩍도 안 하는구나.

뭘까. 이 담력은.

나는 마지막으로 조심스럽게 말을 꺼내봤다.

"나는 포르네 님이나 거쉬 님처럼 재주 좋은 남자는 아니거든?

부부관계라든가 여자 마음 같은 것도 잘 모르고, 미적 감각은 파멸적이고, 궁극의 일벌레…… 일인랑인데. 알아?"

"네. 그런 점을 좋아해요."

눈부시게 멋진 미소였다.

나는 이 사람한테는 절대로 못 이길 것이다.

이렇게까지 집요하게 확인했으니까. 나도 정식으로 청혼을 해야겠다.

나는 모든 망설임을 버리고, 심호흡을 한 다음에 아일리아의 눈을 들여다봤다.

"나는 두 번의 인생을 살면서 처음으로, 누군가를 진심으로 좋아하게 된 것 같아. 아일리아. 당신을 좋아해."

아일리아는 진지한 표정으로 나를 바라보고 있었다.

나는 계속해서 말했다.

"멀리 떨어져 있어도 마음은 내 곁에 있어주는 당신 덕분에 나는 언제나 구원을 받았어. 앞으로도 내 곁에 있어줬으면 좋겠고, 이번에는 나도 당신을 돕고 싶어. 그러니까."

나는 용기를 내서 마침내 결심했다.

"나와 결혼해줄래? 아일리아."

"네. ……기뻐요. 고마워요."

아일리아는 가장 아름다운 미소를 보여주더니, 곧 눈이 새빨개져서 울먹이기 시작했다.

우는 여자는 어떻게 대해야 할까. 난 전혀 모르겠다.

이 세상 남자들은 웬만해서는 울지 않고, 나도 마찬가지였다.

그래서 지금 눈앞에서 울고 있는 아일리아를 어떻게 대하면 좋을지…….

"저, 저기, 아일리아?"

"괜찮아요. 너무 감동해서……."

나는 몹시 당황하면서도 어떻게든 아일리아를 진정시키려고 그녀의 손을 잡았다.

그러자 아일리아가 그 손을 아플 정도로 세게 잡았다.

우리는 한동안 그대로 가만히 있었다. 잠시 후, 아일리아가 촉촉해진 눈동자로 나를 쳐다봤다.

그리고 울면서 웃었다.

"이제 절대로 놓아주지 않을 거예요."

"……응."

누군가에게 독점당하는 것도 의외로 나쁘진 않았다.

많이 부족한 놈이지만, 부디 잘 부탁드립니다.

나와 아일리아의 혼례 일정은 순식간에 정해졌다.

난 아직 부모님께 말씀드리지도 않았는데……. 숨겨진 마을에는 이 세계의 어머니가 계시므로 허둥지둥 편지를 써 보냈다.

또 그동안 신세 진 사람들이 각국에 많이 있어서, 결혼 소식을 알리느라 분주했다.

그리하여 가을도 깊어진 어느 날. 나와 아일리아의 혼례는 성대하게 치러졌다.

사실 결혼식은 수수하게 하고 싶었는데, 마왕 폐하의 혼례이다

보니 그럴 수도 없었다.

누가 뭐래도 결혼식은 신부를 위한 것이니까. 내 마음대로 스몰웨딩을 할 수는 없었다.

그 결과 '휘양교 신전을 통째로 빌린 데다가 구시가 전체를 결혼식장으로 활용한다'라는 세기의 초대형 결혼식이 시작되고 말았다.

이건 너무 심하잖아.

그 일대에 포장마차가 잔뜩 생겼고, 시민들은 모두 마왕군이 주는 축하주를 마시고 취해버렸다.

게다가 이 틈을 이용해 상공회에서 주최하는 푸드파이터 대회나 노래자랑 대회도 열렸다. 완전히 수확제나 마찬가지였다.

수확제는 얼마 전에 했잖아?

뭐, 어쨌든 나는 축하를 받는 입장이니까. 아무 말도 할 수 없었다.

"바이트 님."

뒤에서 누가 나를 불렀다. 뒤돌아본 순간 저절로 마음이 풀렸다.

신부 차림을 한 아일리아였다.

평소에는 남장을 한 채 남자들 틈에 끼어서 고생하는 아일리아가 오늘은 순백의 드레스를 입고 있었다. 머리카락도 뭔가 알 수 없는 방법으로 공들여 묶어놔서 특별해 보였다.

"아일리아⋯⋯."

"저, 이상하지 않아요? 이런 옷은 거의 안 입어봐서."

아일리아의 가슴과 귀에서 반짝반짝 빛나는 보석 장식품보다도, 다소 긴장한 채 부끄러워하는 아일리아의 모습이 더 아름답게 빛나 보였다.

"잘 어울려, 아일리아. 지금 당신은 틀림없이 세계 최고의 미녀야. 이전 세계에도 이런 미녀는 없었어."

물론 나의 주관이지만, 객관적으로 봐도 이런 미녀는 세상에 없을 것 같았다.

"신부의 드레스를 입은 당신을 보니, 내 다리가 저절로 후들거려."

"어머, 왜요?"

"당신을 행복하게 해줄 책임이 있잖아. 그걸 생각하면 조금 불안해져서."

내가 잘 해낼 수 있을까?

그러자 아일리아는 얼굴을 붉히더니 난처한 듯이 웃었다.

"당신과 함께라면, 어디서 무엇을 해도 틀림없이 행복할 거예요."

"그렇게 말해주니 마음이 좀 편해지는군."

책임이 무겁지만, 이미 결정한 일이다.

긴장한 나에게 아일리아가 미소를 지으며 말했다.

"그러고 보니 바이트 님하고는 약속을 했었지요?"

"아, 응. 했지."

롤문드에서의 임무를 마치고 하지 축제까지는 돌아온다고 약속했던 그때.

결국 늦어버렸기 때문에, 나는 그 대신 뭐든지 아일리아가 부탁하는 것을 들어주겠다고 새롭게 약속했었다.

아일리아가 이런 말을 했다.

"그때 그 약속, 지금 여기서 사용해도 될까요?"

"응? 아, 물론이지."

이제 와서 무슨 부탁을 하려는 걸까?

행복하게 해주세요……인가?

그런데 아일리아의 부탁은 그게 아니었다.

"우리 함께 행복해져요, 네?"

"……응, 그래."

나는 정말로 이 사람한테는 평생 못 이길 것이다.

참 좋은 아내를 얻었다.

그때 금생의 우리 어머니인 바네사가 불쑥 나타났다.

"다 끝났니?"

"무슨 소리야? 어머니."

어머니는 변함없이 어린아이 같았다.

하지만 솔직히 말해 이분이 나의 두 번째 어머니라서 다행이었다고 생각한다.

아무래도 조금 서먹하긴 한데, 힘도 좋고 성격도 시원시원해서 믿음직한 어머니였다.

과연 판 누나가 스승님처럼 존경하는 여성다웠다. 분위기가 참 비슷했다.

"어머니, 그 드레스는 뭐야……?"

"이거? 어휴, 알잖아? 빨간색은 꼭 필요하니까."

인랑에게도 빨강은 피의 색깔인데, 그것은 사냥감을 해치웠을 때의 색, 성공과 안심의 색, 또 은혜의 색이다.

그래서 축하할 일이 있을 때는 붉은 천이나 꽃을 착용한다.

숨겨진 마을의 인랑은 가난해서 예복 같은 것은 없으니까, 붉은 천을 몸에 걸치는 것이 최선이었다.

나는 그 점을 아일리아에게 설명해주고 나서 새삼 어머니를 바라봤다.

인랑은 변신을 반복하기 때문인지, 나이 드는 속도가 묘하게 느리거나 빠르거나 했다.

어머니는 젊어 보이는 편이었다.

그런데 어머니. 분명히 이미 마흔은 넘지 않았어요?

"위에서 아래까지 온통 새빨간 드레스라니……."

"내 자랑스러운 외아들의 결혼식인걸. 이 정도로 축하하는 마음을 표현해도 부족할 정도야, 알아?"

심홍색 드레스 자락을 살짝 들면서 가볍게 빙글 도는 어머니.

어울린다고 생각은 하는데요. 좀 심하게 들뜨셨네요.

내가 난처해하고 있는데, 붉은 드레스를 입은 판 누나와 몬더가 이쪽으로 왔다.

판 누나는 주홍색, 몬더는 연홍색이었다. 머리카락도 묶고 꽃도 달고, 아주 예쁘게 꾸민 모습이었다.

"다행이다……. 바이트 군, 오늘은 정상적으로 입었구나?"

"아하하, 아일리아……가 아니라, 마왕님, 드레스 잘 어울려! 예뻐!"

그 순간, 어머니가 그 두 명을 양팔로 끌어안고 옛날처럼 거침없이 뺨을 비벼댔다. 도망칠 기회조차 안 주는 신속한 포옹이었다.

어머니는 오랫동안 무리를 하는 바람에 이제는 장시간 변신이 불가능해졌지만, 그래도 격투 솜씨는 녹슬지 않은 것 같았다.

"둘 다 엄청나게 예뻐졌구나! 우리 아들보다 더 좋은 남자를 빨리 만나야 해, 알았지?"

"아니, 바이트 군보다 더 나은 남자는 거의 없을 텐데요……."

판 누나가 난감해하고 있었다.

힐끔 결혼식장의 상황을 살펴보니, 참가자들은 대부분 모인 것 같았다.

휘양교 신전 결혼식장에는 각 도시의 태수 또는 태수 대리인 고관, 마왕군 간부, 각 종교의 지도자 등등, 미랄디아를 대표하는 사람들이 다 모여 있었다.

또 롤문드 대사인 아슈레이, 화국 대표인 다문원의 후미노와 그 동료들도 있었다. 워로이와 뤼니에도 정장을 입고 담소하는 중이었다.

신부의 가족으로서 아일리아의 친척들도 거의 다 왔고, 신랑의 가족으로서 인랑 부대도 전원 출석했다.

마왕 폐하의 혼례이므로 멤버들도 호화로웠다.

나 자신이 주인공이 되는 행사는 나에게는 영 거북하게 느껴졌다.

그런 행사는 장례식 하나면 충분하다.

그래서 이번에는 마왕이자 신부인 아일리아를 행사의 주인공으로 삼아, 제대로 보좌해야지 하고 생각했다.

그렇게 결심하니까 갑자기 마음이 편해졌다.

그런 생각을 하고 있는데 유히트 대사제가 웃는 얼굴로 다가왔다.

오늘의 진행자이셨다.

"마왕 폐하의 혼례를 지켜보다니, 여기 부임했을 때는 상상도 못했던 일입니다. 아일리아 님의 혼례는 지켜볼 생각이었지만요."

"잘 부탁드려요. 유히트 님."

아일리아가 고개를 숙였다. 나도 똑같이 고개를 숙였다.

유히트 대사제도 꾸벅 인사하고 나서 기쁜 어조로 말했다.

"오늘은 신랑 신부의 '친구'로서 혼례의 진행을 맡도록 하겠습니다."

나는 쓴웃음을 지었다.

"요컨대 '휘양교는 마왕과 그 부관, 양쪽 모두와 사적으로 친분이 있다'라고 공식적으로 알리려는 거군요? 친구니까."

"그렇게 해석하시는 분도 있을지도 모르겠네요."

온화한 표정을 짓는 유히트 대사제.

이미 완전히 친해졌으니까 친구라고 해도 불만은 없지만, 이 남자의 만만찮은 성격은 여전히 건재하구나.

이 혼례를 진행하면, 휘양교와 유히트 대사제의 지위는 굳건해질 것이다.

그런데 실은 이 사람 말고는 적임자도 없었다.

휘양교는 미랄디아에서 가장 큰 종교 세력이고, 아일리아는 일단 휘양교도이니까.

그다음 세력인 정월교는 커다란 신전이 없었다.

게다가 륜하이트 정월교의 지도자인 미티 님은 정치공작에는 전혀 관심 없는 타입이었다.

혼례 이후의 축하연은 정월교가 주도한다고 하니까, 그걸로 어떻게든 균형을 잡아보는 수밖에 없나.

귀인의 혼례는 정치적인 의미를 지니기 때문에 골치 아프단 말이지.

유히트 대사제는 먼저 제단 앞에서 대기해야 하므로, 나에게 인사한 뒤 떠나려고 했다.

그때 그가 문득 중얼거렸다.

"신기하네요. 이 신전에 이교도들과 마족 여러분이 모여서, 마왕이 된 륜하이트 태수의 혼례를 다 함께 축하하는 날이 오다니."

동감이었다. 나도 모르게 웃음을 터뜨렸다.

"살다 보면 무슨 일이 일어날지 모르는 거죠."

"네, 그러게요. ……정말 재미있습니다."

그러더니 그는 다시 한번 고개 숙여 인사한 뒤, 한발 먼저 결혼식장으로 향했다.

우리 어머니와 판 누나 일행도 다 같이 결혼식장으로 갔다.

사촌인 가니 형제가 이미 술에 취해 있었는데, 어머니를 비롯한 여자 셋이서 그들을 꽤 난폭한 방법으로 다스렸다.

어머니의 누우면서 던지기 기술. 언제 봐도 깔끔하다.

신이 난 몬더가 그 숨통을 끊으러 갔는데 제릭이 허둥지둥 그녀를 말렸다. 모두 정장을 입었으면서 잘도 그렇게 움직이는구나.

평소와 같은 광경이라 륜하이트 시민들은 아무도 놀라지 않았다. 그러나 고지식한 북부 태수들은 어처구니없어했다.

　이곳에 남겨진 나는 아일리아를 보면서 씁쓸하게 웃었다.

　"앞으로 참 힘들겠어."

　"그렇죠. 누가 뭐래도 미랄디아 최고 권력과 무력을 가진 부부가 되는 거잖아요."

　"그 힘을 잘못 사용하면 모두가 불행해질 거야. 주의해야겠어."

　유히트 대사제도 태수들도 '허용되는 행위의 한계선'은 잘 알고 있다.

　그렇기 때문에 오히려 이번에 유히트 대사제가 그랬듯이, 한계선에 닿을 정도로 대담한 짓을 하는 것이다.

　권력이 악용되지 않도록 앞으로는 더더욱 주의해서 절도를 지켜야겠다.

　그러자 아일리아가 쓴웃음을 지었다.

　"저기요, 또 미간에 주름이 생겼어요."

　"아, 정말?"

　"당신은 워낙 고지식한 분이니까 책임을 느끼는 거겠죠. 하지만 좀 더 자신의 행복을 추구해도 된다고 생각해요."

　"음, 그래도……."

　이것도 이전 세계의 유산일 텐데, 아무래도 나에게는 책임이란 것은 중대하게 느껴졌다.

　이쪽 세계의 분위기는 비교적 대범한 편이다. 그래서 나 같은 녀석도 자꾸 고지식하다는 소리를 듣는 것이었다.

아일리아는 나에게 손을 내밀면서 조금 수줍게 웃었다.

"나와 함께 행복해져요, 네?"

아, 그렇구나.

약속은 지켜야 하니까. 이것도 내 책임 중 하나이다.

솔직히 말하자면 지금도 충분히 행복하지만, 아일리아와 함께 더 행복해질 것이다.

"약속은 최선을 다해 지킬게."

나는 진지한 얼굴로 고개를 끄덕이고, 아일리아의 손을 잡고 걸음을 뗐다.

*　　　*

〈인랑 술판〉

마왕 아일리아와 흑랑 경 바이트의 혼례를 축하하면서 륜하이트 구시가 전체가 축제 분위기에 휩싸였을 무렵.

피로연이 끝났는데도 여전히 축하 무드에 젖어 있는 인랑들은 신시가의 베르자 해병대 식당에 모여 있었다.

"마왕 폐하가 진짜 아름다웠어~."

몬더가 감자튀김을 집어 먹으면서 신이 나 있었다. 그 옆에서 술통을 끌어안은 제릭이 엉엉 울고 있었다.

"잘됐어, 참 잘됐어, 대장……. 대장은 연애를 전혀 안 해서, 진짜로 어쩌나 하고 걱정했는데……."

그 순간, 당밀주를 물처럼 벌컥벌컥 마시던 판이 고개를 홱 돌렸다. 그리고 맛이 간 눈으로 제릭을 보았다.

"그러는 제릭 군, 넌 어때? 바이트 군한테만 신경 쓰고 있잖아. 너 자신의 연애는 하고 있어?"

그러자 옆에 있는 몬더가 감자를 토마토소스에 찍어 먹으면서 불쑥 한마디 했다.

"제릭은 피아랑 사귀고 있어. 왜, 알지? 그 작고 귀여운…… 아니, 잠깐만. 걔는 판 언니의 파트너잖아."

"뭐라고?!"

판이 경악한 얼굴로 돌아봤다.

"진짜? 아니, 피아는 그런 말은 한마디도……, 우리 분대원들도 아무 이야기도 안 해줬는데……."

그때 제릭이 추가 공격을 가했다.

"판한테 이야기해봤자 소용없다는 것을 다들 알고 있으니까 그런 거겠지."

"그게 무슨 뜻이야?!"

"아니 뭐, 판은 세 끼 밥보다도 폭력을 더 좋아하잖아? 별명이 '여자 가니'인 거 알아?"

"뭐라고?!"

딱딱하게 굳어버린 판.

다른 테이블에서 한잔하고 있던 워드 영감님이 웃으면서 술을 쭉 들이켰다.

"얘야, 판. 그렇게 싸움만 좋아하다간 나처럼 된다, 응?"

역전의 용병인 그는 평생 독신이었다.

그는 롤문드에서 가져온 최고급 화주 술병을 개봉하면서 중얼거렸다.

"강한 인랑일수록 피를 좋아하지. 나도 몇 번이나 기회가 있었는데도 그때마다 싸움을 선택하고 말았어. 그래서 지금 자식도 손자도 없지. ……뭐, 그래도 후회는 안 하지만."

꿀렁거리는 호박색 화주를 잔에 부었다. 달콤한 냄새가 인랑들의 후각을 자극했다.

그리운 냄새였다.

워드는 다른 인랑이나 가게 직원인 베르자 병사들에게도 화주를 나눠주며 조용히 웃었다.

"그 점에서 바이트는 강할 뿐만 아니라 다정하기도 했지. 판아, 네가 대어를 놓쳤구나."

"아~ 진짜, 뭐야! 워드 할아버지, 시끄러워!"

어린애처럼 말하면서 삐쳐버린 판. 그녀도 워드 앞에서는 말괄량이 소녀로 되돌아가는 것이었다.

판 옆에서 몬더가 어깨를 으쓱하더니 제릭과 대화를 나눴다.

"피아는 어때? 말은 잘 통해?"

"응. 대장장이 일도 잘 알아. 게다가 내가 대장 이야기를 해도 싫어하지도 않고. 오히려 나와 함께 대장을 칭찬해줘."

"아, 남들이 싫어한다는 것은 알고 있었구나……? 제릭의 대장 이야기는 한번 시작되면 좀처럼 안 끝나는걸. 좀 징그럽기도 하고."

"아니, 하지만 인랑족에서 그만한 영웅은 앞으로도 나타나지 않을 텐데? 진짜로 특별한 존재잖아?"

"어, 그거야 나도 동의하지만…… 됐어, 그만하고 술이나 마시자, 응?"

몬더가 쓴웃음을 지으며 제릭의 잔에 술을 따라줬다.

한편 판은 도수가 높은 당밀주를 그냥 그대로 벌컥벌컥 마시고 있었다.

"나 참, 싸우는 게 재미있는 걸 어쩌란 말이야……? 그리고 인랑 부대 동료들은 다 소중하고, 아무도 죽게 놔둘 수 없고……."

그러자 워드에게 술을 따라주던 메리가 싱글싱글 웃었다.

"아이고, 판은 참 착한 아이구나. 그런데 연애란 것은 사냥과 마찬가지거든? 한눈을 팔면 사냥감은 스르르 도망쳐버린단다."

판은 고개를 숙였다. 그리고 눈만 살짝 들어 메리를 쳐다봤다.

"……메리 할머니는. 그런 경험이 있는 거야?"

"물론이지."

메리의 시선 끝에서는 워드가 쓴웃음을 짓고 있었다.

워드는 화주를 마시면서 중얼거렸다.

"베르지, 그 녀석. 메리를 남겨두고 그렇게 빨리 가는 게 어디 있어……. 나보다 열 살이나 어렸던 주제에."

"그래도 우리 마을 주민들이 도와줬으니까. 그 덕분에 딸도 무사히 시집을 갔고, 손자도 봤는걸."

그 모습을 본 판의 눈빛이 아련해졌다.

"참 힘들었죠? 병들어도 치료하지 못하고, 다쳐도 치료하지 못

하고. 사냥할 때도 목숨을 걸어야 하고……."

인랑들은 24시간 내내 변신하고 있을 수는 없었고, 변신하지 않았을 때는 후각과 청각이 예민한 인간에 불과했다.

몬더가 맞장구를 쳤다.

"나도 대장이 없었으면 죽었을 거야."

"아, 그 도마뱀 사건? 정말이지…… 전부 다 바이트 군이 잘해준 덕분이야."

그곳에 있는 자들 전원이 말없이 고개를 끄덕거렸다.

과묵한 하맘이 유목민 특산품인 유주(乳酒)를 마시면서 웬일로 입을 열었다.

"지금 우리는 적에게 습격을 당하지도 않고, 따뜻한 집에서 자면서 맛있는 밥을 먹고 있어. 마왕군에 영향력을 행사해준 부관님 덕분이지."

"게다가 그 마왕군을 지금까지 떠받치면서 인간들과 공존하게 만든 것도 그 녀석이고."

제릭이 웃었다.

일동은 잠시 입을 다물었다. 서로 마주 보면서 미소를 지었다.

"참 굉장한 녀석이야. 우리의 대장은."

"동감이구먼."

"좀 특이하긴 한데, 옛날부터 똑똑하고 착한 아이였지."

얼큰하게 취해버린 제릭은 술이 가득 찬 술잔을 들었다.

"그 훌륭한 대장이, 드디어 장가를 갔다! 앞으로 우리가 더 많이 도와줘야지, 응?!"

"그리고 더 많은 혜택을 얻어내자~!"

술잔을 든 몬더가 웃었다.

동료들도 다 함께 웃었다.

"그럼 다시 한번, 우리의 부관님을 위하여 건배하자!"

"좋아!"

"건배!"

"마시자~!"

나무 술잔들이 난폭하게 부딪쳤다. 당밀주와 화주와 유주의 방울이 촛대의 불빛을 받아 반짝거렸다.

* *

이리하여 나는 아일리아와 결혼했고, 이왕 이렇게 됐으니 아인도르프라는 성을 쓰기로 했다. 인랑에게는 성이 없으니까.

나는 연방 평의회 평의원이므로 태수와 동격이다.

그래서 미들네임도 만들기로 했다. 미랄디아에서는 태수가 되면 미들네임을 만드는 것이 관례였다.

"폰……이라고요?"

아일리아와 아인도르프 가문의 측근들이 얼굴을 마주 봤다. 다들 당황한 표정이었다.

아일리아가 말했다.

"좀 더 유명한 사람의 이름을 써도 될 것 같은데요."

아인도르프 가문의 인간이 태수 같은 지위에 오를 때 사용하는 미들네임은 대체로 정해져 있었다.

아인도르프 가문의 조상, 륜하이트 출신인 유명 인사, 휘양교 성인 등의 이름을 빌려오는 것이 통례라고 한다.

나는 그 후보 목록을 보자마자 '폰'이란 이름이 마음에 들었다.

아인도르프 가문의 집사도 그 목록을 손에 든 채 조언했다.

"나리, 이것은 분명히 아인도르프 가문의 역대 당주님의 이름입니다만, 저…… 그래도……."

도저히 말을 못 잇고 웅얼거리는 집사 대신에 아일리아가 뒷말을 계속했다.

"그 업적이 너무 평범해요. 미랄디아 통일 이전의 륜하이트에서, 되의 크기를 정하고 수로를 정비하긴 했는데요."

훌륭한 인물이잖아.

내가 구멍을 뚫어버린 하수도도 참 꼼꼼하게 만들어진 것이었다.

"더더욱 마음에 들어. 폰으로 할게. 이제부터 나는 바이트 폰 아인도르프야."

집사는 당황한 얼굴로 아일리아를 쳐다봤다. 아일리아가 고개를 끄덕여 발언을 허가했으므로, 집사는 나를 향해 고개를 깊이 숙였다.

"아인도르프 가문에 대한 각별한 배려에 진심으로 감사드립니다. 저희 고용인 일동은 정성을 다해 나리를 모시겠습니다."

"그래, 고맙다."

아마 이 사람들은 내가 '아일리아를 배려해서 아인도르프 가문 사람의 이름을 골랐다'라고 생각하나 보다.

물론 그것이 결정적인 이유였지만. 이 이름에 맨 처음 주목한 이유는 따로 있었다.

그것은 바로 '폰'이기 때문이다.

바이트 폰 아인도르프.

독일 귀족 같잖아. 너무너무 멋있잖아. 이 이름으로 공문서에 기록된다고 생각하니, 내 가슴이 두근거렸다.

영혼은 일본인이지만.

아무튼 이리하여 나는 정식으로 '마왕 아일리아의 부관, 인랑 바이트 폰 아인도르프 경'으로서 앞으로도 열심히 일하게 되었다.

아, 그러고 보니. 중요한 것이 하나 생각났다.

아일리아와 둘이서 즐기는 오후의 티타임. 그때 나는 그 이야기를 꺼냈다.

"있잖아, 그 폰 경은 되의 크기를 통일했다고 했었지?"

"네. 곡물을 계량하는 되나 기름을 계량하는 되 등, 이것저것 많은데요. 같은 상품을 다룰 때 다른 되를 사용하면 다툼이 생길 수 있으니까요."

이곳은 교역도시이므로 여기저기서 물품이 운반되어 온다.

보통 다른 도시에서는 다른 크기의 되를 사용한다. 그래서 거래할 때 '생각보다 양이 적다'면서 싸우게 된다.

이에 관해 폰 경은 '륜하이트에서 되 단위로 거래할 때는 상공회 표준 되를 사용한다'라는 규칙을 정했다.

그 덕분에 다툼은 줄어들었고 상공회는 단번에 힘을 키웠다.

폰 경은 상공회를 잘 이용해서 륜하이트의 경제와 치안을 개선했다고 한다.

나는 아일리아의 그 설명을 듣고 이렇게 대꾸했다.

"폰 경이 굉장히 중요한 일을 했네. 내가 있었던 세계에는 '규격화'라는 개념이 존재했어. 그리고 폰 경이 했던 것은 되의 규격화야."

식습관이나 물가의 차이 때문에 도시마다 되의 크기는 다르다. 아니, 심지어 상인마다 사용하는 되가 제각각이었다.

당연히 그것은 "저기요, 기름 장수 씨. 이 됫박은 좀 작지 않아요?"라는 식으로 분쟁의 원인이 된다.

그 크기가 눈에 띄게 다르다면 상대의 되로 다시 계량하거나 계산을 새로 하기도 하지만, 이것은 꽤 귀찮은 작업이다. 그만큼 노력과 시간이 든다.

펜과 주판은 있지만, 계산기나 스프레드시트 같은 것도 없으니까.

"되의 규격이 달라서, 교역이라는 커다란 강물의 폭이 한곳에서만 확 좁아졌던 거야. 그래서 륜하이트는 손해를 봤고."

그렇기에 폰 경은 륜하이트 시내에서 물건을 거래할 때는, 륜하이트에서 지정한 되로 계량해서 팔라고 한 것이다.

그리고 이 규격을 륜하이트뿐만 아니라 다른 도시와의 거래에도 서서히 보급했다.

아일리아가 문득 중얼거렸다.

"그 덕분에 남부에서는 륜하이트의 되가 널리 보급됐어요. 남부의 무역상들은 모두 륜하이트의 되로 거래를 하고 있죠."

"흠, 멋진데?"

규격을 정해서 보급하는 것은 모두에게 이익이 되고, 그걸 정한 사람에게도 큰 이익을 가져다준다.

"이전 세계에서도 이런 규격 싸움은 자주 일어났어. 그 규격 싸움에 패배하면 비참해지는 거야."

"아, 그래요……?"

똑똑한 아일리아도 아직은 이해가 잘 안 되는 것 같았다.

"마왕군에서는 선왕님…… 아니, 예전의 마왕 프리덴리히터 님이 그 문제에 특별히 신경을 쓰셨어."

초대 마왕 프리덴리히터 님은 규격화의 중요성을 강조했었다.

규격화는 시스템을 구축하는 대전제가 되고, 마왕군의 근대화를 꾀하려면 반드시 해결해야 하는 문제였기 때문이다.

하지만 규격화가 필요한 분야는 아직 적었고, 또 필요하더라도 기술이 그만큼 발전하지 못한 경우도 있었다. 그래서 규격화의 범위는 극히 한정됐었다.

"프리덴리히터 님은 아마도 저쪽 세계에서 전쟁을 경험하셨을 거야. 큰 전쟁이 두 번 일어났고, 두 번째 전쟁에서 우리나라는 졌어."

"저런……."

아일리아는 안타까운 것처럼 우울한 표정을 지었다.

나는 웃으며 손을 좌우로 흔들었다.

"하지만 그 후 무사히 재건됐어. 당신도 그 도시는 봤잖아? 나도 그 전쟁이 끝난 지 수십 년 후에 태어난 인간이었고."

나는 홍차를 한 모금 마시고 이야기를 계속했다.

"아무튼 이때 규격화가 잘되지 않아서 상당히 고생했던 모양이야."

육군과 해군의 연료 옥탄가가 다르다거나.

같은 구경의 총에 총알이 안 들어간다거나.

자세한 것은 모르지만 소문은 이것저것 들었다.

또 전후에도 VHS와 베타가 서로 싸웠고, 블루레이와 HD DVD도 충돌했다.

나는 그런 것을 생각하면서 아일리아에게 설명했다.

"군대란 것은 병참과 훈련까지 다 포함한 거대한 시스템……어, 그러니까 하나의 장치 같은 거야. 집단으로 운용되는 병사의 장비는 언젠가는 규격화가 필요해질 거라고 생각해."

"그렇군요. 네, 확실히 창의 길이 하나만 봐도 그래요. 그 길이가 통일되면 전술가도 대장장이도 편해질 테지요."

규격화도 그렇지만, 나도 이 세계에서는 시스템에 관해 생각하는 바가 많았다.

결국 기존의 시스템이나 새롭게 만드는 시스템에 집어넣을 수 없는 기술은 어떻게 활용할 방법이 없으니까.

그래서 이전 세계의 지식 중에서도, 이쪽 세계에 필요하다고 여겨지는 것만 제공할 수 있었다.

애초에 나는 전문 지식이 풍부한 편도 아니지만.

아일리아와는 날마다 그런 이야기를 하면서 미랄디아의 발전 방향성에 관해 상의했다.

또 덤으로 이전 세계에서 느꼈던 불만을 털어놓기도 했다.

비밀을 공유할 수 있는 사람이 있다는 것은 역시나 참 좋구나.

프리덴리히터 님이 돌아가시고 나서는 이런 이야기를 할 수 있는 상대도 없었으니까.

그런데 이 세계에는 규격화 이전의 중요한 분야가 하나 있었다.

마법이었다.

여기선 단위계 자체가 존재하지 않았다.

공학에 비유한다면 "이 부품의 지름은 정확히 3cm, 무게는 10g 이내로 해주세요"란 식으로 발주하려고 해도, 그 '센티미터'도 '그램'도 없는 상태인 것이다.

이런 상황에서 연구가 진전될 리 없었다.

이는 중대한 사태였지만 오랫동안 그냥 방치되어왔다.

다음 날, 나는 그 점을 생각하다가 문득 어떤 계획을 떠올렸다.

단위를 만들자. 마법의 원천이 되는 마력의 단위를.

마력의 단위를 만들면 보고서와 연구 논문도 작성하기 쉬워지고, 마술사들이나 마법 무기들끼리 비교하는 것도 가능해진다.

이는 '장인의 비술'인 마법을 '학문'으로 바꾸는 첫걸음이 될 것이다.

"그래서 말인데, 카이트."

"네."

"앞으로는 네 마력을 '1카이트'라는 단위로 삼고 싶어."

"네?! 자, 잠깐만요!"

카이트는 당황했지만, 실제로 이 녀석은 살아 있는 기준이다.

"너는 탐지마법으로 정확한 측정을 할 수 있잖아? 그리고 너 자신의 마력은 안정적이고 평균이라서, 기준으로서 아주 완벽해."

"그건, 그럴지도 모르지만요!"

혈압이나 체온과 마찬가지로 생체가 지닌 마력이란 것은 조금씩 변동되니까. 그 점에서 카이트는 상당히 안정적이었다.

나는 그런 것까지 포함해서 카이트에게 사정을 설명해주고 말을 이었다.

"앞으로 고왕조 시대의 유물을 조사할 기회도 늘어날 거야. 커다란 마력을 다룰 때 '카이트'라는 단위로 표기한다면, 보고서도 알아보기 쉬워질 거야."

용사 난립 시대를 좀 더 조사해야 한다. 그 참화가 반복되지 않도록.

미랄디아의 고왕조 시대의 문명은 멸망해서 이제는 유적밖에 안 남아 있었다.

그러자 카이트의 반응이 차분해졌다.

"네, 그렇군요……. 원로원 시대에는 상사가 멍……이 아니라, 마법을 잘 몰랐기 때문에, 그렇게까지 정밀한 보고를 할 필요는 없었지만요."

"그렇지? 앞으로는 마법을 학문으로서도 발전시키고 싶은데, 그러려면 단위가 꼭 필요해."

그리고 나는 본론으로 들어갔다.

"그래서 난 너에게 '1카이트'를 정의하는 임무를 맡길 거야. 고모비로아 문화에 정식으로 입문해서, 뤼코나 다른 동료들과 함께 공동 연구를 해줘."

"대마왕님의 제자가 되라고요?!"

"응. 이런 기초 연구는 중요해. 마왕군이 전면적으로 지원한다. 나도 가능한 한 도울게."

이 연구는 고전 역학 같은…… 그래, '고전 마력학'의 초석으로서 역사에 남을 것이다.

그리고 그 연구를 명령한 것은 나. 이로써 나도 학문 분야에서 이름을 남길 수 있게 되었다. 후후후.

용사 제조기를 두 개나 부숴버린 것도 이것으로 보상 완료.

그런데 카이트는 이변을 감지했는지 표정이 확 굳어졌다.

"잠깐만요, 바이트 씨. 그러면 제 업무는……?"

"아, 그래. 넌 여전히 나의 부관이지만, 당분간 나를 보좌하는 일은 그만해."

"싫은데요?!"

아, 역시?

그래도 안 돼.

나는 그를 설득했다.

"나는 너의 근면함과 성실함, 그리고 뛰어난 두뇌를 잘 알고 있어. 너는 한낱 내 부관으로 살다가 갈 남자가 아니야."

"네? 네에?"

나는 카이트의 양어깨를 붙잡고 진심에서 우러난 말을 토해냈다.

"너는 역사에 이름을 남길 만한 천재야. 카이트."

"제가요?!"

당연하지.

카이트는 몹시 당황했다.

"하지만 저는, 바이트 씨를 도와드리는 게 훨씬 더 즐거운데요……."

"나도 네가 곁에 없으면 힘들어. 그래서 자꾸 뒤로 미뤘던 거야."

이 녀석은 조사 능력뿐만 아니라 매니지먼트 능력도 엄청났다. 그 덕분에 나는 지금 사상 최대로 다망한 시기임에도 불구하고 쾌적하게 일을 하고 있었다.

절대로 놓치고 싶지 않았다.

하지만 이렇게 훌륭한 남자를 그냥 내 보좌관으로 살게 놔두면 안 될 것이다. 너무 아깝잖아. 그가 내 부하가 되고 나서부터 그것이 쭉 마음에 걸렸었다.

그는 자신의 우수함을 전혀 모르는 듯했다. 그래서 나는 다시 한번 말했다.

"네가 여기서 연구에 몰두해준다면 100년 후, 200년 후의 마술사…… 아니, 모든 이들이 그 혜택을 누리게 될 거야. 우리가 죽고 나서도 수많은 이들을 행복하게 만들 수 있어."

네가 마법계의 뉴턴이 되는 거다.

지금은 마법계의 뒷박이지만.

페스트가 대유행하는 바람에 고향으로 돌아간 뉴턴은 그 한가한 시기에 수많은 연구를 해냈다. ……고 한다. 잘은 몰라도.

천재를 잡일에서 해방하고, 연구를 위한 시간과 환경을 그에게 제공하는 것. 그것은 우리들 같은 일반인에게는 중요한 일이다.

그래서 나는 슬프지만 그를 놓아주기로 한 것이다.

물론 카이트 본인은 납득하지 못할 테지만. 지금 내가 열심히 설득하는 중이다.

"나는 마력을 정의하고 싶어. 뭔지도 모르는 힘으로는 뭘 어떻게 할 수가 없잖아. 이 세계의 수수께끼를 풀기 위해서라도, 마력이 무엇인지 그 정체를 알아내야만 해."

이전 세계에서는 확인되지 않았던 힘, 마력.

이쪽 세계에서 다른 학문을 발전시키기 위해서라도 마력의 정체는 밝혀내야 할 것이다. 마력은 실험이나 측정 결과에 영향을 미치니까.

"잠정적인 단위를 정하는 것은 그 첫걸음이야. 나는 연구자로서는 이류에 불과하니까, 일류인 너에게 맡길게."

"제가 일류라고요?!"

"그래. 네 힘이 필요해. 우리의 뒤를 잇는 자를 위해서, 수수한 부관으로서 먼저 문을 열어줘."

명석한 두뇌와 심오한 지식, 윤리적이고 성실한 인품. 그리고 무시무시한 정밀도를 자랑하는 탐지마법.

연구자가 되기 위해 태어난 듯한 남자였다.

카이트는 망설이는 것 같았지만, 결국 마지막에는 이렇게 말했다.

"알았어요. 바이트 씨가 그렇게까지 말씀하신다면, 저도 수수한 부관으로서 열심히 해볼게요!"

"응, 잘 부탁한다."

나는 안심했다. 그때 카이트가 나를 보더니 수줍게 웃었다.

"그런데 바이트 씨. 내가 부관 업무를 그만두더라도 다른 사람을 부관으로 삼지는 말아주세요, 네?"

"……알았어."

그래, 내 일은 스스로 관리해야지.

카이트에게 마력 해명의 기초 연구를 명령한 결과, 카이트가 이끄는 연구팀에 의해 마왕군의 마력 측정이 이루어졌다. 마왕군 이외의 인간들에게도 협력을 요청했다.

"변신하기 전의 인랑은 대체로 6~8카이트입니다. 높은 경우는 9카이트였고요. 가니 형제입니다."

카이트는 뤼코와 공동 개발한 측정총을 테이블 위에 올려놓고 고개를 끄덕이며 말했다.

인랑용 마격총은 사용자의 마력을 제멋대로 빨아들이므로, 그 원리를 이용해 사용자의 마력을 측정하는 건가 보다.

"인간은 대개 0.8~1.2카이트의 범위에 속합니다. 가끔 엄청난 사람도 있지만요."

"즉, 마력 보유량만 살펴봐도 인랑인지 인간인지 구별할 수 있다는 건가?"

롤문드에 갔을 때 마법으로 조사를 당했는데, 그때는 카이트와 라시의 도움으로 잘 속여 넘겼었다.

지금 생각해보면 그것도 두 사람의 유능함 덕분이었구나.

인랑들은 평소에 마력을 저장했다가 변신할 때 그것을 이용해 육체를 변모시킨다. 일반인 몇 명분의 마력을 이용해 자기 자신을 강화하는 것이므로, 강한 것이 당연했다.

그런데 인간 중에서도 예외는 있었다.

"그래, 그 엄청난 사람은 누구인데?"

"뮨하이트 위병대의 벤겐 대장이 3카이트, 베르자 해병대의 그리즈 대장과 워로이 님이 4카이트, 그리고 바르나크 경이 7카이트. 이상입니다."

내가 예전부터 주목했던 강자들이었다.

개인의 전투력과 마력은 직접적인 상관은 없지만, 마력을 유효하게 활용할 수단이 있으면 그것도 전력이 될 것이다. 근력을 강화한다거나, 부상 및 격통을 견뎌낸다거나.

나는 강화마법 사용자이므로 이 방법의 전문가였다.

또 용사 클래스가 되면 마력을 물총처럼 그대로 사출해서 공격하는 것이 가능하다. 용사 아세스가 그런 짓을 했었다.

애초에 무한에 가까운 마력이 있으니까, 이렇게 비효율적인 방법을 써도 마력은 고갈되지 않는 것이다.

측정총을 조정하던 뤼코가 이쪽을 돌아보고 고개를 갸웃거렸다.

"인간은 말이야. 가끔 이상한 녀석이 튀어나오지 않아? 바르나크 아저씨는 거의 인랑하고 맞먹잖아?"

"그 네 사람은 기초적인 신체능력도 탁월하지만, 아마 무의식적으로 마력을 사용하고 있을 거야. 이따금 아주 잠깐씩 초인적인 행동을 하거든."

마법처럼 체계적인 기술은 아니지만, 자기 나름대로 강화마법 비슷한 것을 써서 신체능력을 향상하는 것이리라.

사실 바르나크 경은 롤문드에서 검성이라고 불리는 위대한 강자였지만 그래도 7카이트였다. 그리고 마술사도 마족도 아니므로, 마력을 전부 유효하게 활용하지도 못한다.

고로 인랑과 싸운다면 역시 불리해질 것이다. 인랑은 변신이라는 형태로 마력을 효율적으로 사용하니까. 인간이 일대일로 인랑과 싸우면 이기지 못하는 것도 당연했다.

수치로 표현하니까 알기 쉽구나.

"흠, 이거 재미있네. 푸른 기사로 이름난 바르체 님은 8카이트나 돼. 오, 필니르도 굉장한데? 12카이트나 되다니."

"네, 인마족의 평균은 1.3카이트 전후이므로 이것도 비정상적인 수치입니다."

그 녀석은 마음만 먹으면 무섭게 가속하면서 질주하는데, 이 마력을 사용했던 걸까.

강한 것도 납득이 갔다.

이런 녀석들은 당연히 일반인과 싸우면 압승한다. 전투의 신처럼 강하다.

그러나 수십만 또는 수백만 카이트로 추정되는 용사의 마력에 비한다면 그 정도는 사소한 것에 불과했다.

과거의 나는 약 10카이트였고, 지금의 나는 약 1,000카이트이지만. 당연히 용사 앞에서는 별것도 아니었다.

나는 마력을 전부 활용해서 실력 이상으로 싸울 수 있지만, 그래도 승산은 전혀 없었다.

"역시 용사 클래스쯤 되면, 자연계도 마력의 균형을 유지하려고 할 수밖에 없겠네."

내가 중얼거리자, 뤼코가 귀를 쫑긋 세웠다.

"아, 그거? 얼음과 열탕이 섞이면 반드시 물이 되는데, 물은 저절로 얼음과 열탕으로 분리되진 않는다는 거지?"

"응. 잘 기억하고 있네."

열적 평형에 관한 이야기이다. 스승님과 이 이야기를 나눌 때 뤼코도 같이 있었다.

자연계는 에너지를 가능한 한 '평형하게' 만들려고 한다.

마력도 그 규칙에 따르는 것이 아닐까.

그리고 그것이 '용사'를 없애는 '안티 용사', 즉 마왕 같은 것으로서 나타나는 게 아닐까.

지난 1년 동안 스승님과 그런 이야기를 했었다.

뤼코는 공구를 내려놓고 심각한 얼굴로 채소스틱을 꺼냈다. 그리고 그것을 무심하게 입에 물었다.

"그런데 역시 숫자로 표현하니까 이해하기 쉽네. 용사는 위험해. 그런 것이 잔뜩 있으면, 대륙 전체가 엉망이 될 거야."

"그렇지? 그래서 대책을 세워야 한다는 거야."

용사는 걸어 다니는 천재지변이나 마찬가지다.

그런 것은 인간과 마족의 역사에는 더 이상은 필요 없다.

그 대신, 앞으로 인간과 마족의 역사를 위해 필요한 것이 있었다.

"뤼니에 님은 진짜 반해버릴 정도로 우수하셔. 사람을 감동시키는 이야기를 만드는 방법을 안다니까. 각본가로서 소질이 있어. 그래서 그런지 변론술도 뛰어나고."

정례 평의회가 끝난 뒤, 공예도시 비에라의 게이 태수 포르네가 진심을 담아 중얼거렸다.

뤼니에는 비에라에서의 공부를 마치고 지금은 로초에서 유학 중이었다.

그때 어업도시…… 아니, 요새는 해운도시 또는 무역도시라는 별명을 얻은 로초의 태수 페트레가 포르네의 의견에 찬성했다.

"지금은 우리가 돌봐주고 있는데, 확실히 그 아이는 훌륭한 인재야. 본인은 군인이 되고 싶어 하지만 상인으로서도 자질이 있어."

"그래요?"

"그래. 단순히 산술을 잘한다든가 하는 잔재주의 차원이 아니야. 기본은 더없이 착실한데, 과감하게 승부를 거는 배짱도 있어. 계획성도 좋고. 먼 미래의 일까지 잘 생각하는 타입이지. 내 후계자로 삼고 싶구먼."

"페트레 님이 그렇게 남을 칭찬하다니, 보기 드문 일이네요."

내가 웃자, 페트레 옹은 퉁명스러운 얼굴로 콧방귀를 뀌었다.

"흥, 그 아이는 똑똑하기만 한 게 아니거든. 뭐든지 관심을 가지고, 특히 순수한 것이 강점이야. 앞으로 더 많이 발전할 게다."

"그럼 차기 마왕은 뤼니에 님으로 해도 될지도 모르겠네요."

현재의 마왕 아일리아 폐하가 쿡쿡 웃었다. 나는 부관으로서 동의했다.

"대마왕 폐하가 이 이야기를 들으면 기뻐하실 거야."

스승님은 "마왕은 누가 되어도 상관없다. 능력과 자질만 있다면"이라고 입버릇처럼 말씀하셨다.

롤문드 인간이 미랄디아에서 마왕이 된다면 꽤 재미있을 것 같았다.

물론 뤼니에가 미랄디아에서 그만한 공을 세우고 인망을 얻어야 할 테지만.

그런데 페트레 옹이 팔짱을 끼고 말했다.

"한데 뤼니에 한 명에게 이렇게 신경을 써줘도, 결국 뤼니에 한 명밖에 못 키우지 않나. 이건 차세대를 육성하는 것치고는 좀 효율이 안 좋은 것 같은데?"

"그건 그렇죠."

뤼니에 한 명의 교육을 위해서 평의회가 얼마나 많은 비용과 인력을 제공하고 있는지.

이것도 그가 롤문드의 황자였기 때문에 가능한 것이지, 솔직히 말해 노력과 시간을 너무 많이 들인다는 느낌이 들었다.

"그러고 보니 평의원 여러분은 자녀 교육을 어떻게 하고 있소?"

내 질문에 일동은 서로 얼굴을 마주 봤다.

"저희 집에서는 아이들에게 가정교사를 붙여줬습니다. 또 장래 성이 있어 보이는 시민에게도 신경 써서 공부할 수 있는 환경을 마련해주고 있어요."

그렇게 대답한 사람은 북쪽 끝의 채굴도시 크라우헨의 태수 베르켄이었다.

우리 라시가 신세를 졌습니다. 라시도 베르켄의 추천으로 진학한 사람 중 하나였다.

다른 태수들도 대체로 학자나 군인 등을 초청해서 가정교사로 삼은 것 같았다.

나는 잠시 생각해본 다음에 이런 말을 꺼냈다.

"우리가 직접 학교를 만들어보면 어떨까요? 미래의 평의원과 지휘관을 육성하는 수준 높은 학교를."

그러자 흡혈귀인 멜레네 선배가 고개를 끄덕거렸다.

"어머, 그거 좋은 생각인데? 우리도 선생님 덕분에 이렇게 성장할 수 있었잖아. 역시 교육은 중요해. 학우를 사귀면 그게 나중에 인맥도 될 테고."

"그렇죠?"

나는 빙그레 웃었다.

"마왕군에는 용화공병대라는 일류 기관 집단이 있소. 또 고모비로아 대마왕 폐하가 이끄는 마술사 일문도 있고. 학교를 만든다면 협력은 아끼지 않을 거요."

내가 이렇게 제안한 데에는 이유가 있었다.

현재의 태수들은 대부분 원로원에 의해 선택된 인물들이므로, 일정한 능력은 보증되어 있었다. 어느 일족에나 태수 후보자는 적당히 있으니까. 원로원도 그중에서 제일 우수해 보이는 인물을 선택했던 것이다.

그래서 지금은 모든 도시가 무난하게 다스려지고 있었다.

그러나 앞으로는 평의회가 선택한 인물이 태수가 되면서 서서히 세대교체가 진행될 것이다. 이렇게 내부적인 선택이 이루어진다면 당연히 부패할 염려도 있다.

동료의 자식이 추천되었을 때, 그 자식의 능력치가 어중간해도 반대하긴 어려우니까.

장래를 생각하면 지금부터 유능하고 고결한 인재를 대량으로 육성할 필요가 있다.

그것도 가능한 한 마족을 잘 이해해주는 인재를.

인간의 지배 계급의 교육에 마족이 참가한다면, 마족과의 협동 정신을 쉽게 심어줄 수 있을 것이다.

순진무구한 어린 시절부터 마족의 모습과 가치관을 자주 접하게 해서, 이윽고 그것을 이상하게 여기지 않는 어른으로 키우는 것이다.

그리하여 우리에게 이로운 '인간과 마족의 공존을 모색해주는 지도자'를 만들어낸다.

후후후. 원대한 야망이다.

페트레 옹과 해적도시 베르자의 태수 거쉬가 속닥속닥 이야기를 나누고 있었다.

"저놈이 또 사악한 표정을 짓고 있구먼……."

"그래 봤자 건실한 생각만 하고 있을걸? 저놈은 원래 그런 남자거든."

그야 물론이지.

나는 수수한 부관이니까.

자녀 교육이나 후계자 육성, 또는 측근 보충 문제로 고민하던 평의원들도 찬성해줬으므로, 나는 당장 미래의 지도자를 육성하는 학교를 만들기로 했다.

아마도 인간과 마족 양쪽에서 우수한 교관을 초빙하게 될 것 같았다.

미래의 마왕은 이 학교에서 공부한 학생일지도 모른다.

특히 이 계획에 적극적으로 찬성한 것은 나의 스승이신 고모비로아였다.

"바이트야, 아주 잘했다. 교육은 나라의 초석. 인간과 마족이 함께 공부할 수 있는 배움터로서, 마도에 훌륭한 학교를 세운다는 것이지?"

"네. 그래서 스승님이 이 학교의 학장이 되어주셨으면 좋겠습니다. 평의원 일동의 요망인데요. 어떠신가요?"

그 순간 빙그레 웃는 스승님. 마치 어린아이 같았다.

"후후, 그대도 어지간히 사악한 악당이로구나? 내가 좋아할 만한 것을 잘 알고 있어."

"어휴, 아닙니다. 대마왕 폐하에 비하면 저 같은 놈은 피라미에 불과하죠."

이 대화는 뭘까.

어쨌든 이리하여 마도 륜하이트에는 '미랄디아 대마왕립 대학'이라는 뭔가 굉장해 보이는 학교가 탄생하게 되었다. 약칭은 어떻게 되는 걸까.

초대 학장이 된 고모비로아 폐하가 마왕군의 예산을 아낌없이 쓰셔서…… 아니, 지나치게 쓰셔서 푸른 기사 바르체는 몹시 당황했고, 그의 형 크루체 기관은 흥분하여 안경을 떨어뜨렸다고 한다.

역시 학자에게 예산 책정을 맡기면 안 된다는 사실을 깨달았는데, 그러는 나도 당연히 학자 나부랭이이므로 폐하를 전혀 말리지 않았다.

예산을 물 쓰듯이 사용해서 최고의 대학을 만들자. 인재의 질과 양을 확보해야 한다.

그리고 우수한 군인과 정치가와 연구자를 대량 배출해서 얼른 근대화를 이룩하자.

현재 미랄디아는 롤문드나 화국에 비하면 많이 뒤처진 상태이니까. 세 나라 중에서는 근대화로 가는 길이 가장 멀었다.

미랄디아가 학문과 교육을 중시하는 문명국이라는 것도 국내외에 널리 알려야겠다.

또 아일리아 마왕님도 아인도르프 가문의 자산 중 꽤 많은 금액을 투자해주셨으므로, 일단 마왕군은 파산을 면했다.

자산가 마왕님이 계셔서 다행이야.

"미안해, 아일리아."

"괜찮아요."

나와 아일리아는 커다란 새 침대에 누운 채 같은 천장을 바라 봤다.

같이 쓰는 침실에도 최근에 겨우 익숙해졌다.

우리는 한동안 침묵을 지켰다. 그러다가 아일리아가 불쑥 중얼 거렸다.

"만약에 우리 사이에 아이가 생기지 않더라도, 이제는 누군가 가 당신의 뜻을 이어받을 테지요."

"아일리아……."

사랑스러운 아내가 울적해하고 있다. 역시 아이가 마음에 걸리 는 걸까.

여기선 남편으로서 확실하게 한마디 해줘야겠다.

그런데 무슨 말을 하면 좋을까.

아니, 어쩌면 아무 말도 안 하는 것이 오히려 좋을지도 모른다.

좋아, 최대한 간결하게 하자.

나는 긴장하면서 아일리아에게 접근했다. 그리고 빙긋이 웃었 다.

"아이를 포기하는 것은, 모든 것을 다 시도해보고 나서 해도 되 지 않을까?"

그 말이 끝나기도 전에 스스로 해버린 말의 의미를 깨달았다. 저절로 얼굴이 붉어졌다.

아일리아도 새빨갛게 변했다.

"앗, 그…… 그렇죠, 정말로…… 모, 모든 것을, 다……."

부끄러워하는 아일리아가 귀여웠다.

그녀는 힐끔 눈동자를 굴려 나를 쳐다봤다.

그래, 진짜로 말은 필요 없구나.

나는 무심코 쓴웃음을 지으면서 램프의 불을 껐다.

＊　　　＊

〈아일리아의 3층〉

혼례의 여운이 남아 있는 내 마음이 나를 잠들지 못하게 했다. 그토록 행복으로 가득 찬 순간이 내 인생에 있을 줄은 꿈에도 몰랐다.

곤히 잠든 바이트 님의 숨소리를 들으면서 나는 불 꺼진 침실에서 창문을 바라보고 있었다. 달이 창틀을 은은하게 비춰주고 있었다.

2층 창문을 통해 바이트 님이 뛰어 들어왔고, 지금은 이렇게 함께 2층의 한 침대에 누워 있었다. 신기한 일이다.

그러고 보니 바이트 님은 내 마음속에 들어왔었다. 내 마음속은 2층 저택이었고, 1층은 어린 시절의 기억으로 이루어져 있었다고 한다.

그리고 2층은 성인이 된 이후의 기억. 어떤 것이 공개됐을지 상상해보니 좀 멋쩍고, 또 민망했다.

1층에서 2층으로 가는 계단에는 아버지의 상장(喪章)이 걸려 있었다고 한다. 나는 그때 어른이 되는 계단을 올라갔다…… 아니, 억지

265

로 올려보내진 것이리라.

내 마음은 그때 2층짜리 건물로 변한 것이다. 그만큼 중대한 사건이었으니까. 스스로₩ 납득했다.

"그럼 지금은 3층일까요……?"

나도 모르게 중얼거렸다.

"3층?"

몹시 졸린 듯한 목소리가 옆에서 들려왔다.

내가 깨운 걸까. 미안해서 어쩌지.

"아, 미안해요. 내 마음에 관해 생각하고 있었어요."

"마음……?"

졸린 목소리였다. 상태를 보니 그냥 더 자라고 해야겠다.

"아무것도 아녜요. 내일 이야기해요. 잘 자요."

"응…… 잘 자……."

또다시 곤히 잠든 숨소리가 들려왔다.

평온하게 잠자는 얼굴. 마왕군 최강의 맹장, 미랄디아의 흑랑 경. 그런 그가 무방비하게 잠자는 얼굴이 사랑스러웠다. 무심코 그 앞머리를 살며시 만지작거렸다.

"으응……?"

바이트 님이 약간 얼굴을 찡그렸다가 다시 평온한 표정을 지었다. 이제는 앞머리를 만져도 별 반응이 없었다.

정말 귀엽지만, 좀 심심했다.

그렇게 못된 생각을 하다가 나는 꼬물꼬물 움직여 바이트 님에게 찰싹 달라붙었다. 그의 온기가 느껴지자 내 마음은 금방 졸음에 휩

싸웠다.

내 마음.

틀림없이, 3층으로…….

마왕과 부관의 신혼여행

"신혼여행……?"

아일리아가 의아한 얼굴로 나에게 서류를 건네줬다.

나는 그걸 받아서 마왕 폐하의 사인을 확인했다. 그리고 서류를 결재함에 넣으면서 고개를 끄덕였다.

"응. 이전 세계에서는 결혼식 직후에 부부끼리 여행을 가는 사람이 많았어."

"여행……."

이 세계는 치안이 좋지 않았다. 신혼부부 둘이서 여행을 한다는 것은 거의 생각하기 어려운 일이었다. 서민은 순례나 교역을 위해서가 아니면 도시에서 나가는 일이 드물었고, 부유층은 호위병이나 하인을 잔뜩 데리고 다녔다.

내 아내는 현역 마왕이다. 당연히 단둘이 떠나지는 못할 것이다.

"물론 의무는 아니고, 강제도 아니야. 그런데 요새는 당신도 많이 힘들었잖아?"

몸을 빼앗기기도 했고, 마왕이 되기도 했으니까.

"그래서 말인데. 기분 전환과 휴양을 위해서 좀 사적으로 외출해보면 어떨까?"

그러자 아일리아가 방긋 웃었다.

"좋아요. 미랄디아의 모든 도시에 한 번씩은 가봤지만, 그때는 태수를 계승했다고 인사만 했으니까. 한번 느긋하게 관광해보고 싶다는 생각은 했었어요."

응, 응. 그렇지?

"그리고 각 도시를 시찰하는 것은 마왕의 의무……."

그렇게 말하려는 아일리아의 입술에 나는 집게손가락을 가까이 댔다.

"폐하, 과로는 좋지 않습니다. 공무로서의 여행은 이 부관이 반대할 겁니다. 이것은 순수하게 사적인 여행이에요, 아셨죠?"

한순간 아일리아는 깜짝 놀랐는데, 금방 또다시 미소를 지었다.

"네, 그럼 감사히 그 제안을 받아들일게요. 바이트 님은 어디로 가고 싶어요?"

"사실 난 아직 비에라에는 가본 적이 없어. 예술의 도시라고 하고, 또 포르네 님이 자꾸 구경 오라고 하니까. 시찰도 할 겸……."

그렇게 말하려고 했는데 아일리아의 시선이 느껴졌다.

그녀가 생긋 웃었다.

"부관님, 과로는 좋지 않아요. 알죠?"

"……네, 폐하."

내 아내에게는 이길 수가 없다.

그리하여 우리는 비에라에 가볍게 놀러 가기로 했다. 공무 예정은 전혀 없음. 모든 것을 완벽히 배제했다.

거기서 아일리아는 느긋하게 연극을 보고 사적을 구경할 예정이다. 또 비에라의 공예품 쇼핑도 하고.

마왕군 부관의 급료로 괜찮을까……? 평의원은 무급인데.

마왕의 호위병으로서 인랑 부대에서 지원자를 선발했다. 예상대로 멤버는 모두 소꿉친구들이었다.

판, 몬더, 제릭. 그들의 분대 열두 명이 따라오게 되었다. 인랑 사냥병 열두 명이면 일반 병사 100명은 가볍게 뛰어넘는 전력이었다.

아무리 봐도 이건 과하다는 생각이 들었지만, 더없이 소중한 나의 마왕 폐하를 위해서라도 호위병은 화려하게 구성하기로 했다.

"마왕군에서 제일 강한 대장의 호위병이 우리라는 거, 좀 이상하지 않아?"

"아일리아…… 아니, 마왕 폐하도 이제는 우리보다 더 강하잖아."

"제릭 군, 몬더, 둘 다 대장의 결정에 일일이 토 달지 마. 바이트 군이 쓸데없이 고생하지 않도록 하는 것이 우리의 역할이야, 알지?"

고마워. 판.

일은 잊어버리고 아내에게 서비스하겠습니다.

비에라에서는 아일리아의 사생활을 마음껏 향유하게 되었다.

"바이트 님, 이거 보세요. 이 유리 술잔. 빛을 받아서 반짝거려요."

"이건 컷글라스네. 롤문드에서도 황실이나 대귀족만 가지고 있는 물건인데. 미랄디아에서는 아마 여기에만 있을 거야."

유리 제품 자체가 귀중하므로, 유리 세공품의 가격은 어마어마하게 비쌌다.

아일리아는 공예품 상인에게 가격을 물어보더니 이쪽으로 돌아와 진지한 얼굴로 말했다.

"생각보다 저렴했어요. 륜하이트로 가져가서 팔면 돈을 벌 수 있을 거예요. 무역상 조합에 가르쳐줘야겠어요."

"아마도 마왕 폐하에게 바가지 씌울 바보는 없어서 그런 거라고 생각하는데……."

아일리아는 출신 때문인지 이따금 무역상으로서의 모습을 보여주는구나. 그런데 일은 좀 잊어버리면 안 될까?

그래서 이번에는 극장으로 데려갔는데, 거기서는 내가 곤경에 처하고 말았다.

"당신도 참 겁이 없구나?"

귀빈석에서 포르네가 한숨을 쉬었다.

"비에라가 흑랑 경 연극의 발상지라는 것을 잊어버린 거 아냐?"

잊어버렸습니다.

무대에서 상연되고 있는 것은 내가 화국에 갔을 때의 이야기였다. 물론 엄청나게 각색되어 있었다.

아주 잘생긴 흑랑 경이 검을 들고 외쳤다.

"누에여, 화국 백성을 해치는 짓을 그만둬라! 우리 마족은 너희들 같은 마물과는 다르다!"

무대 밑의 악단이 이따금 불길한 소리를 냈다. 누에의 울음소리를 표현한 것 같았다.

그때마다 무대의 흑랑 경은 몸을 뒤틀었다. 누에에게 공격당하고 있는 것이다. 그러나 누에 역을 맡은 배우는 없었다.

그 대신 길고 가느다란 푸른색 천을 들고 있는 무용수들이 흑랑 경 주위에서 춤을 췄다. 누에의 방전을 표현하는 건가 보다.

"아하, 누에 자체는 등장시키지 않음으로써 상상력을 자극하는 거군?"

"맞아. 못생긴 인형을 무대에 올려봤자 의미가 없잖아?"

"흠, 역시 굉장해. 보이지 않으면, 관객은 자기 머릿속에서 어떤 괴물이든 상상할 수 있으니까."

나는 감탄하여 고개를 끄덕였다. 그러자 갑자기 포르네가 툴툴거렸다.

"뭐야, 오히려 굉장한 것은 당신이잖아……? 연출 의도를 모조리 꿰뚫어 보지 말아줄래? 연출자로서 그런 부분은 별로 들키고 싶지 않단 말이야."

으음, 나더러 어쩌란 거지.

이윽고 무대의 흑랑 경이 무릎을 꿇었다. 그때 무대 옆에서 용맹한 고함 소리가 울려 퍼졌다.

"흑랑 경, 당신은 혼자가 아니야! 황제의 피를 이어받은 나의 긍지와 우정, 여기서 똑똑히 확인해라!"

남자다운 근육질 미남 배우가 뛰쳐나와서 대궁(大弓)을 쏘는 시늉을 했다. 워로이인가.

그 순간, 푸른색 천을 흔드는 무용수들이 이리저리 흩어졌다.

무대에서 그들이 퇴장한 뒤, 새하얗게 분칠한 얼굴에다 과장된

무늬를 그려 넣은 남자가 등장했다. 저 화장은 화국의 전통극…… 즉, 일본의 가부키에서 유래한 것이므로, 미랄디아인에게는 신선하게 느껴질 것이다.

그 남자는 고대 왕족 같은 의상을 입었는데, 어깨에는 화살이 푹 박혀 있었다.

"내가 바로 누에의 화신, 화국을 영원히 저주하는 고대의 악몽이다. 인간 주제에 감히 나에게 저항하다니 가소롭구나!"

누에가 위엄 있는 음성으로 말했다. 흑랑 경이 웃었다.

"나는 인간이 아니다."

흑랑 경이 투구를 쓰고 망토를 둘렀다. 인랑으로 변신했음을 보여주는 연출이다.

그러자 누에의 화신이 화들짝 놀라 반 발짝 후퇴했다. 흑랑 경이 한 발짝 나아가자, 또다시 반 발짝 후퇴. 워로이가 대궁을 손에 들고 따라왔다.

서서히 궁지에 몰리게 된 누에의 화신은 소리를 지르며 모습을 감췄다.

"네 이놈, 인랑이었구나! 그럼 다시 한번 나의 본성을 보여주마!"

누에의 화신이 사라졌다. 또다시 푸른 천을 가진 무용수들이 나타났다.

그러나 흑랑 경도 워로이도 동요하지 않았다.

"누에 따윈 용사에 비하면 새끼 고양이나 마찬가지다."

"맞아. 인간과 마족이 손잡으면 두려울 것은 하나도 없어."

그때 무녀 차림을 한 미녀가 등장했다.

"흑랑 경, 백호공, 도와드리러 왔습니다."

"오, 후미노 님."

흑랑 경 연극에서는 매번 여주인공이 바뀌는데, 이번에는 후미노가 여주인공인가 보다.

……아, 내 옆에 있는 사람의 기분이 좀 나빠진 것 같았다. 질투하는 건가.

아름다운 마인공, 아일리아 마왕님은 삐쳐서 입술을 삐죽 내밀고 있었다. 어린애 같았다.

"늘 그렇지만 이번에 후미노 역을 맡은 여배우도 미인이네요. 바이트 님."

"어, 그러게……."

각본도 배역도 나하고는 무관한데.

이봐, 포르네. 신혼여행 도중에 부부싸움을 하게 되면 다 네 탓이다, 알았냐?

그런 생각을 하는 동안에 누에가 퇴치당한 것 같았다. 중요한 장면을 놓쳤구나.

그대로 연극이 끝날 줄 알았는데 갑자기 장면이 바뀌었다.

기모노를 입은 흑랑 경과 아일리아가 일본풍 식사를 하고 있었다.

"바이트 님 덕분에 무사히 화국과 동맹을 맺었습니다."

"나 혼자서 해낸 게 아니지. 모두가 도와준 덕분이오."

흑랑 경의 말에 아일리아는 젓가락을 든 채 고개를 갸웃거렸다.

"하지만…… 앗?!"

젓가락을 떨어뜨리는 아일리아.

그러자 흑랑 경이 다정한 눈빛으로 보면서 자연스럽게 아일리아의 손을 잡았다.

"아일리아 님, 젓가락은 이렇게 잡는 거예요."

"바이트 님……."

두 사람이 손을 잡은 채 가만히 서로를 바라봤다.

그리고 무사히 연극이 끝났다.

앗! 하고 놀라면서 옆을 돌아보니, 포르네가 히죽히죽 웃으며 이쪽을 보고 있었다.

"어때?"

어떻긴, 뭐가?

"당신들이 혼례 축하 여행지로 이 비에라를 선택해줬으니까. 답례로 특별한 연출을 준비해봤거든? 마음에 들어?"

깜짝 연출이었어? 흥, 센스 한번 죽여주네.

아니나 다를까 아일리아는 기분이 좋아 보였다.

"바이트 님, 정말 멋지지 않아요?!"

"그, 그래……."

늘 생각하는 건데, 프로파간다 연극에 감정이입을 너무 심하게 하시는 게 아닌가요? 마왕 폐하.

뭐, 어쨌든 아내가 웃으면 세상이 평화로워지는 것이다.

나는 웃는 얼굴로 동의했다.

"정말 멋진 연극이라고 생각해. 역시 포르네 경은 굉장해."

"후후, 그렇지? 응?"

알았으니까 저리 좀 가.

본디 귀인에게는 사생활이나 사적인 것 따윈 사실상 존재하지 않는다. 그것은 나도 높은 지위에 오르고 나서 통감했다.

하지만 아무리 그래도, 신혼여행을 하는데 사람들한테 자꾸 관찰당하는 것은 거북했다.

그렇게 생각하고 있을 때 포르네가 좋은 아이디어를 제공했다.

"저기, 야외극장 중에는 온천이 병설된 것도 있거든?"

"야외극장? 아, 그 요새?"

"야 · 외 · 극 · 장."

무서운 얼굴로·다가오지 마. 무섭잖아.

공예도시 비에라는 '예술의 도시'라고 불리지만, 실제로는 완벽한 군비를 갖추고 있었다.

성벽을 이중으로 건설하고 도시 주변에는 요새를 배치해서 지성(枝城), 즉 도시 방어용 외부 거점으로 삼은 것이다.

하기야 그 바깥쪽 성벽은 '거대 벽화 연작을 전시하기 위해 건축한 것'이고, 요새는 '자연 풍경을 그대로 무대장치로 이용한 야외극장'이라고 하지만. 뭐든지 포장하기 나름이다.

아무튼 그 야외극장 중 하나에 온천이 딸려 있다고 하니, 우리는 거기서 대중의 눈을 피해 휴양을 즐기기로 했다.

내친김에 인랑 부대한테도 자유행동을 허가해서 편히 쉬게 해줬다.

그런데 결국 소꿉친구 3인방인 판, 몬더, 제릭은 자기들 마음대로 우리를 쫓아왔다. 그냥 자유롭게 놀면 될 텐데…….

비에라가 자랑하는 정예 기병대, 이것도 '행사용 기마 의장대'라고 하는데, 하여간 그들이 안내해준다고 해서 길 찾기는 그들에게 맡겼다.

"마왕 폐하, 바이트 님. 이 언덕 꼭대기가 온욕 야외극장입니다."

의장병이 가리킨 것은 가파른 산의 꼭대기였다. 이게 무슨 언덕이야.

나는 다른 사람들처럼 말을 잘 타지 못하기 때문에, 낙마하지 않도록 조심조심 말을 몰았다. 판, 몬더, 제릭은 아예 포기하고 걸어서 이동했다.

깎아지른 듯한 산등성이에 있는 이 산길은 말을 탄 상태에서는 일렬로 전진할 수밖에 없었다. 좌우는 급경사를 이루는 황무지였고, 저 멀리 아래쪽에서는 울창한 숲이 보였다.

편리성을 전혀 고려하지 않은 길이었다. 야외극장으로 가는 길은 아닌 것 같았다.

단, 적이 여기로 올라오면 금방 발견할 수 있을 것이다. 좁은 길이라서 적은 진형조차 갖추지 못할 테니까, 위에서 화살이 날아오면 도망칠 수밖에 없으리라.

참으로 잘 만들어놓은 길이었다. ……요새의 길로서는.

그래서 나는 농담조로 의장 기병들에게 이런 질문을 던졌다.

"이런 데서 정말로 연극을 상연해?"

"아뇨, 극장 건설 이후로 한 번도 상연되지 않았습니다."

그렇겠지. 개연 시간 전에 도착하는 게 불가능해 보였다.

극장으로서는 완전히 0점인데, 요새로서는 가장 좋은 입지였다.

"비에라 부근에 산은 여기밖에 없어. 적군이 여기에 진지를 구축하면 굉장히 위험해. 그래서 요새를 건설해서 적에게 빼앗기지 않도록 한 거야."

"혜안이 대단하십니다. 그런데 바이트 님, 저곳은 야외극장입니다."

끝까지 야외극장이라고 주장할 셈이라면, 이 길도 어떻게 좀 해봐.

아일리아가 쓴웃음을 짓고 있었다. 그래서 나도 씁쓸하게 웃었다.

"온천이 있는 것도 수원 확보와 병사 치료를 위해서일 거야."

"그렇군요. 더더욱 멋진 '야외극장'이란 생각이 드네요."

마왕 폐하의 한마디에 의장 기병들이 마상에서 일제히 경례를 했다.

"영광입니다, 폐하."

그래, 요새든 야외극장이든 뭐든 좋으니까 빨리 온천에 들어가게 해줘…….

몰래 한숨을 쉬었다. 그때 내 귓가에 무슨 소리가 들렸다.

"어?"

바람의 방향이 바뀐 걸까. 더 이상 소리가 들리지 않았다.

방금 그 소리는…….

몬더가 귀를 쫑긋거리면서 눈을 감았다.

"말 울음소리, 늑대 울음소리, 인간의 비명. 젊은 여자와 남자인가?"

과연 사냥꾼답게 오감이 예민하구나.

잠시 후, 희미한 냄새가 이쪽으로 흘러왔다.

인간과 늑대와 말의 냄새였다.

"인간 남자와 여자가 한 명씩 있는 것 같은데?"

"아직 피 냄새는 안 나. 늑대 냄새는 꽤 심하군. 수가 많은가 봐."

판과 제릭이 고개를 끄덕이며 말했다. 아, 진짜 그러네.

누군가가 늑대 무리에게 쫓기고 있었다. 아직 공격당하진 않았지만, 늑대 무리는 그리 쉽게 추적을 포기하진 않을 것이다.

꾸물거릴 시간이 없다. 나는 즉시 방향을 확인했다.

서쪽에서 불어오는 바람에 냄새가 실려 왔다. 그렇다면 서쪽. 산길 좌측, 급경사면 아래. 아마 숲속일 것이다.

그런데 변신하지 않은 나의 귀에 희미하게 들릴 정도니까, 거리가 멀지는 않을 것이다.

아일리아가 의아한 표정을 지었다.

"왜 그러세요?"

"여기서는 안 보이지만, 저 아래 숲에서 누군가가 늑대한테 쫓기고 있는 것 같아. 구하러 갈게."

당장 인랑으로 변신하려고 했는데, 인랑 모습을 보면 대부분의 동물이 패닉 상태에 빠진다. 우리의 말도 예외는 아니었다.

이 험한 산길에서 말이 날뛰면 위험해질 것이다. 적어도 말의 시야에서는 벗어나야 한다.

"저 숲속에 들어가서 변신한다. 아일리아, 당신들은 먼저 요새로…… 야외극장으로 가."

내가 그렇게 말하고 말에서 내리자, 아일리아가 손을 내밀었다.

"타요. 그게 더 빨라요."

"하지만 말을 타면……."

이런 급경사면을 말 타고 내려간다고? 미나모토노 요시쓰네도 아닌데 무슨 수로?

그러자 아일리아가 싱긋 웃었다.

"나를 믿어 봐요."

아니, 하지만 아내한테 위험한 일을 시키고 싶진 않은데……. 그렇게 생각했지만, 아일리아는 허튼소리를 하는 사람은 아니었다.

사랑하는 아내를 믿어 보자.

"좋아. 저쪽이다."

나는 아일리아의 손을 잡고 그녀의 뒤에 올라탔다.

비에라 의장병과 판 일행이 깜짝 놀랐다.

"마왕 폐하?!"

"아니, 둘이서 뭐 하는 거야?!"

그러나 아일리아가 애마를 몰자, 그런 소리들은 순식간에 멀리 멀리 뒤로 사라졌다.

속전속결이시네요, 마왕 폐하!

"하앗!"

날카로운 소리를 내면서 말을 모는 아일리아. 산비탈은 꽤 가

팔라서, 여기서 보면 깎아지른 절벽처럼 보였다. 실제로는 각도가 40도쯤 되는 경사면일 테지만 잘 모르겠다.

아일리아의 말은 넘어지지도 않고 경사면을 놀라운 속도로 달려 내려갔다.

그런데 이거 너무 위험하지 않아? 소중한 아일리아가 다치기라도 하면 큰일인데.

"이제 됐어, 아일리아! 여기서부터는 나 혼자 변신해서 갈게!"

"나도 갈래요! 어차피 멈추지도 못해요!"

왜 그렇게 즐거워 보이는 거야?

아일리아는 고삐를 능숙하게 다루면서, 경사면을 꼬불꼬불 돌아 내려가며 속도를 조절했다. 곱게 자란 아가씨인가 했는데 실은 엄청나게 솜씨 좋은 기수였다.

"설마 당신에게 이런 특기가 있는 줄은 몰랐어!"

힐끔 뒤를 돌아봤더니 비에라의 기병들이 당황하여 어쩔 줄 모르고 있었다. 아무도 쫓아오지 않았다. 그들도 어지간히 숙련된 기수일 텐데, 그래도 이런 급경사면은 못 내려오는 것 같았다.

아일리아는 앞만 똑바로 보면서 내 말에 대답했다.

"오래 사귄 애마라서 가능한 거예요! 그리고 마력 덕분인지, 이렇게 빨리 달려도 돌멩이 하나하나까지 다 느껴져요! 자세도 흐트러지지 않아요!"

그야 물론 반사 신경도 균형 감각도 달인 수준이 되었을 테지만, 그것만 가지고 이런 짓을 하지는 못한다.

이 사람은 가끔 터무니없이 과감해져서 무섭다니까.

하지만 이런 사람이기 때문에 나는 진심으로 그녀를 존경하고 신뢰하는 것이었다.

더 이상 쓸데없는 말은 하지 않기로 결심했다.

그러자 왠지 즐거워졌다.

"가자, 아일리아! 지금이라면 아직 안 늦었어!"

"네, 바이트 님!"

아일리아가 한껏 들뜬 목소리를 내면서 말을 몰았다. 이제는 거의 비탈면을 미끄러져 내려갈 기세였다.

숲이 빠르게 눈앞에 다가왔다. 더 이상은 말을 타고 질주하면 위험하다. 장애물이 너무 많았다.

"아일리아, 여기서부터는 나 먼저 갈게! 당신은 뒤에서 따라와!"

"알았어요, 무운을 빕니다!"

아일리아의 인사를 들으면서 나는 말 위에서 뛰어내렸다. 비탈면을 따라 미끄러지면서 숲으로 쑥 들어가 변신했다. 답답한 예복을 날려 버리고, 인랑의 각력을 전부 활용해서 맹렬한 기세로 달리기 시작했다.

인간의 냄새가 점점 강해졌다. 아직 피 냄새는 나지 않았다.

제발 늦지 않기를.

숲속은 인랑의 영역이다. 늑대와는 달리 우리 인랑은 나무를 탈 수 있다. 머리 위에서 습격하는 것이 인랑의 사냥이다.

그건 당연히 늑대한테도 유효했다.

"저건가?!"

나도 모르게 소리를 질렀다. 그만큼 상황이 긴박했기 때문이다.

쓰러진 말 한 마리. 그 옆에는 조잡한 지팡이를 쥐고 있는 젊은 여성과, 그녀를 지키려는 것처럼 서 있는 젊은 남성이 있었다.

남자는 호신용 소검을 뽑아 들고 전투태세를 취하고 있었다. 그러나 갑옷도 방패도 없었다. 늑대가 너무 많기도 해서 완벽하게 열세에 몰려 있었다.

주위에는 늑대들이 우글거렸다. 열 마리가 넘었다. 늑대들은 사냥감이 얼마나 강한지 알아내려는 것처럼 신중하게 움직이고 있었다.

늑대의 사냥감으로서는 인간도 나쁘진 않지만, 쓰러진 말이 늑대에게는 좀 더 매력적인 사냥감일 것이다. 그리고 현재 그 말은 움직이지 못하게 됐다. 늑대들은 사냥의 최종 단계에 돌입해 있었다.

한편 인간은 젊은 부부처럼 보였다.

남자가 필사적으로 소검을 높이 치켜들고 돌을 던지면서 늑대를 위협하고 있었다. 사랑하는 아내를 지키려는 걸까.

여자가 소리를 질렀다.

"여보, 혼자서라도 도망쳐요!"

"당신을 놔두고 도망치라고? 차라리 죽는 게 나아!"

그 말을 들은 순간, 내 안에서 뭔가가 꿈틀거렸다.

한시가 급했다. 나는 즉시 가장 강력한 최대 마술을 사용했다.

"우워어어어어어!"

소울 셰이커가 숲을 흔들었다. 늑대들이 흠칫하면서 이쪽을 돌아봤다. 나는 바람이 불어가는 쪽에서 접근했기 때문에 여태 들키지 않았던 모양이다.

그런데 늑대들은 내 모습을 보자마자 쏜살같이 달아나 버렸다. 오히려 내가 깜짝 놀랄 정도로 신속했다.

나는 안도의 한숨을 내쉬고, 인간들을 감싸듯이 우뚝 섰다.

늑대 냄새는 점점 약해지면서 멀어져갔다. 이윽고 완전히 사라졌다. 멀리서 눈치 보는 것조차 그만뒀나 보다.

인랑보다 무서운 생물은 현재 미랄디아에는 없었다. 늑대들의 유전자에도 그 사실이 새겨져 있는 듯했다.

"후퇴해야 할 때를 잘 아는군. 유능한 사냥꾼이야."

내가 안도하면서 중얼거리자, 젊은 남자가 떨리는 음성으로 이렇게 말했다.

"이…… 이, 인랑…….."

"그렇다."

나는 변신을 풀려고 했다. 그런데 옷이 다 찢어졌다는 사실이 생각났다. 인간으로 돌아가면 알몸일 것이다. 그러면 또 분위기가 어색해질 텐데.

까만 인랑이냐, 벌거벗은 남자냐. 궁극의 양자택일이었다.

그런데 내가 망설이는 사이에 그 남자는 나를 새로운 위협 요소로 인식했나 보다. 그렇다고 다짜고짜 공격하진 않았지만, 검을 들고 여자를 지키려고 했다.

"너, 넌, 누구냐?! 인랑이라면 흑랑 경의 이름은 알고 있지?! 그분은 범죄행위는 용서하지 않으셔!"

아는 정도가 아니라 본인인데요……. 나는 오해를 풀려고 입을 열었다.

그런데 그때 말발굽 소리와 함께 믿음직한 내 아내가 달려왔다.

"바이트 님! 고생하셨어요!"

최근에는 "무사하셨군요"라는 말을 안 하는 것을 보면, 나를 상당히 신뢰하는 모양이다. 아니, 실은 포기한 듯한 느낌도 들지만. 이게 부부라는 것이겠지.

아일리아는 말에서 아름답게 뛰어내리면서 소리 높여 외쳤다.

"나는 미랄디아 연방의 마왕, 아일리아 뤼테 아인도르프입니다! 여기 이 인랑은 내 남편인 바이트 폰 아인도르프 님입니다! 검을 거둬주세요!"

그 말을 들은 순간, 그 남자는 나를 쳐다봤다.

"바, 바이트……?"

"진짜로……?"

아일리아가 나에게 망토를 던져줬다. 나는 그걸 둘러 몸을 감쌌다. 이것으로 어떻게든 앞은 가릴 수 있게 됐으니까. 나는 변신을 풀었다.

알몸 망토 인간이 되면서도 일단 멋있는 척을 해보는 나.

"내가 그 '범죄행위를 용서하지 않는' 바이트 폰 아인도르프이다. 둘 다 어디 다치진 않았나? 마왕군과 비에라가 당신들을 보호해줄 것이다."

안심한 걸까. 젊은 남녀는 서로 얼굴을 마주 보더니 곧바로 털썩 주저앉았다.

"저, 정말…… 감사, 합니다……."

천만에요.

"이 분위기. 왠지 이전 세계가 생각나네."

기나긴 하루가 드디어 끝나가고 있었다.

저무는 저녁 해가 녹아들듯이 지평선에 빨려 들어가는 중이었다. 오늘 밤은 여기서 머물게 되었다.

지금 우리는 마침내 산꼭대기에 있는 온천에 들어와 있었다. 정말 최고였다. 사관 전용 노천탕…… 서류상 '내빈용 온욕 전망대 좌석'이라고 되어 있는 이것은, 나와 아일리아가 통째로 빌린 상태였다.

온욕 전망대 좌석이라는 이름에 걸맞게 경치도 아름다웠다. 저물어가는 저녁 해와 땅거미가 깔리는 산기슭이 전부 다 보였다.

저녁과 밤의 경계선. 선명하게 구분된 그 경계가 매끄럽게 움직이는 장면을 둘이서 느긋하게 감상했다.

옆에 있는 아일리아는 노천온천은 생전 처음 본 것 같았는데, 좀 당황하면서도 나름대로 편안하게 즐기고 있는 듯했다.

나는 노천온천의 개방감, 그리고 온천물의 따뜻함과 바깥 공기의 시원함을 맛보면서 행복을 느꼈다. 이전 세계에서도 좀 더 이렇게 편안하게 지냈으면 오래 살았을 텐데.

에이, 뭐. 됐어.

"신혼여행을 왔다가 설마 남을 도와주게 될 줄은 몰랐어."

내가 쓴웃음을 짓자, 살짝 발그레해진 아일리아가 웃었다.

"북부에서 온 순례자 부부라고 했죠? 구출에 성공해서 다행이에요."

"그러게. 게다가 그 여자분은 임신한 것 같았고."

두 사람을 구출한 것은 진짜 행운이었다.

그들은 미랄디아 북부의 바헨에서 온 신혼부부였다. 순산을 기원하려고 비에라로 오는 중이었나 보다. 산파들이 경배하는 성녀가 비에라 출신이라서, 그 영묘를 찾아가 참배할 예정이었다고 한다.

처음에는 안전을 위해 대상(隊商)과 딱 붙어서 여행했는데, 중간에 아내의 입덧이 심해져서 대상과 헤어지게 되었다고 한다. 그것이 그들의 불행이었다.

비에라의 코앞까지 왔는데 길을 잃고 도로에서 벗어나 숲속으로 들어가 버린 것이다.

아일리아가 중얼거렸다.

"도로는 마왕군이 치안 유지를 위해 순찰하고 있으니까, 거기서 가만히 기다렸으면 누가 도와줬을 텐데……."

나는 고개를 옆으로 흔들었다.

"바헨은 마왕군에 의해 파괴됐기 때문에 바헨 사람들은 아직도 마족을 무서워해. 신용할 수 없었던 거겠지. 마왕군의 부덕의 소치야."

이윽고 말이 지쳐서 움직이지 못하게 되고, 숲속에서 늑대들과 대치하게 되었다……는 것이다.

우리가 우연히 지나가지 않았더라면 지금쯤 그들은 둘 다 늑대

밥이 되었을 것이다.

행운이라면 행운인데, 반대로 생각해보면 이런 재난은 드물지 않다는 뜻이기도 했다. 여행자는 언제나 위험에 노출되어 있다.

"지금쯤 참배도 끝났을 테지?"

"그렇겠죠. 이것도 인연이니, 돌아갈 때는 안전한 곳까지 바래다줍시다."

그 말에 나는 웃으면서 연극의 흑랑 경처럼 고개를 숙였다.

"분부대로 하겠습니다. 폐하."

돌아갈 때는 룬하이트를 경유하는 게 좋을까. 투반으로 데려가서, 바헨까지의 호위는 필니르의 인마 부대에게 맡겨야겠다.

그런데 이토록 위험하다면 신혼여행이 보급될 리도 없겠구나. 나는 한숨을 쉬었다.

"전란이 끝나고 평화로워졌어도 사람들의 생활은 여전히 위험하구나……."

"네. 안심하고 여행을 할 수 있도록 최선을 다해야 할 거예요. 교역로도 좀 더 잘 정비하고, 역참 마을과 요새를 늘립시다."

아일리아는 성실한 사람이다. 그래서 툭하면 부관과 마왕의 대화가 되어버린다.

나는 화제를 바꾸려고 아일리아를 보면서 웃었다.

"그런데 당신과 결혼해서 알게 된 것이 하나 있어."

"뭔데요?"

아일리아가 궁금하다는 듯이 고개를 갸웃거렸다.

나는 노천온천에서 저 아래의 산기슭을 바라보면서, 그때 그

일을 떠올렸다.

"아내를 지키고 싶다는 남편의 필사적인 마음. 그때 그가 어떤 마음으로 검을 쥐었는지, 논리가 아니라 감정으로 이해할 수 있게 되었어."

물론 지금까지도 가능한 한 남들을 도우려고 했다. 그중에는 부부도 많이 있었는데, 나는 부부의 애정에 관해서는 그저 막연하게 상상만 해볼 뿐이었다.

하지만 지금 나에게는 이 세상 누구보다도 소중한 아내가 있다.

아일리아를 지키기 위해서라면, 나는 1만 명의 '용사'와도 얼마든지 싸울 것이다. 무슨 수를 써서라도 끝까지 지켜낼 것이다. 그리고 반드시 이길 것이다. 전부 쓰러뜨릴 것이다.

그러니까 틀림없이 그때 그 남자도 똑같은 심정으로 검을 쥐었을 것이다. 분명히 자기가 죽더라도 그 늑대들을 전멸시킬 작정이었을 것이다.

그 고결한 결의에 새삼스레 존경심을 느끼면서 나는 이야기를 계속했다.

"사랑하는 이를 지키기 위해서라면, 우리는 믿어지지 않을 정도로 강해질 수 있어. 그 남자도 미친 듯이 아내를 지키려고 했기 때문에 여기까지 올 수 있었다고 생각해. 그런 분투가 헛수고가 되지 않아서 다행이야."

"……다정하네요. 당신은."

"하하하."

조금 민망해졌다. 나는 괜히 온천물을 떠서 세수를 했다.

"당사자가 되기 전까지는 모르는 건가 봐. 뭐든지."

그러자 아일리아는 내 마음을 완전히 꿰뚫어 본 것처럼 더없이 행복하게 웃었다.

"네, 맞아요. ……진심으로 그렇게 생각해요."

아일리아의 뺨이 살짝 붉어진 것은 단순히 온천물 때문만은 아닐 것이다.

후기

안녕하세요, 효게츠입니다. 전혀 중요하지 않은 이야기인데요. 결혼한 지 5년이 지났습니다. 딸들에게 아내를 빼앗겨서 조금 쓸쓸합니다.

네, 드디어 바이트도 결혼했습니다.

결혼해서 행복해질지 어떨지는 사람마다 다르다고 생각하는데요. 바이트는 본디 가정적인 성격이므로 언젠가는 결혼할 거라고 생각했습니다. 그러는 것이 자연스러운걸요. 그 녀석은 인기도 많고.

본편에서도 여러 번 언급했듯이 바이트는 여자 마음을 잘 모릅니다. 연애라는 것은 논리적인 것이 아니므로, 주로 논리적으로 사고하는 편인 바이트는 오히려 이해하기 어려운가 봐요.

또 전생에 무슨 일이 있었던 것 같기도 하고요.

그것은 작자 본인의 소년 시절…… 아니, 작자의 이야기는 전혀 중요하지 않죠. 다른 이야기를 합시다(와, 위험했다).

바이트의 전생에 관해서는 예전부터 몇 번이나 질문을 받았습니다. 아마 관심 있는 분들도 많으실 거예요.

그런데 바이트의 전생에 초점을 맞추면 작품의 취지에서 벗어나게 되거든요. 그래서 그 부분은 다른 작품에서 다뤄볼까 합니다.

집필용 자료로서 그의 이력서도 작성했습니다. 그 내용을 본편에도 군데군데 살짝 넣어 놨으므로, 모아보면 어렴풋이나마 전생의 그를 알 수 있을지도 모릅니다.

그런데 이력서만 보면 아주 평범한 사람이에요. 놀랄 만큼 무난한 일반인인데, 여기서는 그 평범한 인간이 얼마나 굉장한지를 묘사하려고 하고 있으니까요. 오히려 그게 당연한 걸지도 모릅니다.

이번에도 니시E다 선생님께서 매력적인 일러스트를 그려주셨습니다. 다방면에서 활약하시느라 매우 바쁘신 와중에 언제나 멋진 일러스트를 그려주셔서 감사합니다.

그리고 항상 저를 도와주시는 교정자님, 디자이너님, 그 외 많은 분께 다시 한번 감사 인사를 드립니다. 고맙습니다.

담당 편집자 후사농 각하…… 사이토 님에게도 신세를 많이 졌습니다. 이를테면 서적판 특전처럼 센스 있는 연출은 대체로 사이토 님의 아이디어입니다. 늘 고맙습니다.

그리고 당연히 이 기나긴 이야기를 9권까지 읽어주신 독자 여러분께 가장 많이 감사드리고 싶습니다. 정말 감사합니다.

바이트는 결혼했지만, 그의 인생은 앞으로도 계속 이어집니다. 아니, 사실 그는 지금부터 진짜로 노력해야 할 겁니다. 공무만으로도 힘들었는데 앞으로는 개인적으로도 이래저래 힘들어질 테니까요.

인랑 전생, 마왕의 부관. 그리고 마왕의 남편. 점점 더 책임이 막중해지는 바이트가 분투하는 모습은 10권에서 소개해드리겠습니다.

그럼 10권에서 다시 만나요.

書きおろしが
温泉回だと聞いて。

보너스 스토리가
온천 에피소드라고 들었습니다.
※상상화

※イメージ

西E田
니시E다.

第9巻、発売おめでとうございます!!

제9권,
발매 축하드립니다!!

코스미 유치

The Werewolf Vol. 9
©2018 by Hyougetsu / Nishi(E)da
First published in Japan in 2018 by Hyougetsu / Nishi(E)da
Korean translation rights reserved by Somy Media, Inc.
Under the license from EARTH STAR Entertainment Co., Ltd. Tokyo JAPAN
Korean translation rights ©2023 by Somy Media, Inc.

인랑 전생, 마왕의 부관 9 마왕 신부

2023년 6월 15일 1판 1쇄 발행

저   자 효게츠
일 러 스 트 니시E다
옮 긴 이 한수진
발 행 인 유재옥
편 집 1 팀 김준균 김혜연
편 집 2 팀 박치우 정영길 정지원 조찬희
편 집 3 팀 오준영 이소의 이해빈
편 집 4 팀 박소연 전태영
라 이 츠 김정미 맹미영 이윤서
디 지 털 김지연 박상섭
미   술 김보라 박민솔
발 행 처 ㈜소미미디어
등   록 제2015-000008호
주   소 서울시 마포구 토정로 222, 403호 (신수동, 한국출판콘텐츠센터)
판   매 ㈜소미미디어
제 작 처 코리아피앤피
마 케 팅 박수진 최원석 최정연 한민지
영   업 박종욱
물   류 허석용
전   화 편집부 (070)4164-3962, 3963 기획실 (02)567-3388
             판매 및 마케팅 (070)4165-6888, Fax (02)322-7665
ISBN 979-11-384-7872-4 04830
ISBN 979-11-5710-459-1 (세트)